图书在版编目（CIP）数据

与晋长安 / 九鹭非香著. -- 南京：江苏凤凰文艺出版社，2025.4. -- ISBN 978-7-5594-9337-8

Ⅰ．I247.5

中国国家版本馆 CIP 数据核字第 2025FT4474 号

与晋长安

九鹭非香 著

责任编辑	曹　波
特约编辑	鲁　赞
封面设计	Laberay 淮
出版发行	江苏凤凰文艺出版社
	南京市中央路 165 号，邮编：210009
网　　址	http://www.jswenyi.com
印　　刷	河北鹏润印刷有限公司
开　　本	880 毫米 ×1230 毫米　1/32
印　　张	9
字　　数	225 千字
版　　次	2025 年 4 月第 1 版
印　　次	2025 年 4 月第 1 次印刷
书　　号	ISBN 978-7-5594-9337-8
定　　价	49.80 元

江苏凤凰文艺版图书凡印刷、装订错误，可向出版社调换，联系电话 025-83280257

YUJIN
CHANGAN

目录

第一卷 北方

楔子　002

第一章　008

第二章　035

第三章　063

第四章　088

第五章　110

第六章　131

第二卷 南方

第一章　156

第二章　172

第三章　192

第四章　210

第五章　228

第六章　239

番外

晋安醉酒的两三事　274

"你遇见的便是我,是你给了我名字。我是你的,我因你而存在。"

"我将永远属于你。"

"我不再是将军,也不会再用'黎霜'这名字,
没有身份,抛弃过去,
你……当真愿随我在这世事颠沛流离中无止无尽地流浪?"

"世事颠沛流离中,没有你才叫流浪。"

有你在一起，去哪里都可以。

第一卷 北方

楔子

阴暗的地牢里，披头散发的男子被捆绑着四肢挂在墙上，他身上到处皆是血迹，已经让人分不清到底哪里是伤口，哪里是蜿蜒下来的血水。

牢笼之外是几名婀娜的女子，为首的女子戴着幕篱，挡住了整张脸，但依旧能感觉出来她的目光紧紧盯着牢中男子。

她神情专注，听着牢笼里他粗重的呼吸，一声更比一声绵长，一声更比一声弱小。女子手掌一紧："进去，取血。"她一开口，声音竟沙哑粗粝得仿似九旬老妇。

"教主……"身后的女子有几分犹豫，"今日已经取过血了。下次取血应该等到明日午时……"

话音未落，"啪"的一声，那被称为"教主"的妇人反手便甩了侍女一个耳光。

"你看不出他今晚就要死了吗？"幕篱后的眼睛冷冷地直视着被打倒在地的侍女，"等到明日午时，你想让我前功尽弃？"

不一会儿，侍女便捂着脸开始哀哀叫起来，叫声慢慢变大，她痛得在地上翻来覆去地打滚，待动作慢慢停下来，众人才看清楚，她脸上被妇人打过的地方已经烂了一大半，血肉模糊，骇人的白骨露了出来。

她凄惨地叫了两声,最后捂住脸的手终于落下,她躺在地上,睁着眼,再无气息。

"你们谁还有话说?"

身后众女子噤若寒蝉,各自默默地净了手,开了牢门,进了牢笼之中。

一人打开一个金色锦盒,盒中一只仿似桑蚕的虫子在扭动。一人将男子心口附近的血迹抹干,一人自旁边取来金刀,在男子心口处划开一条小口,新鲜的血液流了出来。登时锦盒中的虫子像是被强烈地吸引了一样,开始狂躁地扭动。

侍女将盒子放到男子心口之上,虫子瞬间便爬到了男子的伤口处,开始吮吸他的血液。虫子吸得极为大口,让它本为白玉颜色的身体渐渐变得血红。

看着颜色变得差不多了,侍女便用软刷将虫子刷进盒中。但刷了两下,侍女倏尔面色一白。

"教主。"

牢笼之外,妇人声音一沉:"怎么了?"

"头……玉蚕的头爬进伤口里了,出不来……"

妇人幕篱一飞,踏步便进了牢笼之中。不过几步路的时间,那侍女便已经发出连连惊呼:"爬进去了,玉蚕爬进去了!"

待得妇人走进来,男子胸膛之上已再无玉蚕身影。

牢中静默,另一边的侍女忽然目光一动,看着已经被绑起来九十九天未曾动过的男子指尖微微一弹。她还在愣神,便听那方又有人惊呼:"他的伤口……"

他的伤口,竟然开始……慢慢愈合了……

妇人看着男子,不由得伸手摸了摸他的胸膛,随即发出了压抑不住的一声低笑:"成功了。本宫的蛊人,终于成功了!"

她一笑,就在这片刻之间,那男子倏尔一握拳,只听"砰砰"两声巨响,套住他手腕的铁链应声而断,崩断铁链的力道之大,让铁链生生嵌进他身后的墙壁当中。

男子一睁眼,双眸之中一片猩红,宛如野兽的眼睛,饶是他五官精致,此刻看起来也显得极为瘆人。

妇人大笑:"好孩子,好孩子,今天,你便是我灵长门的镇门之宝!有了你,我回南疆,指日可待!"而这句话话音未落,男子倏尔伸手一把掐住了妇人的脖子。

他掌心用力,妇人立时脸色一片青紫。

"松……孩子……松手……我是你主人。"

男子丝毫没将她的话听进耳里,手臂一甩,妇人便如布偶一般被扔在了墙上,将墙壁撞得凹陷了一个大坑。

他一声嘶吼,宛似野兽深夜的咆哮,霎时间,地牢之中,血光四溅。

不知过了多久,天色即将破晓,他昏昏沉沉地走出地牢,在林间狼狈而行,举头远眺,是大晋王朝塞外略显荒凉的城楼。

粗气在他口鼻之间哈出,夜的寒凉将他的气息瞬间卷成了一团团绵软的白雾,然后被他自己撞散。

一步一踉跄,他盲目地向前走着,天边残月的光穿过林间枯枝洒在他身上,照出了他一身黏腻的猩红。在他赤裸的胸膛上更是有一条鲜红的印记好似火焰一样往上爬,延伸到他的脖子、脸颊,直到左边眼角处,方才停止。

心脏里仿似有剧烈到几乎能撕裂灵魂的疼痛在折磨他。

他紧紧咬着牙,神色痛苦。

踏出林间,周围再无树木可以搀扶,他脚下一滑,径直向斜坡下滚去。

塞北的黎明最是冰凉，他闭着双眸独自躺在荒地之上，枯草结霜，他感受着身体肌肉开始颤动，一点点、一寸寸，身体中有骨头被挤碎的疼痛。

体内宛如被岩石挤压了一般，骨骼发出"咯咯咯"的声响，他高大的身形慢慢缩小，最终……

完全变成了一个小孩。

晨曦的光迈过远山，斜斜地洒在荒凉的塞北大地之上。

忽闻远方有人打马而来，马蹄踏动大地，带着铁与血的气息，转瞬行至这方。他闭着眼，不为假装，只因为实在连睁眼的力气也没有了。

"将军……"有粗犷的男声唤了一句，"您看，那里仿似有个孩子。"

马蹄轻踏，停在他身侧，有人翻身下马，他本能地想确认来人是否有危害，他拼尽力气睁开眼，却在逆光之中看见贴身而制的红衣银甲勾勒出一个女人单薄的轮廓。

一个女的……将军？

看了这一眼，他便再无力气，眼睛又合上了。

女子背后另有两名铁甲男子，副将罗腾见了小孩有些惊讶："哎哟呵！这小孩，一身的血！好生骇人！"

另一副将秦澜倒是淡然些许："将军，这小孩胸膛上有印记。"

"火焰纹，倒是文得好看。"伴随着略带沙哑的女声，微凉的指尖轻柔地抚上了他胸膛上的图纹。

女子指腹滑过之处，引起一阵战栗，胸膛里仿似有一头沉睡不久的凶兽被抚摸苏醒，在他心头躁动，霎时间，他只觉体内燥热非常，口干难耐，他开始从鼻尖吸入的空气里嗅到另一种不同的味道。

是血的味道。

来自面前这三人的身体之中，从他们各自的心脏里奔流而出，在他们体内循环往复，让他们维持鲜活的生命。

鼻尖嗅觉越发敏锐，鲜血对他有难以言喻的诱惑。

特别是面前这女人的鲜血，有无法形容的芬芳……

他体内躁动，而面前三人却并不知情。

"小孩长得倒是可爱。"女将军拍了拍他的脸，"捡回去吧。"

"将军……"秦澜很无奈，"这小孩来历不明……"

罗腾倒显得大大咧咧："俺听说西戎有以人祭祀的习俗，今年塞外天气尤为寒冷干燥，这孩子或许是他们用以拜神祈祷安度寒冬的祭品？"

"祭品如何会丢弃在此，还衣衫褴褛，遍体鲜血……"

听到"血"字，男子心中欲望更甚，喉头滚动，口中似有火烧。

"他好像渴了，先拿点水来。"女将军唤了声。紧接着便是水袋的盖子被"啵"地拔开的一声。她却没直接将水倒入他的口中，而是细心地润湿了手指，以湿润的指腹轻轻沾湿他的唇瓣。

水是没有味道的，可因在她的指尖上便诡异地染上了一抹致命的芳香。

有她的气息和血的味道。

当她的手指第一次离开他的唇瓣，他便像饿狼被抢走了嘴里的肉，心头狂躁狠戾的情绪几乎要控制不住。于是在女子的手指第二次抹上他嘴唇之时，他几乎是无法控制地一张口，恶狠狠地咬住了她的手指。

食指皮肉破裂，牙齿陷入她的血肉之间，血腥味登时遍布口腔。

女将军吃痛，低低抽了口冷气，手指下意识地往后抽。可他却不肯松口，喉头滚动，几乎是狼吞虎咽地将那指尖渗出的血带入胃里。

血腥味溢满口腔，胃中大暖，仿似被点上了火，然后这烈焰便一股脑地烧至他心头，烫得他心尖发疼，刺得他整颗心脏狂跳不止。

"将军！"两名男子见状，连忙上前，一人用力去捏他的下颌，可他抵死不放。

另一人则粗声大骂："狼心狗肺的小王八蛋。看老子不卸了你下巴！秦澜你放开，让我来！"粗糙的大手捏上了他的下巴，女子却是一声轻喝："罗腾！"

罗腾动作被喝止，可他也没放手，而是极为气愤道："将军！这王八羔子咬你！"

"我不知道他咬我吗？"女子斥了一句，有些嫌弃地打开他的手。与男子相比，她的手指纤细许多，可她就用这样两根手指在他下颌上一捏，男子便觉双颊一酸，再无力锁紧牙关。

"让你来你得把他脑袋捏碎了。"她指责了一句，遂将手指抽了出去。

可流出的血液已经融进了他的身体当中。

虽然这点血远远不能让他满足，但体内的躁动仿似就这样被这少量的血液安抚了下来。

"将军。"被称为"秦澜"的男子声音满是忧虑，"你的手……"

"小孩力气，皮肉伤而已。"他咬了她，她却没有将他放开，而是将他扛在了肩头，"走了走了，回营。"

罗腾心急吼了出来："将军你要带这小狼崽子回去？"

黎霜将他放到了马上："孩子而已。"她也翻身上马，坐在了他的身后，将浑身无力、状似昏迷的他抱在怀里，语气轻描淡写，"我幼时不也是这般像野狼一样，但被阿爹捡回去了吗？"

此言一出，再无人阻拦。

第一章

军营里用了午饭,将士们都站着歇息。黎霜虽忧心今年冬月将至,天气寒凉,西戎存粮不够,恐怕会出兵至大晋边塞各地抢粮。可忧心也只是忧心,离真正的严冬还有一月有余,军营里没什么事忙。

黎霜闲着闲着,便从一摞兵谱里翻了一本小话本。

黎霜打小被自家老头当个男孩养,习武弄枪比好多小公子都厉害,身上没保留几样姑娘的习性,唯独这看话本,极符合心头好。不管是坊间流传的香艳故事、风流才子的过往闲事、江湖侠士的恩恩怨怨,还是神仙鬼怪的奇闻异谈,她一并不挑,都能看得津津有味。

塞北荒凉,也就她从京中带来的这几本话本能以慰寂寥了。

黎霜跷着被小孩咬伤的食指正看得津津有味之际,外面便有"嗒嗒"的沉重的脚步声传来。

罗腾也没有敲门,一掀门帘便气冲冲地走了进来:"将军!俺今天就说不该带那小屁孩儿回来!他一醒,就有人来和老子告状了!"

黎霜轻咳一声,悄无声息地将书藏到了桌子下面,随即抬头,一本正经地问罗腾:"怎么了?他做了啥?"

"俺没去看,俺找了个兵长去照顾他,兵长吩咐了两个小兵蛋子过去,听说他掀了人家送来的饭,还将两个兵蛋子揍了,把人伤得不轻。依老子的脾气，这种白眼狼就直接铡了了事。不过这是将军你捡回来的……"

黎霜点头："嗯，我去看看。"

黎霜一进小营帐，真是好生愣了一番，只见那小孩浑身捆满了绳索，被裹得像个粽子，扔在床上，只留了脑袋喘气。地上饭菜被踩得一片狼藉，一屋子的人将他围着，每人还都带了点戒备，可以想象之前这孩子有多折腾。

黎霜觉得好笑："这是干什么？"

屋里的将士这才转头看她，忙给她让路行礼。

而在黎霜身影出现在营帐外时，那小孩的目光已经死死地落在了黎霜身上。此时此刻，没有遮挡，小孩更是肆无忌惮地盯着她的双眼，眼里暗含的复杂情绪一点也不像一个孩子会流露出来的神情。

只这一眼，黎霜便能看出来，这个小孩以前的经历必定不简单。

她垂眸扫了眼地上散落的饭菜，问小孩："你怕人在饭菜里下毒害你？"

兵长在一旁挠了挠头："将军，这孩子好似是哑的，刚才怎么都不说……"

"对。"

小孩发出了清晰分明的声音，像是"啪"地打在了兵长脸上一样，兵长转头瞥了他一眼，咬了咬牙，退到一旁没再说话。

黎霜闻言却笑了："杀你还用得了下毒？这满屋子的刀，找哪把捅不死你？"黎霜说着，随手拔了身边一个将士的刀，在众人都还愣神之际，她大刀往前一挥，所有人见这大开大合的招式，登时吓得脸色一白，只道：爱惜军粮的将军要劈了这孩子。

但"唰"的一声之后，却只见捆绑住小孩的麻绳被黎霜一把大刀尽数斩断，力道与距离都分毫不差，未伤这小孩一根汗毛。

大刀脱手，又干脆利落地归了将士的刀鞘。

当事的两人没事，握着刀鞘的将士却惊出了一手的汗。

小孩依旧直勾勾地盯着她。

如果说刚才黎霜那大开大合的招式十分吓人，那么在面对黎霜那极有魄力的一刀之时，这个孩子不避不躲，连眼睛也未眨一下，不可谓不是个骇人的举动。

因为如果他不是看出来了黎霜不会杀他，就是他根本没有恐惧之心。

对于一个孩子来说，任意一种可能，都让人震惊。

而这震惊也只属于旁人，黎霜只在他面前蹲下，平视着他，目光平和："我不知道你以前经历过什么，但现在在这里，没人欠你什么，也没人想害你，我捡你回来是出于道义良心。现在你的午饭被你撒了，所以你今天没有午饭吃。军粮珍贵，为表惩罚，今天晚上你也没饭吃。在我这儿谁也不将就。"

黎霜说完转身就出去了。兵长连忙跟了上去，没一会儿帐外便传来她的声音："你们几个大男人，这样捆一个孩子，丢不丢我长风营的人？"

兵长只得叫苦："将军，你是不知道这孩子的厉害……"

"得了，自己巡营去。"

外面没了声音，将士们见小孩乖乖坐在床榻上没动，便也退了出去。

在安静下来的营帐里，小孩垂头看了看被锋利刀刃切割的绳索，他抓了一根在手里握了握——这是她割断的绳索。他怎么，觉得连她割断的绳索，都带有她的气息……

诱人得足以让他沉迷。

一下午的时间，黎霜在练兵场练兵。

傍晚时分，黎霜回营，她路过小孩的营帐，脚步刚顿了顿，犹豫着要不要去营帐内看一看这小孩，毕竟，她幼时也是这样被捡回去的，对于这样的孩子，她很难不代入自己的感情去多关注一下。

她刚走到营帐门口，营帘便"哗"的一声被撩了起来。

小孩赤脚站在地上，抬头直勾勾地盯着她，满眼皆是她与夕阳。

黎霜愣了一瞬，笑了："你洞察力倒是挺好的，在营帐里就能感觉到外面有人。"

"我感觉到外面是你。"他如是说。

黎霜眉梢一动，笑着蹲下身来："哦？怎么感觉到的？你还真长了个狼鼻子能嗅到味道呀？"

"嗯，能嗅到你的味道。"

黎霜越发觉得有趣了："你说说，我什么味道？"

"特别的……"

特别的血液芬芳。

小孩垂头看了眼她的手，黎霜食指上还包裹着白色绷带，口腔里还能清楚地回味起她血液的味道。他伸出手，轻轻触碰她的手背，指尖与她手背皮肤相触的地方霎时如同触电了一般，一阵酥麻，心尖仿似有什么东西在蠕动，痒痒的，快破土而出。

被小孩这般触碰手背，黎霜倒没有被冒犯的感觉，反而觉得有趣。

"特别？难不成是你昏迷的时候吸了我的血，就认主了？"她打趣一般说出了这句话，却闹得小孩一愣，呆呆地抬头看她。

黎霜倒没在意他这一瞬的呆怔，只是看着小孩瘦弱的手，登时有点心疼起来。思及自己幼时，她一时又动了恻隐之心。

她左右看了看，将他带进营帐里，从袖子里摸了块糖出来，塞到了小孩的手掌心："悄悄吃。我可是下了军令不让人给你送饭的，要是被别人知道了，可就打我脸了。"

小孩拿了糖，却没有吃，黎霜本还想多与他说上两句，却听外面传来了秦澜的声音："看见将军了吗？"

黎霜回头望了眼帐外，转头揉了揉小孩的脑袋：

"今天或许没人和你说清楚，此地乃大晋朝鹿城守军长风大营，我乃长风营守将黎霜。你要是信得过我，便寻个时间将自己的身世报了，若你有亲人父母，我便送你去见他们；若没了，我也可以帮你在鹿城寻一户人家收养你。给你时间慢慢想，想清楚了，便来找我。"

黎霜站起身来，转身出营帐，小孩几乎是下意识地伸手去拉她的衣摆，不想让她离开，可此时黎霜已经掀起了营帐的门帘，外面夕阳的光斜射而入。

暮光刺痛了小孩的眼眸，他心跳的频率忽然乱了一拍，浑身一僵，脚步一顿，便没有将黎霜的衣摆抓住。

黎霜出了门去，径直与秦澜打了招呼："我在这儿，何事？"

"小公子的马车到了。"秦澜一边答着话，一边领着黎霜快步走远。

厚重的门帘垂下，将小孩的身影遮掩在营帐内，谁都没有看见在挡住夕阳光的帐篷里，小孩捂着心口慢慢单膝跪地，他的呼吸开始变得急促，额上渗出了一颗颗冷汗。

他衣襟里开始慢慢长出了一条红色的烈焰纹，爬过他的脖子、脸颊，一直蔓延到他眼角。

他的身体……

在膨胀……

长风营大营入口，朱红的马车停稳，穿着狐裘的少年公子躲开了仆人来扶的手，自己一蹦下了马车。他深深吸了一口气。

远远地听到了穿着军甲之人疾步而来的脚步声,漂亮的小公子抬头一望,脸上登时浮现出一抹灿烂的笑:"阿姐。"

他想往黎霜那处跑,还没跑两步,黎霜便行至他面前,卷了中指"咚"的一下弹在了他的脑门上,声音清脆响亮。少年疼得龇牙咧嘴,"嘶嘶"抽了两口冷气,捂着脑门使劲儿地揉了揉。

"阿姐,你劲儿比以前更大了……"

他嘟囔了一句,没换来黎霜的心疼,却惹了她一声冷哼:"我劲儿还可以更大,你要不要试试?"

黎霆连忙摇头:"不试不试。"他望着黎霜,装出委屈又可怜的模样,"阿姐,我想你了,你看你都两三年没回家了。"

黎霜素来吃软不吃硬,见他如此,便是有气也发不出来了,只强自嘴硬道:"你任性,老头子便也随着你。回头在这边出什么事我可不管你!"

"我知道阿姐不会不管我的!"少年笑得阳光,两只眼睛弯弯,一时给寒冷的塞外添了三分温度,让黎霜再难生出火气。

"好了好了。"秦澜上前打圆场,"将军,外面天寒,还是先让小公子去帐里坐吧。"

入了主营,晚膳已经端了上来,军营之中饭食简单,各自一张小桌,安静地吃了一会儿,罗腾忽然掀帘而入:"将军。"他行了个礼,拍了拍身上落的雪,上前道,"将军,你捡回来的那小子不见啦。"

黎霜听闻此言一怔:"不见了?怎么不见的?"

"就不久前,路过他营帐的士兵们听到了奇怪的声音,就进营帐去看,他就不在了,现在大家也在军营里找了一会儿,可还是没见人。"

黎霜蹙眉,方才罗腾掀帘时,见外面天色已经全黑,还在飘着大雪,他一个孩子跑出军营,只怕是难挨寒冷:"再去营外找找。"

罗腾撇嘴："还找什么呀？将军，依俺看，这就是个白眼狼崽子，养不熟的，他要跑就让他跑了得了，还省了口粮。今年天冷，可没余粮来养闲人。"

"尽力找吧，若实在找不到，便各自随缘。"

罗腾领命而去。

坐在一旁的黎霆才问黎霜："阿姐这是最近捡了个孩子回来？"

"嗯。"黎霜应了，心思却没放在这事上，她观营外天气，只道今年冬天这么早就开始飘大雪，是寒得过分了，大晋朝内各城有江南粮米补足，可西戎度日只怕是寒一分难一分……

穷则生变，今年西戎闹饥荒了，怕是有场大仗要打……

"黎霆。"黎霜一边吃着饭，一边淡然道，"在塞北，你最多只许待一个月，一个月后，我遣一小队，送你回京。"

黎霆一听，登时睁大了眼："为何！我路上都走大半个月了，这才刚到……你就让我待一个月啊……"

"让你待一个月已经不错了。"

见黎霜态度强硬，黎霆登时也心急了："父亲说我可以待到自己想走为止！他是天下兵马大将军，你得听他的。"

"将在外有命可不受，这是长风营，我说了算。"黎霜的语气带着说一不二、独断专行的霸道，她睨了他一眼，"再顶嘴，明天就送你走。"

"阿姐你不讲道理！"

"对，就是不讲道理，你待如何？"

"……"

黎霆被逼到穷途末路，反而没了话说，咬了咬牙："我回去，姐姐也随我回去。"

黎霜邪邪勾了唇，一声冷冷的嗤笑："小子，几年没挨我揍了，就忘了你姐姐我的脾气?"

黎霆咽了口口水,便似被霜打了的茄子一样沉默下来,一时间仿似连吃饭的心情都没有了,只拿筷子戳了戳米饭。

黎霜只道他这是公子脾气犯了,也不惯着他,自顾自地夹菜吃得满足,哪想黎霆隔了一会儿,竟又唤了她一句:"阿姐。"

黎霜没理他。

"你想让我回京,是觉得塞外辛苦又危险吧。"他顿了顿道,"你可知,你在塞外的时候,我和父亲也是这么担心你的。"

黎霜不为所动:"扯这些也没用,你要真担心我就别给我跑来拖后腿,老老实实回家让老头子给你指门亲事,帮他拉拢拉拢人脉,让他大将军的位置坐稳一点,我在这边也就安全一点。"

黎霆:"……"

这话说得那叫一个直接,偏偏营帐里的秦澜是黎霜多年的心腹,他只垂目吃饭,宛如老僧,权当没听见。

"你都没成亲,你让我成亲!"温情牌也打不通,黎霆急怒了,"我知道你为何不想回京,你就是怕见到太子哥哥吧!就是因为太子哥哥娶了人,所以你就打算从此以后,都躲着他不回京了!"

此言一出,黎霜浑身微微一僵,默然不言。

秦澜"咚"地放下碗,在一旁肃容斥道:"小公子,将军坐镇长风营是为守大晋江山社稷,你如何说这等话来误会将军?"

"我……"黎霆嘴动了动,小心瞥了黎霜一眼,也知道自己这话说重了,当即便沉默下来。

营内气氛尴尬之际,忽然间黎霜只觉耳边鬓发一动,是帐外的风从后面吹了进来。

黎霜眸光一厉,二话没说,将手中的筷子径直向身后扔去。

众人都尚未察觉出她此举的意图,待得秦澜回头一看,才发现黎霜筷子扔出去的地方，竟不知道什么时候被人从外面划了一道口子，正可供人在那方偷窥。

"何方贼子？！"秦澜大喝，外面立即有将士拥入帐内，帐外也将火光烧得通亮，可是外面已经再找不到有人在了。

军营戒严了一夜，大家都因那偷窥者而戒备重重，并没有人再去管那个走失的小孩。

而让人意外的是，到了第二天早上，那小孩又出现在了长风营营地外。

他赤裸着上身，穿着对他来说宽大而单薄的裤子，赤脚站在积了一夜雪的地上，胸膛上的一团烈焰纹尤为醒目，好似那团火焰将他整个人烧热了一般，在这样的冰天雪地里，他竟没有半点颤抖畏寒。

士兵上前问他，他便只说了五个字："我想见黎霜。"

是时黎霜正召集了手下几个副将演习战时会议，一是为给黎霆长长见识，二是为这个冬天防御西戎做准备。

手下将士将小孩带了过来。

见到穿得这般少的小孩，众人都有几分吃惊，唯有罗腾大怒着拍桌而起："你这小王八蛋，想走就走想回来就回来，当俺们长风营是客栈啊！"他转头对黎霜道："将军，这么个目中无人的小子，将他拿去喂狗算了！"

黎霜打量着小孩，手指微蜷，在桌上敲了敲："昨晚既然跑了，又回来作甚？"

小孩望着黎霜，一双眼睛清澈透亮："我想见你。"他直白道，"走得越远，越想见你。"

一个小孩如此坦荡地说出这种话来，一屋子将士皆在心里惊了几分：好个狼崽子，看着屁大一个，撩女人居然撩到将军头上来了……

黎霜以前在京内,便是人人皆知的帅将虎女,无人敢惹,后来初到塞外,还有几个自恃身份的将领以她女子的身份挑衅于她,然后……那几人便不在军中了。

这三年里,她在将领们眼中乃是铁骨铮铮的将军,早已模糊了性别。此时突然听到一个小孩这样对她说话,她倒是觉得十分有趣:"哦?还是因为我是特别的?"

"对。"他也答得直接,"你很特别。"

特别到……让他无法控制自己……

"这可怎么办?"黎霜略带笑意道,"昨日我捡你回来,是出于同情,可你跑了,我这份儿同情便算是没了。今日你自己找回来,想留下来,这便是你自己的意愿,可我长风营向来不收无用之人,你说说,你有什么本事?凭什么让我留你?"

"我可以做你的士兵。"

"当兵?"罗腾一声嗤笑,"好笑,咱们长风营里最小的兵蛋子也比你大,就你这小不点儿,有什么本事当兵?"

小孩这才正眼看罗腾:"我可以杀了你。"

伴随着他话语落在罗腾身上的,是他如塞外野狼一样的眼神,带着冰凉的杀气,让在场的所有将军登时一凛。即便粗犷如罗腾,此时也察觉出了他眼中的杀意。

这小子……并不只是说说而已,而是真打算杀了他。

"呵。"被一个小孩唬到,罗腾觉得拉不下脸,随即大声喝道,"好!来!老子也省得让别人动手了,现在便撕了你这狂妄的小兔崽子!"

"罗腾!"秦澜在一旁轻轻一斥,罗腾这才往旁边一看,但见黎霜目光轻轻瞥了他一眼。

罗腾这才冷静下来,将军营里,众目睽睽,他一个副将动真格去与小孩比画，委实不像话……

他便只好咬了咬牙，没好气地坐了下来。

黎霜这才转眼去看小孩，触到黎霜的目光，小孩眼睛里的杀气明显收敛了许多，黎霜想了片刻问道："你学过武功？"

小孩愣了愣，随即摇头："我不知道。"

黎霜琢磨了片刻："昨天我说了，你若是信得过我，便报上身世姓名，你有父母我就送你去见父母；若没有，我便在鹿城为你寻一户愿收留你的人家。可我不打算收你做士兵，你太小了，我大晋朝不用你这样的孩子来守卫家国。"

听黎霜要赶他走，小孩心头倏尔乱了一分："我……不记得身世，也不记得姓名，可我知道，我并不像你所想的这般弱小……"

黎霜沉默以对之际，黎霆倏尔跳了出来："阿姐，我来我来，我来帮你试试他的身手，赢过我就让他留下来，输了就把他送到鹿城人家里去好不好？"

黎霆自幼随父亲学武，现在虽然年纪不大，但在京城也算是一把好手，与他一起玩闹的公子没少挨他的揍。父亲这次将他送来，一是他自己求的，二是父亲大概也想借边塞风雪，好好磨磨他的性子。再说黎霆年纪也不大，让他与这孩子切磋，也算合适。

黎霜看了眼小孩胸前的印记，还有他似狼一般的眼睛，心道：这小孩的过去必定不一般，若是将他送入普通人家，只怕会害了人家，不如留在军营里，亲自看管教训，日后说不定也能成长风营里的一把利刃。

黎霜思量过后，已经这样半推半就地同意将小孩留在军营里，她道："行，切磋，点到为止。"

一直坐在一旁未发一言的秦澜此时看了黎霜一眼，但见她是盯着那小孩说的这话，是在告诉小孩，点到为止，不要伤人——竟是心里已经认定了黎霆斗不过这小他四五岁的孩子。

小孩接住了黎霜的目光，沉默着往后一退，盯住黎霆。

黎霆这边蹦蹦跳跳地将身上狐裘脱了，戴上仆从递来的护手护腿，还扭扭腰转转脖子地做了好一会儿热身运动，然后才站上前，摆出了迎接的姿势："来吧。"

只听他刚说出这句话，小孩的身影便似剑一般直冲他而去，他还完全没反应过来，胸口便受了重击，一屁股摔坐在了身后服侍他的仆从脚下。

这场切磋从头到尾，比眨眼还快就结束了。

黎霆揉着胸口费力地咳嗽，身边的仆从"天老爷"地叫着，随行的老管家登时大怒："大胆！竟敢对公子下此狠手！"

小孩脊梁笔挺地站着，人虽小，气势却稳如山。

黎霜摆了摆手，嫌丢人地转开了目光。被打翻在地的黎霆也揉着胸膛，一边咳一边拽住了老管家："别吵别吵，丢人丢人。"他捂着胸膛被搀扶起来，看了小孩一眼，然后又看了黎霜一眼："阿姐，他比我厉害多了……"

黎霜点点头："回去敷点药。"到底是武将家长大的孩子，黎霜打小便不心疼自己这个弟弟的身体。

黎霆被扶了出去，营帐里便沉默下来。

方才那一通切磋让将领们也都惊讶了一番，那一击的速度与力道，别说士兵了，便是许多将领怕也没有这能力。

"若入我军营，即便你小，也是我军人，是军人便要守军规，若是有行差踏错，我还是要拿军法罚你。"黎霜开了口，"知不知道？"

"嗯。"

"好，现在去库房登记姓名，让内勤给你安排住所、分发衣裳。"

她如此说了，小孩却没有动静。黎霜奇怪："怎么了？"

小孩发了一会儿怔，才望向黎霜："我不知道我叫什么名字。"

竟是这么一句话。

黎霜与小孩沉默对视了一会儿，罗腾在旁边插了句嘴："我们当年兵荒马乱的，不知道名字的孩子多了去了，这有什么打紧的，随便取个叫着吧，我觉得叫'牛屎蛋'就挺好。"他挥了挥手，"赶紧去，牛屎蛋，领你衣服去。"

小孩听了这名字并没有别的反应，倒真的一转身往外走了。

他竟然就这样坦然地接受了这个名字！

黎霜揉了揉眉心，实在有点不能忍地说了句："叫晋安吧。"

小孩顿了脚步，转头看她。

只见她还是那日捡他回来时的红衣银甲，站在桌后身姿笔挺却也柔软。"晋安。"她道，"愿我大晋王朝长治久安的意思，你就去这样和库房先生说。"

她给了他姓名，还赋予了这姓名意义。

他并没有再看黎霜多久，也只像接受了"牛屎蛋"这个名字一样，坦然地接受了这个名字，然后离开了营帐，只是在厚重门帘垂下的时候，不经意回头望了一眼黎霜。

她坐了下来，开始与将领们议事。

晋安。

他在心里默念这两个字。

他觉得很好听，有一种温暖且安定的力量。

听着小孩脚步声走远，秦澜有些不放心地皱了皱眉："将军，这孩子身份未明，疑点太多，而且昨日他一来，将军营帐之后便被贼人偷听，将他留下来或许……"

"无妨，若是有人遣他来做内奸，那放在明处总好过放在暗处。"

再者，这孩子实乃难见的可塑之才，若日后能为我长风营所用，必定如虎添翼。"

秦澜见她有了决定，心里即便仍有忧虑，也咽下不言。

晋安随人领了衣裳，内勤的士兵将他安排与另外几个少年同住。其他几个少年早就认识，突然加入一人，让他们或多或少有些不自然，加之晋安话少，又是将军亲自带回来的，少年们对他难免有些排挤。

晋安的床榻在营帐最黑暗的角落里面，他将领来的东西往床上一放，不管他人，径直躺了下去。

没有人与他说话也好，他不想有人来询问他的身世来历，因为这些问题，即便他问了自己一万遍，也依旧回忆不起来。

他叫什么名字？他从哪里来？又是怎么来到这里的？

脑海之中，一片空白。

他拼命地去想，却除了那晚苍白的月色与满身的血腥味，再回忆不起其他。

傍晚时分，晋安心口开始传来似有若无的疼痛，经历过昨天，他大概已经明白了，昼夜交替之际，他的身体又要起变化了。

白天变成小孩，而晚上则恢复为青年的模样。

晋安强自忍住身体里翻涌的气息，钻进被窝里，脱掉才领回来的衣物。没有人来管他在做什么。大家去用晚膳也并没有叫他。

直到深夜，军营里的小兵们在一天的操练后疲惫地睡着。

晋安身体之中的燥热之气仿似一头野兽，凶恶地在他心口处嘶吼着。和昨夜甚至前夜一样，他觉得浑身难受不已，灼热之气仿似化作针在扎他。

黎霜血的气息仿似深夜崇山峻岭间的一点火光，隔得那么远，也在吸引着他。

他赤脚落在地上，裹上薄毯，丝毫未惊动同营帐的士兵，独自出了营帐。

偌大的军营，即便有人巡逻，在黑夜的掩护下他也依旧来去自如，无人能发现他的行踪。

黎霜的军营他只去过一次便能记得路……甚至就算记不得路，他也能找到黎霜的所在之处。

离黎霜的营帐越近，心里的躁动便越发能被安抚下来。

黎霜帐前守卫相较前日明显森严许多。可这难不倒他。在变成成人的时候，他的力量总是源源不断地从心口处涌出，在离黎霜远的时候，力量总是与疼痛如影随形。如同心里被挂了一根刺入血肉的钩子，他越是离开，牵引铁钩的力量便越大，直到他无法抵抗，不得不被拉回来。但现在黎霜就在前面不远的地方，她的味道能安抚他身上的疼痛。

小施轻功，晋安便轻而易举地落在黎霜营帐顶上，落脚之处悄无声息。

没有任何人发现他，包括营帐内的黎霜。

她在熟睡中，好似还做了梦，偶尔发出一声轻细的呢喃。

不过多微小的声音，晋安都能听见。

晋安在营帐顶上找到了黎霜睡觉位置的正上方，他也缓缓躺了下去，隔着营帐的毛毡，听着她均匀的呼吸声，一声声，不只安抚了他身体上的疼痛，还有内心所有的不安。

好像他是谁，他从哪里来，这些未知的迷茫都已经不重要了一样。

为何会如此依赖她？

晋安不知道。他好像是被下了毒，而黎霜是可解此毒的唯一解药。

他在她的营帐顶上睡了一夜。

清晨破晓，叫醒他的却不是阳光，而是营帐内黎霜倏尔乱了一拍的呼吸。她打了个哈欠，即将醒来。

而晋安则是霎时睁开了双眼，双眸清醒，宛如一夜未曾入眠。

紧接着，心脏猛地一缩，身体里没有之前变化时的那般疼痛，可他知道，自己离变成小孩不远了。他自黎霜营帐之上一跃离开。

下方守卫将士并无任何人发现。

倒是营帐内的黎霜睁开眼看了帐内天顶许久，随即披上衣服走出了营帐，帐外将士见了她连忙行礼。黎霜却走远了几步往顶上望了一眼。

自是空无一人。

"昨夜可有异动？"

"回将军，并无任何异动。"

黎霜只得点头作罢。

晋安开始随着军营里的其他少年一起训练。相较于成年的军人，他们的任务要轻松许多，每天便是一些简单的体能训练，然后帮着将士分担一些杂事即可。

晋安早早地完成了伍长安排的训练，然后便坐在一旁望着黎霜营帐的方向发呆。脑海里有一搭没一搭地想着，今天他还有件事要做——得给晚上变成成人的自己，偷件衣服。

正是闲得无聊之际，背后倏尔一道气息靠拢，晋安眸光一凛，是时背后那人伸来的手已经探到他身前，见状是要从背后用手臂勒住他的脖子。晋安手肘一曲，向后一击，正中来袭之人的胸膛，只听"嗷"的一声痛呼，身后那人重重摔在了地上。

晋安一回头看见一张有些熟悉的脸。

那不是别人，正是黎霆。

黎霆向来是坐不住的性子，昨天听了黎霜与将领们一起讨论开会，他被闷得无聊极了，今天说什么也不愿再去，便躲开了仆从的跟随，自己背着手在军营里闲得晃来荡去。正巧走到军营这角，他看见其他小兵蛋子都在跑步，只有晋安一人坐在角落望着远方发呆。

他还想着能再与晋安切磋一下，于是便上前来作势要偷袭他，而这一下又伤得不轻，心里却也是不得不服。

"你这小孩，背后长了眼睛不成！"黎霆揉着胸口喘了好一会儿，想坐起身来，却发现胸口疼得有点起不来了，"来拉我一下。"

面对黎霆的使唤，晋安只冷眼看着他，不应他的话，也没有动作。

黎霆伸出去的手便这样在空中尴尬地杵了许久。

最后他咬咬牙，自己拍拍屁股爬了起来。他倒是没走，磨蹭着看了晋安许久，随即有点扭捏地问道："你挺厉害的嘛，师父是谁？能不能让他也教教我？"

"不知道。"晋安冷冷甩了三个字，继续坐下望着黎霜的营帐发呆。

黎霆又磨蹭到晋安身边，与他一起坐下："那……要不，干脆你教教我？"

晋安不搭理他。

黎霆打量了他一会儿，便也随着他的目光往前一看，但见那是黎霜营帐的方向，黎霆登时眼珠一转，道："我从小和我姐姐一起长大，她的事我都知道呢。"

晋安目光倏尔动了动。

"你教我武功的话，有时候我可能就会和你聊聊关于我姐姐的一些事。像她爱吃什么、喜欢什么之类的。"

晋安终于斜眼盯住了黎霆。

黎霆冲晋安眨巴了两下眼睛，嘴角弯得很好看。

晋安答应了。

待得黎霜知道黎霆在随晋安习武之时，已经是十来天后了。黎霜简直哭笑不得。

家里老爷子给黎霆请的是大晋朝最好的武师，他在京城学到一半，跑到这塞北来，竟然跟着一个屁大的孩子学东西。这要让家里那武师知道了，还不得羞得一头撞死在他们将军府里。

所以之前黎霆也懂事地瞒着所有人。而现在，这件事黎霜之所以会得知，是因为黎霆帮晋安出头，揍了与晋安同营的小兵。

看着面前站着的三个半大不小的少年，黎霜揉了揉眉心，二话没说，先让黎霆伸出手来，抽了他十下手掌心："知道我为什么打你吗？"

黎霆倒也懂事："我给阿姐拖后腿了，让阿姐在军营里还要来处理这种小事。"

"明白就好。"

这确实是件小事，这要不是黎霆，换任何一个兵长都能把他们仨给处理了。偏偏是黎霆犯了这事，除了黎霜，谁敢罚天下兵马大将军的儿子……

然后黎霜让小兵蛋子伸出手来，也同样抽了他十下手掌心："知道我为什么打你吗？"

小兵蛋子平时很少见到黎霜，此时已经吓得面色惨白了，但还是强撑着说道："因……因为我、我带头排挤新兵，还给他床……洒了水。将军，我错了……"

黎霜点头："知道就好。"

这少年看不惯晋安一副高高在上、冷冷冰冰的模样，所以才在晋安被子上泼了水,可哪想晋安没说什么,倒是被黎霆看见了,说他欺负了自己小师父,给他一顿狠揍,现在他脸上还是青的。

黎霜又提着藤条走到晋安面前,让他伸出手来。晋安看了她一会儿,直到黎霜挑了挑眉,他才乖乖地将手伸了出来。

他是故意耽搁的,因为这样,黎霜的目光就可以在他身上单独停留一会儿了。

光是这样,就能够让他感到满足。

黎霜这边则是半点不客气地抽了他十下手掌心,然后问:"知道我为什么打你吗?"

"不知道。"

他答得太坦然,以至于黎霜愣了一会儿才道:"不知道就再把手伸出来。"

于是晋安又挨了十下。

"现在知道了吗?"

晋安摇头:"不知道。"

黎霜轻轻深吸了一口气。

旁边黎霆看不下去了,连忙道:"晋安晋安,你和前辈有矛盾而不知解决,态度高傲,还私底下逃过训练偷懒、教我东西,是有点不对,是有点不对。"黎霆拦住黎霜:"阿姐,他知道错了。"

黎霆哪能想到,他这边刚给晋安铺了个台阶下,晋安就在后面"捅"了他一刀:"我和他们没有矛盾。是他们不喜欢我罢了,与我无关。"

黎霆被"捅"得呛了两声。

晋安也依旧坦然道:"训练我也都做完了,没有逃过。教你东西也没什么不对。我不知道有什么错。"晋安抬头望着黎霜,眸光清澈又平静,他不是在挑衅,只是在陈述事实,"只是,如果打我手掌能

— 026 —

让你开心的话,你可以继续打。"他对黎霜道,"能让你开心就好。"

"……"

不仅黎霆不知道该怎么接话,连黎霜也不知道该怎么接话了。她揉了揉眉心,内心只道:现在的孩子真是越来越难带。

她摆了摆手:"得了得了,都给我出去吧。"

一堆碍事的玩意儿……

是时,秦澜倏尔掀帘而入,见了三个少年,他只是淡淡瞥了一眼便道:"将军,鹿城北三十里一小村庄因近来大雪,求了鹿城城守派发粮食,城守问我借兵前去护粮。"

黎霜也很快做出了决定:"城北三十里离我们这里不远,你遣三十人,着一兵长带领前去即可。"

秦澜领命要走,黎霆却喊了起来:"我也去我也去!"他道,"我都待这儿十来天啦,眼瞅着都要回去了,还哪儿都没去,什么事儿都没做过。阿姐,你让我也跟着去护粮,我长长见识。"

黎霜一琢磨,想着那地方近,来回不过一天,便也没再多和黎霆纠缠:"行,随军而行,不得乱走,听兵长指挥。"

"好嘞。"黎霆欢欢喜喜拽了一下晋安,"走吧小师父。"他拽得急,稳以为晋安会跟他一起走,哪想却跟拽了块铁似的,晋安纹丝不动地站着,倒拉得他自己一个踉跄。

"我不去。"

黎霆愣了愣:"为什么?"

"我就待在军营。"晋安看着黎霜,"哪儿也不想去。"

黎霆撇了撇嘴,到底是小孩心性,说了句"不去拉倒",自己也就欢欢喜喜地蹦跶出去了。

晋安依旧站着没动,黎霜看了他一会儿:"还有事?"

晋安摇头,可听出了黎霜语气里的逐客之意,他饶是有点不愿意，也只得退了出去，在门口撩着门帘看了黎霜许久，才依依不舍地将门帘放下。

待得晋安走了一会儿，黎霜这才摸着自己的下巴困惑地自言自语："难道我长得像这孩子的娘……或者爹？"

快至傍晚，前去护粮的队伍还没回来，黎霜看了看天色，出于军人的直觉，她下意识地感觉到了有几分异常。正忧心之际，瞭望台上的士兵忽然来报，鹿城北三十里外的村庄忽然出现了滚滚浓烟。

黎霜当即觉得不妙。

她立即招了罗腾过来："西戎的兵动了？"

"没动。"罗腾道，"不过最近探子倒是发现西戎边境有一帮马贼蠢蠢欲动。"

"回去披甲，整一千人马，半炷香后随我出营向鹿城北三十里进发。"

黎霜没想到，当她整军待发之际，前去护粮的三十名将士之一跌跌撞撞地跑了回来，跪在黎霜的马前，磕头哑声道："将军，西戎马贼捉了小公子，要挟交换五千石米粮！"

黎霜闻言，面色霎时寒冷如冰："马贼现在何处？"

"贼子更往北五六十里有一石寨，他们将小公子带去了那处……"

秦澜也面色凝重，他轻轻踢马至黎霜身边："将军，贼子既有石寨，怕是不可强攻，米粮尚可补足，小公子却闪失不得。"

黎霜是大将军黎澜捡来的女儿，而黎霆却是大将军老来得的儿子，自小疼爱有加，寄予厚望。若是黎霆在她这里出了什么事，黎霜是真的无法和老爷子交代。

黎霜面上不露声色，沉思片刻，道："今年天寒，缺粮之势只是初露弥端，若是区区马贼便可挟我大晋公子为质以索要粮草，这冬日只怕难过至极。黎霆不可出闪失,我朝五千石粮草也不可这般白白送人。"

"将军的意思是?"

"挑选十名习过内家功法的人今夜与我同行。"

秦澜一惊:"将军……"

黎霜提马西北望,眸中光芒似刀:"我亲自去把人带回来。"

夜色如墨,马贼的石寨依山而建,宛如嵌在山里面的一颗顽石。

秦澜帮黎霜挑的人皆是黎霜亲卫,秦澜本欲同黎霜一同前往,可却被黎霜留在长风营中坐镇。

此时,黎霜领着十名身着黑色夜行衣的亲卫,潜伏在隔着石寨百丈外的山头上,借着夜色遮掩,探看寨内情况。

只见远方石寨中,主堂上灯火通明,然而把守最严密的地方,却是西南角的一处小院。光是门口排着的看守便有五六人,再加上房顶上的、走道上的,小小的一个院子就守了二十来人。人人精壮干练,提着把虎头大刀,刃口反射出来的光,隔了这么远也依旧耀眼。

黎霜心里有了底,心道:那处必定是马贼们关押黎霆的地方。

几个手势一比画,她的亲卫都是跟随她多年的人,不消多说,各自明白了她的意思,身影快如疾风,霎时消失在了山头之上。

行至石寨门口,几人手脚利落地将还毫无准备的看门人扭断了脖子,悄无声息,甚至连门口的火焰也未曾惊动。

十人分别听命于黎霜,三人行去大堂声东击西,三人潜入伙房纵火烧粮。火光一起,霎时东边便闹了起来。黎霜这头领着剩下四人,在对方尚未搞清楚情况之际直入西南小院。

黎霜在战场上被人戏称为"玉面阎罗",她虽是女子,可该下狠手的时候,一点不比最凶恶的塞外恶狼含糊。此时东边已经烧得火光冲天，黎霜进了院里径直一刀了结了迎面而来的贼子性命。刀上染了血，衬着背后的火光，让她真似地狱来的阎罗一般，看得人胆寒心惊。

她迈步径直往小院内走，亲卫们与扑过来的贼子战成了一团，她目不斜视，径直走向小院屋内，手中寒刃携着杀戮之气，挡她路者皆没有好下场。

行至小屋门前，黎霜一脚踢开屋门。

而就在这时！

屋门打开触动机关，屋内数支带着幽蓝寒光的毒箭射出，黎霜眸光一眯，在未反应之前，她倏尔觉得腰间一紧，竟是被人一揽，径直撞进了一个灼热的怀抱里。

"叮叮咚咚"一阵乱响，黎霜余光看见那急速而来的毒箭被尽数打落在地。

什么人救她？

黎霜一怔，双手撑住那人胸膛想要将他推开再细看他的容貌，然而她手上刚一用力，却觉腰间的手臂好似精钢一般将她腰腹紧紧一勒，她整个人扑在男子的胸膛之上，吸了满满一口属于他的男性气息。

"你！"正在贼子狼窝之中，半分大意不得，黎霜正要训斥他的时候，忽觉一阵疾风从耳边呼啸而来，利箭几乎贴着她的后脑勺擦过。

若不是刚才男子这一抱，黎霜此刻大概正好被那利箭穿脑而过了吧。

他是在救她。

领悟到这一点，刚才被冒犯的怒火霎时烟消云散。这次黎霜再一推男子，他才稍稍松了手，可手掌还是轻轻托着她的后腰，让她处于他的保护范围之内。

这是一个让黎霜莫名感觉占有欲极强的人,虽然黎霜并不知道……他为什么要占有她……

这位侠士,咱们好像不认识啊。

黎霜抬头打量他,没想到看见的却是戴了半张黑甲面具的脸,他下颌的轮廓硬朗,颈项上喉结分明,再往下是赤裸的胸膛,浑身肌肉结实,在他的左胸膛上有一条艳丽的火焰条纹,鲜红似血的条纹一路向上,攀过颈项、下颌,一直延伸到他的面甲之中,在露出眼睛的地方,黎霜看见,那火焰的条纹终于隐没在了他的眼角。但那条纹又像是直接烧进了他的血脉之中,让他的眼瞳也跟着变成了骇人的鲜红色。

而在那一片鲜红里面,映的都是她的影子。

他的手掌和胸膛都热得烫人,比普通人的体温不知高出了多少。尽管是在这冰天雪地的塞外,他也像一点都没有感觉到寒冷一样。

这人好生奇怪。

而且……黎霜看了一眼地上断裂的毒箭——方才这个人竟是凭赤手空拳斩断了这些毒箭?以内息之力?若是如此,这人内家功法当真是了不得……

"你是何人?"黎霜肃容问他。

她声音一出,面前的男子没有回应,而屋内却传出一阵含糊的呼救声,是黎霆的声音!

黎霜立即转头,仔细一听,是里面西侧房里发出的动静。

现在不是把时间耽误在这个神秘男子身上的时候!

黎霜提了手中长剑刚要迈步进去,男子却将她一拦,声音低沉:"别动,等我。"言罢,他身子一闪,快如闪电,在黎霜都没反应过来的时候,他入了小屋之中。

虽然这人刚才救了她，可黎霜并不知道这人的具体身份，哪敢确定他对黎霆无害？当即便不管他的话尾随而去。

入了侧房绕过屏风，黎霜便见黎霆被五花大绑在简陋的床上，向来衣着精致的公子哥儿此时一脸脏兮兮的，满是狼狈，眼神里也净是惶恐不安。

男子正在给黎霆松绑，而当黎霆看见黎霜的这一刻，才像是完全放下心来一样，眼眶一红，被堵住的嘴里只能发出"呜呜啊啊"的声音，但足以表现出他的激动。

黎霜见他没有缺胳膊少腿，登时也稍稍放了心。

男子给黎霆松了绑，黎霆立时将自己嘴里堵着的布拔出去丢掉，激动得要下床，也不管此时身边的男子说了一句："小心。"他只心急地推开男子，一步踏在床榻板之上，刚喊了一声："姐……"

话音未落，只听"咔"的一声，黎霆所踏之处踏板连同男子所站之地一起陷落！

此处竟然也有陷阱！

黎霜眼睁睁地看着黎霆与那黑面甲人毫无防备地一同掉入陷阱之中，她瞳孔一缩，立即追上前去，刚到陷阱边上，黎霆便像是一个小玩意儿一样被人丢了上来。

黎霜堪堪将他接住。

"带他先走。"

漆黑的陷阱里传来的声音沉稳且安定。

在夜里黎霜根本看不清下面的状况，然而听陷阱下这人平静的声音，想来就他方才那身手从这里脱困应该完全不是问题，而且现在黎霆的安全对于她来说才是最重要的。

利弊权衡之下，黎霜拽着黎霆，将他拖出了屋子。

走到屋外，院里的亲卫们已快将看守的马贼剿除干净，然而东边去灭火的马贼们此时已经发现了事情不对,正在集结声势往这边而来。

黎霜一个手势,下令要撤,其中一个亲卫立即摸出一个竹管向空中一拉,只见一道闪亮的红色信号发了出去,在寒夜中炸了开来。

黎霆像是被这信号耀眼的光晃回神志来了一样,他拽着黎霜的手,瞪大眼睛看着黎霜:"姐!刚才那陷阱下面全是尖刃,那个大哥为救我受了伤,我……我不知道他怎么样……"

黎霜闻言,目光一沉,看了一眼面前渐渐聚拢的四名亲卫,又往后望了一眼,然后一把将黎霆推到了其中一个亲卫手里:"带他回去。"

亲卫对黎霜的命令绝对服从,立即应声:"得令!"

黎霆怕得双眼含了泪,大喊:"姐,那你……"

"出息!"黎霜转眸瞪了黎霆一眼,"我回去再教训你。"言罢,她再次转身入了小屋之中,任由黎霆被亲卫们护着抱走。

她相信她手下亲卫的能力,他们一定能带黎霆安然回到长风营。然而这落在陷阱里面的神秘人,虽然来历不明,但却先是救了她,再是救了黎霆,他们将军府的子女,不能做忘恩负义的人。

黎霜随手摘了墙边的一个火把,举着回了小屋之内,行至陷阱旁,黎霜喊了一声:"还活着吗?"

里面沉默了一瞬,随即传来一声:"嗯。"

"注意躲着火把。"黎霜说完,一把将火把丢进了陷阱里面,火光落下,将如深井一般的黑暗陷阱照亮。火把落在地上,黎霜终于看清楚了下面的状况,整个陷阱被挖入地底四五丈深,如漏斗一般,底部全无立足之地,插满了尖锥,刃尖向上,如虎口巨齿,陷阱两旁也全是尖刃,若是普通人落了进去,必无生还之机。

而那戴着面甲的男子此时正用左手抓住崖壁上的一个尖刃,他手掌被尖刃割破，有血流出。然而这却并不算什么，真正严重的是他无力垂下的右手，在他后背，右边肩胛骨的地方像是被深深地划了一刀，皮开肉绽，除开鲜血，伤口上还有点泛乌，想来是刃上有毒。

　　依他的身手照理说不该受伤，应该是方才将黎霆丢上来的时候被划伤的。黎霜抿了下唇，替黎霆道了句歉："对不住，我弟弟方才过于惊慌，连累你受伤了。"

　　单手握着尖刃的男子只是仰头看着上面的她，火光在地底跳跃，映入他黑面甲后的红色眼瞳里，有一种邪异的美。明明情况危险且窘迫，但他却半点不着急，只定定地望着黎霜，眸光单纯，好像看着她就很满足了一样："无妨。"

　　黎霜没再多言，时间紧迫，她一转身，将旁边床上的被子撕开来，拧成一股绳，往床柱上一系，放到陷阱里面去："撑住，我来救你。"

　　那人没有说话，就这样看着黎霜拽着绳子跳了下来，避过两边的刀刃，来到了他的身边，在渐渐变得狭隘的陷阱里，两人被两侧的尖刃指着，在危险当中贴着彼此而立。

第二章

    黎霜一手握着绳子，在四周的尖刃上艰难立足，一手将绳子绕过男子的腰，想要将他绑好了再带上去。然而她一只手在他腰上绕了半天也没将他绑好。黎霜有点气急："你那只手稍微动一下，帮我把绳子绕过来，我好带你上去。"

    男子没动，黎霜脾气急，一抬头，正要斥他，却见男子鲜红的眼睛竟温柔如水一般盯着她，含着满满的情意，让黎霜都怀疑自己是不是在过去哪个不知道的时候，在塞外有过一个多情的情人。

    然而，其实黎霜对他这样的目光，现在只想说一句话：

    "瞅啥！不想上去了？"

    生气啊！这是盯着人看的时候吗？没个轻重缓急！

    黎霜斥了男子这么一句，他也没生气，一本正经地"哦"了一声，然后用受伤的手将她腰一揽，蛮横且霸道地将她抱住。

    黎霜一愣："你这是做什么？"

    "带你上去。"

    他话音一落，左手一松，转而抓住黎霜放下来的绳子，脚下在几个刃口上借力一点，抱着黎霜，踏上尖刃，三两下便出了陷阱，站到平地之上。

黎霜不过眨了个眼,便从陷阱里出来了,可男子并没有放开她,还是将她抱着。被抱在一个陌生男子的怀里,黎霜觉得委实奇怪,立即双手在他胸膛上一推,从他怀里站了出来,皱眉问他:"你自己可以出来?"

男子点头:"刃上有毒,刚才需要点时间调理内息。"

倒是白瞎了她的担心……

没有多讲话的时间,外间屋子传来了马贼破门而入的声音。听到嘈杂的脚步声,黎霜心道或许有几十号人,她肃了容,紧紧握住腰间刀刃,然而在动手之前,男子却一把将她打横抱起,身子快如闪电,径直破窗而出。

黎霜只见周围场景快得几乎成了流影,只有抱着她的这人成了永远定格的存在。

待得四周场景慢下来的时候,黎霜已经被人放到了马背之上,身后男子翻身而上,带着她,破开石寨大门,大摇大摆地驾马而去。任由石寨之内的马贼一片慌乱地吵闹。

塞外的夜寒风刮肉削骨,混着鹅毛大雪,周遭一切显得荒芜又苍凉。

黎霜早已经适应了这样干燥凛冽的气候,在塞外三年,她经历的大大小小的战役也有数十场,在寒夜里埋伏偷袭,在烈日暴晒之下抵御外敌,不管多么艰难的环境,她从来都是独自一人御马而行。她是长风营的将军,也是大晋在边关的荣誉象征,她的背脊不容许有一点弯曲,她的意志也由不得她软弱。

是以像现在这样坐在某人身前,被男性的气息包围着、保护着,对黎霜来说倒是……

第一次。

在大雪之中,两人一骑,于塞外萧索之中策马而行,一路不知奔去了多远，行至一处山崖之上，从马贼那里截来的马终于跑不动了，口吐着白沫，速度慢了下来。

而在这里，遥遥望去，已经能看见远方长风营的影子。

男子下了马，伸手接黎霜下来。

而黎霜只是骑在马背上，定定地看着他："你知道我是谁。"这是一个肯定的陈述句。黎霜直视着男子的眼睛。她从来没有告诉过男子她的身份，而今天也一直穿着夜行衣，并未着长风营的军服。男子什么都没问，就径直带她往长风营的方向行来，显然，他是知道她身份的。

男子不答话，手依旧伸在空中。直到黎霜自己翻身下马，站在了另外一边，他才微微暗淡了目光，将手收了回去。

他背上的鲜血在寒冷的空气中暴露，甚至都已结冰。

黎霜再次问他："你到底是什么人？"她眯起了眼睛，满是戒备地打量，"你如何知晓我的身份，如何知晓我的行踪，又是为何要前来助我？"

这几个问题问得那么冷静且犀利，但却像是石沉大海了一样，没有得到回应。

黎霜眉头紧皱，倏尔拔剑出鞘，直指他的咽喉："你不答话，我便将你押回长风营，慢慢审。"这次救黎霆的行动事出突然，临时紧急而出，照理说，除了她的心腹，谁都不该知道这个消息，然而她的所有行动却都被这么一个神秘人察觉了。

事关军机，黎霜不能因为对方救了自己，看起来没有恶意，就轻易将他放走。

黎霜是这样想的。

然而当她的剑刃指着对方咽喉的时候，她却看见，男子冷硬黑色面甲背后的猩红眼睛这时好似流露出了几分受伤的神色。

被她当敌人对待……让他感到很难过受伤？

黎霜有点愣，这个人……到底什么情况？搞得她现在像是个什么薄情负心汉似的……

就在她愣神之际，男子倏尔上前一步，眼看着咽喉便要抵上她的剑刃。黎霜并不是真打算杀他，于是下意识地剑刃往旁边一偏，避免刺伤他。

这个举动让男子得寸进尺地又近了一步，他一伸手，灼热的手掌再次贴上了黎霜的后背，而此时黎霜要回手再用剑挡开他，却已经被他下一个举动惊呆了。

他竟然撑住她的后脑勺，丝毫不讲道理，也不给黎霜准备，一口咬上了她的嘴唇……

就这么突兀地……吻了她！

唇瓣相接，从未有人这么近距离地与黎霜接触过，黎霜一时间瞪大了双眼，什么外家武功内家心法此时尽数忘了个干净。

而男子触到她的气息，却像是久旱逢甘霖一样，近乎贪婪地吮吸着她的味道。像是要吃掉她，又像是要侵占她。

黎霜在片刻的愣怔失神之后，终于陡然反应过来。

这个登徒子！

黎霜怒从心头起，一拳狠狠地揍在男子的腰腹之上，半点没有吝惜着力气。

男子一声闷哼，显然也是被揍疼了，他腰腹一弯，却依旧没有放开黎霜，像是极度不舍一样，贪恋着与黎霜的接触。

而就在黎霜下决心要动狠手之际，天边的云彩倏尔一亮，即将破晓。

黎霜只觉男子浑身一僵，像是在隐忍什么疼痛一样，倏尔放开了黎霜。他后退了两步。

黎霜持剑喝他:"休想逃走!"

然而话音未落,男子径直从山头上往下一跃,黎霜瞳孔一缩,上前几步去寻找男子的踪影,而此时,已经完全不知道他去了哪里。

他就这样,如来时一样又突然消失在了黎霜面前,没留下只言片语和线索。

黎霜只身立于山头之上,遥望着天尽头的阳光,狠狠地把手中剑掷入大地,捂住嘴,恨得咬牙切齿。

"混账东西!"

黎霜回到军营之时已天色大亮,她身影刚出现在军营外老远,瞭望台上有将士看见了她,便立即禀报了上去,被黎霜留下来处理军营中事的秦澜立即驾马急急赶了过来。

行至黎霜身边,秦澜翻身下马,目光紧紧地盯着她,打量了许久,见她无碍,这才似放下心来一样,紧抿的唇角终于松开了些许。"将军。"他还是毕恭毕敬地行了个礼唤道,"将军劳累,先上马吧。"

黎霜确实也走累了,没和秦澜客气,上了马背,任由秦澜在她身侧牵马而行,她问:"黎霆回来了?"

"嗯,军医已经看过了,小公子只是受到了些惊吓,并无大碍。"

黎霜叹了口气:"阿爹说得对,黎霆这性子看着厉害,却在京城给养得娇气了,一遇事还是跟个娇滴滴的大姑娘一样,需得磨炼。"

秦澜应了一声:"小公子到底年岁未到,将军莫要太过苛责他了。"秦澜顿了顿,微微侧眸看了一眼马背上的黎霜,沉思之后,轻声问道,"属下听小公子说,昨晚在马贼石寨,有一戴着黑面甲的神秘人前来相助,将军……"

黎霜听到这人,回忆起方才山头之上破晓之前的那一幕,心头是又羞又恼,可她的情绪哪能在将士面前表露出来,只冷着一张脸,打断了秦澜的话:"别提了。"

秦澜闻言,怔然抬头望了黎霜一眼,但见她面色不悦,便垂下眼眸,低声应:"是。"

他的身份,是没有资格对黎霜多说什么的,甚至连过多地追问都是逾越。

入了军营,众将士立即拥了上来,黎霆也穿着厚厚的狐裘从营帐里跑了出来,一看见黎霜,他登时眼眶一红,迎面扑进了黎霜的怀里:"阿姐!"

黎霜被他这一身软乎乎地一抱,饶是心肠硬,此刻也不由得软了一瞬。黎霆到底是她爱护着长大的弟弟,而且这次让黎霆随将士护粮,到底也是她的决策过错,怪不得他。

黎霜叹了口气,拉开黎霆:"先回去。"然后抬头命人唤了罗腾和其他几位副将过来。

黎霆被将军府的老仆护着,连忙带着他避着寒风往营帐里走。黎霆一步三回头地望着黎霜,只见她已经在对其他几位赶来的副将下令了。

"昨夜去的人少,尚未剿除马贼,今日再无顾忌,点兵三千,给我端了那贼窝。手段要狠。"黎霜神色肃杀,满眼冰凉,"杀鸡儆猴,让其他人马和西戎看看,招惹我大晋,是个什么下场。"

手段要狠,这就意味着,黎霜要他们一个活口也不留。

黎霆望着黎霜,只见她目光如刀,面色冷凝,黎霆有些愣神,在他眼里,黎霜一直都是和他打打闹闹,偶尔甚至还有些不正经的姐姐。直至此刻,他才知道,京中那些人有时候背地里说他阿姐是虎狼之女,原来真的半点也不夸张。

为国而战者,以国为重,施以计,用以谋,杀戮,血腥,都是那么稀松平常的事,而正因为有她这样的人以血肉为墙,驻守边疆,在大晋朝内，百姓才可安居乐业，他也才有资格在京城之中，因为一个小糖人怎么玩就和宰相家的公子无聊争执半天。

在家中，阿爹常说他不如姐姐，黎霆听了只道是自己年纪没到，而现在他却真的发现，他和黎霜，差得很远，远得好像根本不在一个世界……

黎霆咬了咬牙，沉默地回了自己营帐之内。

黎霜这方安排了事宜，再与几个将领定下了突袭马贼石寨的具体方法，然后便任秦澜为主统领去处理围剿一事。长风营的实力黎霜知道，根本不担心拿不下那个小小的寨子。而她自己回了营帐内，处理了些许军中日常，然后将黎霆的事写了信，托人送回京中，报于阿爹知晓。

忙完这一切，时间便到了傍晚，黎霜揉着肩膀往床上一倒。一整天未睡，黎霜此刻已经累极了，闭上眼睛，没多久便沉沉睡去。

她本以为自己会一夜无梦，然而却不知道为何，自打闭上眼的那一刻，她就开始不停地做梦。梦里一直有个男子，赤裸着上半身，戴着黑甲面具，静静地站在满是风雪的山头，用灼热的怀抱拥抱着她，然后用他的唇，暧昧又危险地摩擦着她的额头、脸颊和嘴唇。

梦里的自己想要挣扎，然而她却一直站在他的怀里，没能走得出去。

直到梦中男子吻上她的颈项，即将拉开她的衣襟之际，黎霜陡然惊醒。

睁眼的一瞬，时间已到半夜，长风营中一片安静，因她睡着，无人来打扰，营帐之内连烛火也未点燃，身边的漆黑清冷更衬得方才梦中火热，她睁着眼发了好一会儿呆，然后一抬手，捂住自己的脸。

她狠狠地叹了一声气，她竟然……做了这样一个梦。

真是……寂寞了。

然而等她坐起身来想要喝点水的时候，却发现自己的被子真的被拉了一点下来，衣襟也微微敞开。黎霜有点愣神，她竟然在梦里，自己把自己的衣服扒开了吗……

她觉得有点不对劲，掀开门口厚帘，出了门去。门外值守的是今年才入伍的新兵，正在撑着枪打瞌睡，但黎霜掀帘而出的那一瞬，士兵立刻惊醒，立马站直了身体，给黎霜行了个礼："将军！"

黎霜看了他两眼："方才我营中可有来人？"

士兵一愣，眨巴着眼看着黎霜："回将军，并未发现有人前来主营。"

再厉害的人，也不可能不惊动就立在门口的士兵闯进营内吧。那果然……就是她在做梦了。

黎霜没再多说，回了帐内。坐在床榻上，她狠狠地叹了一声气，心里想着，要不然，下次回京，干脆真的让阿爹给她张罗一门亲事算了。她这是，在塞北寒冬里，忍耐不住地迎来生命的春天啦……

翌日清晨，黎霜再出营的时候，秦澜带回来马贼全剿的消息。

黎霜点头，转念却又想到了那个在石寨中遇到的神秘男子，对于他知道自己行踪的事，黎霜还是放不下心来。她将昨天的细节又琢磨了一下，忽然想起他左胸膛那个蔓延到眼角的红色条纹。

和那个文身类似的图案，黎霜似乎在哪儿见过。

她摸着下巴想了一会儿，倏地眼睛一亮。"那个小兵晋安呢？"她问罗腾，"现在在哪儿？"

罗腾被她这样一问，倒显得有点茫然："那小子现在约莫和其他小兵崽子一起训练着呢，将军突然问他做什么？"

黎霜想了想："领我去看看。"

罗腾带着黎霜来到了训练新兵的地方,小小的晋安果然跟着几个稍大一点的孩子在进行体能训练,正围着训练场跑圈,也不知跑多少路了,前面几个孩子已经累得满头大汗,但是晋安却面不改色心不跳地在后面跟着,几个小孩都光着膀子,只有晋安还穿着一层单衣,他也没流多少汗,衣服都还干干净净的。

不是内息浑厚的人,做不到如此。

"那个……晋安!"罗腾高声唤了一句,然后冲他招招手,"过来,将军要见你。"

其实哪用得着罗腾来说,在罗腾唤他之前,晋安的目光就已经落在了黎霜身上,眸光亮亮地盯着她,待到罗腾一喊,晋安立马就跑了过来,往黎霜面前一站,目光就再也不往旁边看了。

看着他的眼神,黎霜觉得无奈又好笑,蹲下身,直视着晋安,问他:"我是不是和你娘亲长得很像啊?"

晋安一愣,摇头。

"那你怎么每次都这般盯着我?"

晋安想了一会儿,答了一句:"因为你是特别的。"

这好像是晋安第二次对她说这句话了,黎霜心里只将这话理解成,是她把他从荒原里救回来,所以这孩子大概就怀着感恩的心,认定她了吧。

黎霜揉了揉晋安的脑袋。

被她抚摸头,好似一件非常舒服的事,晋安微微眯起了眼睛,很喜欢她的触碰。

可黎霜只揉了他一会儿就收回了手,他瞅了眼黎霜的手,嘴角抿了一下,像是按捺住了触碰她的冲动。黎霜问他:"你胸膛上是不是有个红色印记?那天带你回来的时候,我看见的。"

晋安也不避讳,点了头:"你要看?"

"嗯。"然后黎霜顿了顿,"不能看?"

"我身上的,你都可以看。"

黎霜闻言,喉头一哽,一时语塞,倒是旁边的罗腾喊了出来:"臭小子咋又耍流氓了!谁让你这么跟将军说话的!"

"得了得了。"黎霜连忙摆手。本来是觉得看一看小孩的胸膛没什么大不了的,现在这么一说,倒让黎霜有点不好意思了。她把晋安带到一个军营之中去,然后让他自己褪了上衣。

黎霜拉着赤裸着半身的晋安转了一圈,只见他左边胸膛上有一个火焰的痕迹,而身上其他地方都和其他孩子一样稚嫩,简直比在京中养大的黎霆还要细皮嫩肉。

他身上一点伤也没有,黎霜不由得想到了那日将他捡回之时,晋安一身褴褛,衣裳尽数被鲜血浸湿,而现在看来,当时他身上的血,应该都是别人的,要不然流那么多血的伤口,不可能在这么短的时间内愈合,甚至一点痕迹也没有。

将晋安转了一圈,黎霜的目光最终停在了他心口的文身上,她伸出指尖摸了摸,触到那红色印记的时候,只觉晋安浑身一颤。

黎霜收了手:"痛?"

晋安摇了摇头。他不痛,只是觉得,黎霜的指尖上有力量,只是轻轻一触,就足以让他开心得甚至有战栗感。他看见黎霜又抬起了手,指尖在他心口的印记上游走。

晋安垂下目光,眸色轻柔,他喜欢黎霜的触碰。

她的指尖上像是有一道阳光,能驱逐他心头所有阴霾与那些让他几乎能感到疼痛的寒冷。

而黎霜却看不见晋安的内心,她只在他胸口印记上摩挲了一会儿,并没有发现其他触感,她问他:"这个印记是怎么来的?你还记得吗?"

— 044 —

她的指尖离开，晋安心头有掩盖不住的失落，可还是没忘了回答黎霜的问题："记不得了。"

他什么都记不得了，名字，来历，他的过去，他变成这样的原因。他能记得的最早的时间，就是在寒夜林间，浑身是血地奔跑，满嘴血腥，一身冰凉。

果然，黎霜沉思了片刻，心道，如果这个孩子没有说谎的话，那他就是真的失去了记忆，而他胸膛上的这个印记与昨天那个黑面甲神秘人身上的纹路几乎如出一辙。要想知道那人的身份，看来只有自己查了。

黎霜让晋安穿好了衣裳，自己回去训练，她转身要出营帐，衣角却被晋安拽住。

黎霜回头，看他："怎么了？"

"你可以让我跟着你吗？"

这句话来得突兀，黎霜琢磨了片刻："你还小，得先和兵长练好基本的东西。"

"我都会。"他望着黎霜，平时没什么情绪的目光里此刻写满了渴求，甚至带了点可怜的味道，"我可以保护你。"

黎霜闻言失笑，本想拒绝，但心里念头一转，沉思片刻之后，竟点了头："也行。"

听到这两个字，晋安本来不抱什么希望的目光陡然亮了起来："你同意了？"

"嗯。"黎霜点头，"回头我吩咐下去，从今天起，你就是我的亲卫之一。你今日且回去将行囊收拾一下，明日起便住进我亲卫的营帐中去，左右你之前与你帐内的前辈也闹了矛盾，再住下去也是尴尬。"

晋安闻言，面上都有亮光，他一点头。这是他离开黎霜最爽快的一次。

看着晋安走了，黎霜沉吟着唤来了秦澜。黎霜身边十二名亲卫皆是她从将军府带出来的，人人技艺高超、忠心耿耿，秦澜便是其中之一，也是她的亲卫长。只是多年以来，他也做黎霜的副将，渐渐地，亲卫长的这个身份，便不太被提及了。

听了黎霜的安排，秦澜一愣："那个孩子……"

黎霜知道秦澜必定有意见，直言道："前日我着十人与我一同去马贼石寨，临时起意的行动，军营外的人不可能知晓我的行踪。"

秦澜眸光一肃："将军是怀疑……那孩子与那神秘人有关？"

黎霜点头："现在虽还不知道那人到底有何意图，也不确定是不是晋安将消息透于那黑面甲人知晓，但光从他们胸口上的印记和不畏寒的特质来看，二者之间或许确有关联。"

"胸膛？"

秦澜重复了这两个字。黎霜陡然反应过来，也是……塞外大寒天的，她是怎么看见人家胸膛的……她咳嗽了一声："总之，先将晋安控制在你的眼下，好过放在兵蛋子那里让他自由发挥，亲卫营中皆是好手，不用担心制不住他。"

听黎霜转换了话题，秦澜也只得暗自紧了拳头，然后垂头应是。

"至于其他……"黎霜琢磨了一会儿，"本来觉得一个小孩的来历不需要查，而现下看来，不查还不行了。"

黎霜想，若胸膛心口处有红色火焰纹和不惧寒这种特征不止出现在一个人身上，那就意味着，在这塞北，或许还有一个她所不知道的族群或者部落，而且他们对她长风营的事，还很了解……

黎霜下令："今日下午军中无事，着三名军士与我同行，去探探找到晋安的那个地方。"黎霜眯眼望着远方，"我记得那背后有片树林，在那日前一夜，还有不小的动静。"

黎霜带上了罗腾与另外两名亲卫，正打算离开长风营的时候，晋安抱着被子和他少得可怜的行李拦到了黎霜身前。

"你要出营吗？"他目光紧紧地盯着她。

黎霜还没答话，已经骑在马背上的罗腾便斥了他一句："没个规矩！将军去哪儿还得跟你汇报吗！"

晋安只定定地盯着黎霜，直到黎霜开口说"去营外巡逻，天黑就回"，他才悻悻然地收回目光，有些失落地垂了头。

黎霜身边都是五大三粗的汉子，她是他们的将军，平日里与他们相处多半也是命令加威慑，何曾被人这般依赖过，即便是黎霆，偶尔对她撒娇也断不会是这般委屈可怜的模样。黎霜看着这样的晋安，一时间竟有几分心软，她摸了摸他的头。晋安的目光立即柔软了下来："先去做好你自己的事。"

晋安只是点头。看着黎霜翻身上马，英姿飒爽，即便不喜欢她离开，可晋安也还是会为她的身影而失神。

一路打马而行，黎霜一马当先，直入当初发现晋安的那地方。荒地之上，当初那么大一片血迹而今已经被风沙掩埋，只留有一点点生锈的血迹证明当日晋安确实在这处倒下过。

黎霜抬头一望，眼前是一片荒林，林中树的叶片几乎全部凋零了，可因为树林众多，望过去也是阴森森的一片。马匹无法走进树林里，黎霜便命几人将马套在外面的树干上，领着几人顺着被折断的树枝，往里面寻找着晋安当日从树林中出来的路径。

罗腾平时为人粗犷，可在寻踪觅迹之上却颇有造诣，一路往密林中越走越深，罗腾的眉头越皱越紧，直到行至密林深处，看着一片狼藉的树林，望着面前这一片树干都被撞倒的杂乱景象，他感慨："格老子的[1]，将军……这看起来并不像是一个小孩能弄出来的动静啊。"

只见面前方圆十丈之内树干摧折，大石碎裂，在一片杂乱枯枝覆

---

1. 四川方言，是表感叹、无奈的口头语。

盖之下，竟隐隐能见森白人骨！黎霜正在探看那被野兽舔食干净的人骨，只听身后亲卫一喊："将军！此处有一地室入口。"

黎霜行至亲卫所指方向，只见在石块与断枝的遮掩下，有一处阶梯向地下而去，内里漆黑一片，什么也看不见，只是从里面传出来一股腐败之味，令人闻之欲呕。

阶梯之上血迹斑斑，混着这味道，令人头皮发麻。

"将军，要进去吗？"罗腾问。

黎霜沉着面色："掩好口鼻，进去探探。"

她下了令，几人用布捂住了嘴，罗腾打头，点了火把，先在入口照了照，才一步一阶梯地慢慢踏下。

楼梯比想象中还要深，入地两丈许，全无光线，只有罗腾的火把能照亮四周，越是往下，腥臭腐烂的味道越是大，好在几人都是战场老手，对这些味道倒也习惯。

终于，行至阶梯尽头，入了一方长三丈、宽十来丈的地室，面前场景，可谓触目惊心：地室内里以铁栏围出了一个地牢，地牢大门破开，铁栏弯曲，仿似被什么野兽撞击过一般。地牢之内，遍地的血迹已经干涸，可遍布的尸骨有的尚在腐烂，有的却已经七零八落地散成一片枯骨。

晃眼一看，分不清此处到底有几人。

黎霜几人踏入地牢，罗腾正待向前，黎霜拉了他一把："等等，里面有动静。"话音刚落，只见火光没照到的阴暗处一双幽绿色的眼睛一闪而过，四周响起了狼"呜呜"的低吼声。

火把照过去，只见在地牢栏杆外的尸骨边，一堆野狼正在咬食尸体。那一片狼藉看得罗腾都几欲干呕。

黎霜看了那群野狼一眼，认出最大一只的狼王，脚下一动，踢了块小石子过去，径直打在狼鼻子上，狼王吃痛，呜咽一声，转身从地牢另一边的地洞钻出去，跑了，其他狼跟着鱼贯而出。

"格老子的……"罗腾干呕出来，"这些狼崽子都闻不到臭吗？这样的也能吃？"

见狼跑了，几人道是地牢再无他物，却哪想，正在黎霜接过火把，要往地牢中间走时，忽然之间，一股阴风刮来，携着恶臭，扑向黎霜，身后亲卫大喊出声："将军小心！"寒剑出鞘。

黎霜拿着火把堪堪挡住了迎面扑来的这一人。

此人黑发覆面，一身褴褛，力气却大得诡异："味道，啊……有他的味道……"那人开了口，竟是苍老妇人的声音。黎霜正在惊诧之际，手中挡住她的火把竟被那人一把打开飞出去老远，撞在铁栏杆上，然后骨碌碌地滚在地上。

好在火把未曾熄灭，从侧面照在老妇人的脸上。

黎霜看见，在那凌乱的黑发之后，是一张满是皱纹的脸，皱纹之中甚至还夹着血污，脸颊、脖子上，隐隐有腐烂的迹象。但就是如此肮脏丑陋的一个老人，她身上衣饰却是以精致珠宝镶嵌而成。

这老妇到底什么来头……方才进地牢的时候，完全没有发现她的存在，武功竟高到如此地步了吗？

黎霜正想着，老妇人却倏尔出手，意图掐住黎霜的脖子，黎霜一挡，从斜里躲过。

地上的火把火光渐熄，地牢渐渐变暗。

黎霜视线受阻，动作变慢，而那老妇人却根本不受影响，黎霜心知在这地室之中，必定斗不过这老妇……心头这想法还没落地，斜里忽然穿来一把大刀，径直穿入老妇人腰侧，大刀拔出，老妇人动作停顿。

黎霜趁此机会，一脚踢开老妇人，大喝一声："上去。"便领着几人冲上阶梯。

重见天日,摆脱了那缠绕于鼻的恶臭,几人尚未来得及喘气,只见身后老妇又跟了出来,她谁都不看,只盯着黎霜,扑上前来便要去掐她脖子,这次被两名亲卫堪堪挡住,老妇一双眼睛全是浑浊的黑色,犹如野兽。

"他在哪儿?"她问,"把他交出来!把他交给我!"她身侧被罗腾大刀穿出的伤口一点血也没流,场面诡异得让人心里发怵。

"这到底是何方妖妇?"罗腾粗声问着,"挨老子那么大一刀,还活蹦乱跳的!"

黎霜自是也不知道这到底是何方妖孽,正是僵持之际,忽然间老妇人动作一顿,两名亲卫挥刀而下,一左一右砍在她的肩头之上。然而那般锋利的大刀,却仿似砍在了钢铁上一般,没有伤得了妇人一寸。

妇人鼻子微微动了动:"闻到了……"

她说完这话,再不纠缠,身子一动,立即往树林之外奔跑而去。

黎霜目光一凝:"追!"

几人使了轻功,一路追随,可仍落后老妇人一大段距离。待到终于冲出了树林,只听一声马儿嘶鸣,黎霜一瞧,竟是那老妇人抢了他们拴在树林之外的军马,驾马而去,那方向却是……长风营的方向!

黎霜当即不再耽搁,吩咐一名亲卫留守原地,她与另外三人打马追去。

一路疾行,追至长风营外,隔着数十丈远,黎霜便听见了此时的长风营中有杂乱的吼声传了出来。

伤而不死、武功高强、力量惊人的老妇人,想必已经冲了进去,造成不小的慌乱。她到底意欲何为?黎霜在脑海里细细思索,难道……她要找的,是晋安?

驾马冲入长风营营门，黎霜马也不停，径直冲向亲卫营帐内。快到亲卫营时，果不其然，将士们拿了刀剑团团包围着那衣衫褴褛、形容可怖的老妇人。

妇人鼻子一直在不停地嗅着："你在哪儿，你在哪儿？"她嘴里念念有词，而将士们则随着她转动面向而不停地移动方位。

"将军！"一声呼喊从身后传来，黎霜转头一看，见是秦澜追了过来，"将军，此妇人方才闯……"

"我知道。"黎霜问，"晋安呢？"

秦澜一愣："理当在营内……"他这方话音尚且未落，那老妇人倏尔一咧嘴："我找到你了。"她身子一动，周围将士立即围了上去，刀枪直向她而去，有的扎到了她，有的砍在她身上，但所有的伤对她来说都好似没有影响。而这些拦了她路的攻击反倒是将她惹怒了。

她混沌的眼睛一厉，抬起手，将所有刺来的刀枪一揽，只听一声大喝，十来名将士竟就这般被她生生甩了出去，撞得整个军营里一片哀号与狼藉。

她脚步不停，径直撕了亲卫营的门帐，迈步便要进去。

而就在这时，门帘刚一撕开，一个小孩却正巧站在门口，老妇人盯着他，笑得诡异："我找到你了。"

晋安亦是望着她，表情却比平日冷漠，添了几分困惑。

老妇人伸手，欲去抓晋安的脖子，晋安怔怔地被她抓住了脖子，直到黎霜忽然出声喊了一句"晋安"，小孩仿似才突然回神一样，转头看了黎霜一眼，那双迷茫的眼睛宛如被大风破开了迷雾一般，登时清明起来。

老妇人手上用力，欲将晋安的脖子捏碎，而晋安却一个旋身，一个后空翻，挣脱她手掌之际，还在她胸膛心口处狠狠踢了一脚。老妇人踉跄退了三步，紧接着眼神一狠，闪身上前："你是我的，我死也要带你走……"说完这话,她扑上前去,手往晋安脸上一挖,晋安险险一避,可还是被她挖破了脸。

老妇人招招致命,一副要杀了晋安的模样,晋安且攻且守,两人动静之大,没一会儿便径直将亲卫营的营帐掀了。

所有的过招展露在了众人面前。

连这几天听话许多的黎霆,都实在忍不住好奇,掀开门帘,往外面看了一眼,而这远远一看,便让黎霆惊呆了去:"我小师父……好生厉害……"

不只是他,所有的将士都在旁边看呆了,几个将领都知道黎霜捡回来的这个小孩不简单,可从没有人想过,区区一个几岁大的孩子,身手竟如此敏捷,内力浑厚,看这模样,而今这在场的除了黎霜,怕是也没几人能同他一般,与这老妇人战成这般局面。

罗腾已经下了马,立在黎霆身边,望着晋安,随即摸了摸脖子:"这小屁孩搞不好还真能杀了老子……"

黎霜却不动声色,只吩咐了一句:"拿我弓来。"

身旁立即有将士去取了黎霜的弓,呈给了她。黎霜拉弓直指老妇人,其他将士都在目瞪口呆地看着小孩与老妇人这场骇人的打斗,只有黎霜在一开始便留意观察了,其他人打在老妇人身上任何地方,她都没有痛感,即便被罗腾那一把大刀从腰侧穿过,她也不过是停顿了片刻而已。而方才在晋安一脚踢在她心口处时,她却连连退了三步。

心脏,必定是她的弱点。

黎霜坐在马背之上,凝神屏气,弓箭被她拉开,她静待时机,终于,待得老妇人与晋安在空中缠斗,老妇人正是背向她的时候,她松开弓弦,羽箭破空而去,一头扎入老妇人后背之中。

箭尖所去角度,从她后背正好能贯穿她的心脏,然而黎霜这支箭确实正中老妇人的后背,却被堪堪卡在她后背两块骨头之间,并没有穿过她的心脏。

而此举惹怒了老妇人,只见空中的老妇人蓦地一扭头,一双黑而混沌的眼睛霎时盯住了黎霜。她手臂以一个诡异的角度扭到后背,将那箭拔下,狠狠地向晋安掷去,晋安向后一跳落在营帐房顶之上,避过这羽箭,然而老妇人却没有再追杀上来。

"你抢了我的东西。"她含糊地说了这么一句话,当即扭身便从空中杀了下来。

秦澜与罗腾登时大惊,立即护于黎霜身前:"保护将军!"

言语都未传到其他人的耳朵里,那老妇人的身影快得如同凭空消失了一样,等再出现之时,黎霜已经被她从马背上摁下!老妇人单手掐住了她的脖子,将她死死地摁在地上。

所有人都关注于黎霜那方,于是再没人看见,营帐房顶之上,方才立在此处的晋安,见到这一幕,倏尔瞳孔猛地紧缩,他心口处的印记暴涨,攀过他的颈项爬上他的脸颊,直至眼尾,随即烧红了他的一双眼睛。

黎霜被老妇人摁在地上,奋力挣扎,可只觉身上这妇人的手似铁臂,竟比方才要更大力一些。

周围将士见状,立即上前,罗腾大刀狠狠地斩向老妇人的颈项,可刀刃落在妇人脖子上,只听"咔"的一声,大刀豁了个口。

"心……"黎霜艰难地吐出这个字。

秦澜立即拿剑从背后扎向老妇人的心脏,可剑刃却无法破开她的后背,老妇人一转头,全黑的眼睛没有半点眼白,她一声嘶吼,一抬手,却是一股阴风起,将围着一圈的将士尽数挥开。

黎霜此时已经头昏脑涨,满面青紫之色。

正在这时,忽然间,只听"噗"的一声,老妇人手上的力量倏尔小了下去,她就这样睁着眼睛,一脸不甘地僵硬了表情,然后倒了下去,在黎霜身边没了动静。

而老妇人的身影倒下之后,黎霜在迷蒙之中抬眼望去,只见她身边站着的是一个小孩——晋安……

只是他现在双目赤红,浑身杀气凛然,手中血淋淋地握着一颗恶臭的心脏,他手掌一用力,径直将那心脏捏碎了去,腥臭的血液溅在他与黎霜的脸上,让黎霜的神志稍稍清醒了些许。

她见晋安将手上那已成一坨烂肉的心脏丢在了地上。

黎霜坐起身来,忍着脖子上的疼痛,艰难地呼吸着,她嗓音破碎地唤了一声:"晋安?"

晋安抬头看她,见她性命无恙,于是他周身杀气渐消,眼中的猩红也慢慢消失,脸上的红印不见踪影,终是恢复了平时的样子。

他面无表情地甩了甩手,想甩掉手上的血,但血液黏腻,怎么也甩不干净,最终他用另一只干净的手,帮黎霜把脸上溅到的血迹抹掉。他看着她,目光平淡,就好似刚才只是打死了一只蚊子,而不是徒手杀了一个刀枪不入的、其他人都没有办法的……怪物。

"没事了。"他说,"她起不来了。"

四周静默一片,无人说话。

晋安目光垂下,看见了黎霜脖子上被掐出来的青印,他皱了皱眉头,伸手想去抚摸,可却没敢触碰:"你伤了。"该给她看大夫。晋安如是想着,可等他一转头,周围围着的一圈军人,皆是戒备地盯着他:罗腾、秦澜,还有不知什么时候跑过来的黎霆,全是一脸呆怔地盯着他,如同在戒备一个……

怪物。

和那老妇人一样的怪物。

晋安收回目光,看着黎霜,却见黎霜也失神地盯着他。

于是他垂了头，没有任何辩解，像一个罪人一样，默默忍受着周围所有的审视。然而这时，一块柔软的手绢在他脸上抹了抹。

是面前的黎霜帮他擦掉了脸上先前被老妇人挖出来的血痕。"军医。"她声音破碎，可只用她这么轻轻一声，便足以打破他所面临的所有质疑和窘迫。

将士们立即回过神来，唤来的军医将晋安与黎霜一同抬入了主营内，一人帮黎霜看脖子，一人帮晋安清洗了脸上的伤口。

将士们都围在黎霜身边，晋安也远远地盯着黎霜。

军医将她的伤口处理妥当了，细声吩咐："除配合药物外，将军近来且少言少语，忌大声嘶吼，切莫动怒动气，少食辛辣刺激的食物。吩咐膳房，多行米粥。月余方得好转。之后注意预防伤寒便可。"

晋安在众人背后，将这几点都默默记在了心里，还打算回头悄悄去问问军医，预防伤寒要注意些什么。

军医出了主营，黎霆舒了口气，道："还好阿姐你没事，要不然我回去都不知道怎么和阿爹交代。"黎霜刚张了张嘴，黎霆又道，"阿姐你别说话，还是先养养嗓子，你光听我言语就行了。"

黎霜躺着哭笑不得。他们上场打仗，哪那么娇气。然而黎霆这次的话却得到了秦澜和罗腾的一致同意："将军在军营里出了闪失，已够让我等无颜见人了。"

黎霆发问："不过说来，那妖妇到底是什么来头？我这辈子倒是第一次见到这种刀枪不入的人，太吓人了。"

秦澜沉吟道："那老妇生而无气，死而无息，先前军医剖了那身体，说已经死了十天半个月了。只是因为今年天寒，所以尸身……"

"死了？"黎霆十分惊讶，"还十天半个月？"

罗腾也诧异："秦澜，这啥军医看的，哪个死了十天半个月的老太婆还能这么上蹿下跳地和咱们战个三百回合？"

— 055 —

"按常理说，是不可能。不过军医所言确实无差，先前那老妇人你们都见了，脸颊、脖子处已有溃烂，且伤而无血，心脏……"秦澜微微一停顿，转头看了侧榻里坐着的晋安一眼，"心脏之中仅存一点污血，并非活人所有。所以依我所见，这约莫是民间所传闻的……起尸了。"

此言一出，黎霆惊得没了言语，罗腾抱着胳膊抖了抖："恶寒。老子上过战场，本以为这辈子没啥没见过了，结果居然还有这么一出……瘆人。"

"我以前年少时闲来无聊，曾读过几本灵异志怪之说，书中言，凡是起尸者，必定生前有极大执念或者未完之事，死后若有与之相关的人与事出现，便能起尸。"

人与事……

黎霜沉吟，她记得在地室之中时，才入地室，里面除了野狼，确实全无他物气息，也就是说，那个时候，那老妇人还是一具完整的尸身，而他们到了那里之后，那老妇人才起来。那妇人曾对她说过，她身上，有他的味道……

而可见之后，她是来找晋安的，这老妇人所执迷的，难道是晋安？

她此行，本是想将晋安的身世查清楚，而现在，这个孩子的身世，却越发让人觉得扑朔迷离了。

那密林中的地室，遍地的尸骨，死时狼藉却衣冠华贵的起尸老妇，以及……他那时的鲜红眼瞳与烈焰文身。

黎霜兀自思量，先前在山匪石寨之中救了她的那个青年，身上的文身与方才晋安杀那老妇人时的文身，几乎一模一样。难道说，他们身上这文身，还会随着他们力量的变化而变化？

这到底是塞北哪个部落的人，她简直一点头绪都没有。

秦澜几人讨论了一番没讨论出结果，而他们去问晋安，晋安也是沉默不言。最后几人只好作罢，黎霆走之前没敢再像以前那样拽着晋安的手说东聊西，只站到三步远的地方，说了句："小师父，谢谢你今天救了我姐姐呀，虽然……"

虽然……有点吓人。

晋安抬头看了他一眼，黎霆浑身一怵，立即规规矩矩地走了。

晋安垂下头，听门口的秦澜唤他："出来吧，该让将军休息会儿了。"

他看了黎霜一眼，沉默着要往营帐外面走，却听黎霜喘了口气，嘶哑着声音道："等等。我有事问。"

晋安留了下来。他乖乖地站到黎霜床榻边，看着她脖子上的白色绷带，神色看起来有点难过。"疼吗？"他终于主动开了口，然而问完之后，他又立即道，"不用搭理我。"

黎霜笑了出来："我自己有度。"她看了晋安一会儿，问他，"你……"

"我都跟你说。"他抢过了话头，"不过我也不记得多少，只知道那日我从林间跑出，昏倒在地，第二天被你捡回，这就是所有。"

不知道自己叫什么名字，不知道自己从哪里来，不知道今日那老妇人为何要来寻他……

他其实，比其他任何人都更想知道自己的身世来历。

黎霜见晋安站在她的床边，眉目微垂，思及今日在老妇人死后，他往周围探视一圈之后的神色，黎霜觉得有点心疼：再怎么厉害，这也还是个小孩呀。

黎霜抬手摸了摸他的脸颊，他脸颊上的伤口被军医用药草盖住了，她轻声问他："你伤口还疼吗？"

她只是想问他这句话。

晋安一愣:"不疼了。"

黎霜点了点头:"我幼时被父亲捡来,习武之后,进步神速。一日院中恶犬困我主母,我当场将其杀之……可主母从此便嫌弃我,称我怪力惊人,并非常物,"她声音破碎,让听得晋安有点难受,"与你今日所遭遇的,一模一样。"

她看着晋安,目光很温和且安定:"可我父亲却告诉我,身负奇能,并非坏事,心有正道,即便身在黑暗,亦可踏破地狱。剑在手,是杀是救,是善是恶,不在于他人口中,而在于你的心里。"她轻轻一笑,"晋安,谢谢你今天救了我。"

晋安心头猛地一动,霎时一股暖流便溢满全身,他垂下了头,低低地应了一声,而黎霜摸到他的脸颊,却觉得掌心悄然烫了起来,竟是他在……

害羞呢。

黎霜觉得好笑,把被子掀开了一点:"要与我一起睡吗?"

晋安一愣,登时心跳如擂鼓,眸光晶莹透亮地盯着黎霜:"我可以吗?"

他喜欢与她在一起,或许是在脑海深处,觉得她像自己的某个亲人吧——黎霜如此想着,拍了拍床榻:"睡吧。今天累坏了我,也累坏了你。"

晋安当即不客气地脱了鞋钻进了被窝,黎霜一把将他抱住,拍了拍他的脑袋:"睡吧。"

正值日落。

一直待在黎霜的身边,每个昼夜变幻时,他身体的血气翻涌仿似少了很多。

今日直到快临近半夜之时,晋安才感觉到灼烧之感,然而不过也就片刻时间,灼烧之感便隐没了下去。

他身体变成了成人，一瞬间，刚才抱着他睡觉的黎霜，变成了在他怀里睡觉。他伸手，将黎霜揽了过来，动作轻柔，将她护在怀里。只听得黎霜一声嘤咛，却也没有转醒，在他怀里蹭了蹭，继续安稳地睡着。

晋安看了看怀里的人，摸了摸她脖子上的绷带，只道若是他白天能变成现在这模样的话，定是不让那老妇人伤她分毫的。

他心疼地在黎霜眉间轻轻吻了一下，随即护着她，闭上了眼，也静静地睡了过去。

翌日清晨，黎霜醒过来的时候，看着自己抱着的小晋安，只觉自己做了个很荒唐的梦。

她竟然……又梦到那天那个轻薄她的男子了。

而且……两个人还抱着睡了一宿！

黎霜揉了揉眉头：看来下次若是回京，还真得让父亲给她指一门亲事了啊。

黎霜抱着还在睡觉的小晋安出神地思考着，京城里哪家公子能和她这个玉面阎罗凑成一对呢……

最好要有点胆量的，不然看见她杀人就能给吓破了胆。还要有点能力的，以后她出来打仗，还可以带上他一路，让他帮忙出谋划策。如果没有脑子的话，那有点肌肉也行，可以直接给她上阵杀敌。身世这些她倒是不太在意，因为就算是京城里，能和她门当户对的也没有几个啊……

嗯，如果这样说来，那天轻薄她的那家伙……好像……也可以……

黎霜被自己的想法惊到了，咳了几声，将晋安咳醒了。

晋安伸出小手，碰了碰她的喉咙，声音带着初醒的暗哑："嗓子疼吗？"

"无妨。"黎霜坐起身来,"休息一夜,我该去巡营了,你自己好好地去训练,切忌傲慢视人。"她如此教晋安,是安了一辈子留晋安在身边的心思。

在黎霜看来,如此天赋异禀的孩子,若是不好好教,将来对世间便是一个危害。而且,若将他留在长风营,以后待他长大,由他来镇守边关,坐镇长风营,定是对塞外敌国极大的威慑。

晋安倒也听话,没再多纠缠,老老实实地出了门去。

接下来的几天,长风营里倒是安宁,与往常没有什么不同。

只是到了黎霆回家的日子,黎霜本以为她这个娇气的弟弟定会哭闹上一阵才肯离开,没想到这次黎霆居然不叫也不闹,乖乖地和黎霜道了别,最后只对黎霜千叮咛万嘱咐,一定让她小心,让她过完这个寒冬就回家看看他,看看爹。想来这次塞北之行,还真是让他成长了些许。

黎霜应了黎霆的话,复而想起一事,走到一边,叫了陪黎霆过来的老仆说话,两人说话的声音小,旁边的人听不见,黎霆调皮,跑过去探了一头,然后惊愕地大声叫了出来:"阿姐你想嫁人啦!"

他这一喊,直接将黎霜的心事公之于众。

黎霜脸色青了一瞬,转头一看,只见来送行的将士们都目不斜视地看着前方,像是完全没有听到黎霆刚才喊的那话一样。

只有小小的晋安一直拿眼神儿盯着她。黎霜回头就给了黎霆一拳:"赶紧滚。"

黎霆摸摸鼻子,也知道自己情急之下说错话了,于是连忙爬上马车,走之前还小声地再三给黎霜保证:"我一定会监督爹爹,让他给你找个又高又帅还武功高强,对你温柔还听你话的。"

"滚。"

于是仆人一驾车,带着将军府的小公子,马不停蹄地"滚"了。

黎霜一回头:"都给我散了。该干吗干吗。"

她吼了一句,所有将士连忙跑了,只有秦澜留了下来,像往常一样向她禀报事情,低垂的眉眼,仿似没有任何情绪。

这夜里,少了黎霆,军营倒显得有几分冷清。黎霜觉得喉咙干得厉害,想起了长风营南边靠近鹿城的地方有一处温泉。当夜她便骑了马带了衣裳,没让人跟着,自己去了温泉,打算泡泡水,解解近来的疲乏。

这一路打马行至小树林的温泉处,只见泉水清亮,大冬天的,也没人出城,是以周遭清静极了。

黎霜拴了马,褪了衣裳,这方一入水,忽觉背后有风声一动。

她立即抓了衣服,掩住胸口,转头一看,竟见那经常在她梦里出现的登徒子……就站在泉水边上离她三丈远的地方。

他望着她,没有半点避讳。

当……当真是个登徒子!居然在她褪了衣裳沐浴梳洗的时候出来了!

他往前走了两步,竟是还想更靠近她一些,黎霜当即呵斥了他:"站住!别过来!"

他果真站住了脚步,却问她:"为何不能过来?"

黎霜用衣服捂着胸口,放也放不得,穿也穿不得,就这样站着与那人对峙着。她怒目而视,对他的问题还真不知道该怎么回答,只得斥他:"无耻之徒!"

"为何无耻?"

"我未着衣衫,你步步紧逼,何不无耻!"

他好似想了一会儿,然后垂头看了看自己的身体:"我也未着衣衫,露着胸膛,你看我,你便也是无耻?"他一副诚心求问的模样更是惹恼了黎霜。黎霜索性往温泉里一坐，打算借着泉水的遮挡，在水里穿上衣服。

然而在黎霜打算把衣服泡进水里之前，他忽然身子一动，如闪电一般，眨眼便行至黎霜面前，将她的衣服抓住。"不能泡在水里。"他说，"湿衣服穿了，你会生病。"

于是，黎霜便这样仅靠着衣物在身前遮挡，就这样与这个在她梦中出现过的男子，面对面地站着了……

第三章

面前这来路不明的神秘男子还是戴着黑色的面甲。除了一双鲜红的眼睛与嘴唇的轮廓,黎霜看不全他的面目。温泉水蒸腾起来的热气宛似仙雾在两人之间飘荡,胸膛上蔓延出的红印在朦胧月色下若隐若现,是极致的妖媚与诱惑。

可黎霜并不欣赏这种诱惑。

因为他手里还抓着她的衣服!

黎霜心头怒极,可此情此景她却无可奈何,她上不了岸,也没法让登徒子自觉离开。为了不让自己吃更大的亏,她压下情绪,沉着面容,隐忍道:"阁下今日来此,待要如何?"

黑面甲男子却没正面回答她的问题,微微歪了一下脑袋,瞅了她脸颊上不知是因温泉水还是因恼怒而起的红晕一会儿:"你在生气吗?为什么?"

为什么?

她一个女子,虽则很多时候她手下的那些将士根本就没把她当女人看,但她到底还是个女子。她外出打仗多年,军营之中,夏日训练,是有男子赤膊上阵,黎霜至今也习惯一大群一大群的男人光着胳膊在面前打架,可她并没有光着跟别人打过架啊!

她还是没嫁人的大闺女,如今在野外,她褪尽衣裳,泡在温泉里,被另一个大冬天也不好好穿衣服的男人看见了,她不该生气吗?

尽管好像这段时间……她的梦里……也老是出现这个人……

都是因为上次风雪山头上的那一吻!

想到此事,黎霜脸颊微微升腾起了一股热意,而这种情况下的害羞,却让黎霜恼羞成怒了,她沉着脸斥他:"男女有别!偷看女子沐浴,行非礼之事,竟还这般理直气壮!实在混账!"

被她这般一喝,男子愣了一瞬,松开了手:"你不喜欢,我不看便是。"他说着这话,却暗暗藏了几分委屈似的。他退到了最近的一棵树背后,安静地坐了下去,当真连脸都没有露出来一点点。

"……"

怎么……他还委屈了?

倒搞得像是她对不住人了一样……

黎霜哭笑不得地将衣服拿了过来,游到温泉另一头,起身之前她转头看了那方一眼,但见那人当真守信地没有转过头来,黎霜这才借着水雾遮掩,急忙上了岸,也找了棵树躲着,三下五除二,麻利地将衣服穿上了。

有了衣服,黎霜再次找回安全感。

她走了过去,但见黑面甲男子还坐在树下。黎霜抱着臂,眯着眼打量他:"你到底是什么人?想做什么?"

男子一仰头,鲜红妖异的目光却十分干净透彻:"你想嫁人吗?"

黎霜一愣,眉头皱了起来:"你怎么知道?"

"我听到的。"男子简略带过了她的问题,又道,"我知道嫁人的意思。"

黎霜眉头紧蹙,眸光犀利如刀:"谁管你知不知道嫁人的意思,说,是谁将这事告诉你的!"她蹲下身来,一把擒住了男子,直视着他的目光,一如平时审讯敌人派来的奸细一样。

她让老仆回去给父亲带话给她寻门亲事,是今日黎霜在送黎霆离开的时候,不小心被黎霆捅出去的话,当时他们就站在长风营门口,长风营里全是军营将士,长风营外是一片塞北广袤无垠的荒凉大地,丝毫没有让人藏身之处。

他若是能知道她说了这话,那必定是当时在军营中间,有一个奸细,而这个奸细,最有可能的就是……

"你嫁给我吧。"

男子忽然平静地说出了这样一句话,没有丝毫紧张,目光也极平淡地直视着她,平淡得就像在说……

你看,今夜夜色多美。

这牛头不对马嘴的回答,却成功地让黎霜愣住了神,并且忘了自己的问题,甚至惊得她连凶恶的表情都做不出来了:"你……你说什么?"

玉面阎罗难得觉得自己有点慌。

"你嫁给我吧。"

黑面甲男子静静地重复,好像并没有觉得自己说的是句多么可怕的话。

"荒谬!"

黎霜终于反应过来了,斥了他一句,嫌烫手似的将他放开。

"荒谬?"他还是那么认真地盯着她,"为何荒谬?我知晓,嫁人就是你要将你自己托付于另外一人,然后一直与那人在一起,直至死亡都不分开。"他盯着她的眼睛,鲜红的眼瞳里满满都是她的身影,"你可以把自己托付给我,我会保护你,也想和你一直在一起,直至死亡,也不分开。"

这些海誓山盟,在他的嘴里显得就如柴米油盐一般平常,可不知为何，黎霜听着这人在她面前这么平静地诉说这些浓情蜜意时才会说出的言语，在哭笑不得的无奈背后竟有几分……

动容？

这是个傻子吧？除了心智憨痴、形容疯癫的人，谁会对一个才见过两面的人说这样的话？

还是说……他其实，有阴谋？

"少说这些浪荡言语。"黎霜冷下面容，驳斥了他，"我问你，你是如何知晓这些事情的？老实说，否则……"

"否则……要抓我回去，审我吗？"他望着她，神色极为无辜，还带着点受伤，好像在无声地问她，为什么总是对他这么凶。

黎霜头一次觉得自己在处置一个类似"奸细"的人的时候，手有点抖。

"你不想嫁给我吗？"黑面甲男子微微凑近了她一些。

这短短的一点距离便给黎霜造成了巨大的心理压力，她不自觉地微微往后退了一些，强自绷着冷脸，斥道："婚姻之事，父母之命，媒妁之言，我不做安排。再有，你身份不明，来历成谜，至今未以真面目示人，却与我妄议婚姻……你别凑那么近。"

黎霜终于受不了了，伸手将他推远了些。

他依言往后退了退，可手却抚上了黎霜方才推开他时，触碰到他肩头的那个地方。明明只是轻轻一碰，却像是有她的热度停留在上面了一样，他垂下眼眸，眸光温暖细碎，仿似真的对她有万千情谊。

上次……好像去救黎霆的时候，他与她从那地洞里面脱险的时候，他也是这般看着她的吧……

这多情的目光，让黎霜又一次开始怀疑，她是不是真的在什么时候不知不觉地失去了一些记忆，她其实在塞北真的留了一个恋人？

"我若给你看我的脸，你会嫁我吗？"他问黎霜。

066

这个男子，好像对她说的每一句话都那么自然又认真，以至于别人说来她可以毫不犹豫就拒绝掉的话，她都怔怔地不知道该怎么回答。

"你……"

"将军？"

小树林外陡然传来秦澜的询问声，黎霜转头一望，便在这一瞬间，身边一阵风过，等她回头，刚才正在她身边的黑面甲男子已经不见了踪影。

黎霜惊诧，此人的动作竟这般快，若论轻功，她与他，只怕差了不止一星半点。

树林外的秦澜没有得到回答，声音微微比方才急了一些："将军？"

黎霜稳下情绪："在这儿。"

听得黎霜回答，秦澜放下心来："将军可还安好？"

"嗯。"黎霜循着秦澜的声音走了过去，绕过几棵树，看见了正背对她站着的秦澜，想来是为了避嫌，所以没敢转过头来。

对，这才应该是正常男子的做法呀！

黎霜粗粗将湿发一绾，盘在头上，问秦澜："你怎么来了？"

"看守的士兵说将军夜出，未带卫兵，属下便猜将军定是到这里来了，只是久等未见将军归来，有些担忧，便赶来了。方才听见林间似有人言语，却不知该不该上前，遂只好在此唤了将军一声。"

"嗯。"黎霜应了，"是有个登徒子来扰。"

秦澜一怔，转过头来，但见黎霜头上盘着湿发，还有水珠顺着颈项流入衣襟里，他又扭过了头："将军可无碍？"

"无甚大事。"黎霜一边与秦澜说着，一边往外走去牵马，想起了什么似的，转头问秦澜，"先前着人去查，可有查到塞外哪个部落习俗是在胸膛上刺火焰纹？"

"已查过了，塞外似并无这样的部落。"秦澜顿了顿，仿似想到了什么，"将军方才说的登徒子，难道是上次那戴黑面甲的男子？"

黎霜一愣，有些惊异于秦澜这么快便能猜道："嗯，是他。不过方才他动作快，让他跑了。"

秦澜微一沉凝："先前小公子说，为了救他，那人受过伤，这不过几天时间，他却恢复得这么快？"

提到这事，黎霜才想起来，刚才见到那人，好像确实没有看见他身上有什么伤。可她清清楚楚地记得，那天她到地洞陷阱中去"救"他，他只手抓住壁上的利刃，掌心被剑刃胡乱割破了不知多少伤口，更有后背被剑刃狠狠刺破的伤。

可就今天看来，他动作并没有丝毫因伤而阻碍的迟缓，甚至他的手掌上……也没有一点待愈合的伤疤。

若是照正常人来看的话，他的伤……确实愈合得太快了。

黎霜摸着下巴思索，一个武功奇高、身体奇异、身份成谜的男子，还时刻知晓着她的言行举动……黎霜唯一能想象到的他与她生活的联系，除了晋安，再没别的了。

他们有一样的火焰纹，许是同一个部落，或者同一个门派的人，他们之间必定有某种联系，甚至晋安在与他交换着长风营中的信息，或者说是……她的信息。

黎霜翻身上马："晋安还在亲卫营中吗？"

秦澜一怔："属下出来之时，亲卫营中人说他已经睡下了。"

黎霜提拉马缰："嗯，回去查查，明日将他带到我营中来审审。"

知晓黎霜心中的怀疑，秦澜低声应是，随即与她一同打马回营。

两人回到军营之时，正值深夜，营中大部分将士已经睡着了，黎霜路过亲卫营时，在门口微微一停脚步，门口守门士兵立即精神抖擞地给黎霜行了个礼。

黎霜轻声问:"都在里面睡着?"

"除了当值的,皆已安睡。"

黎霜点了点头,亲卫营里都是她的亲兵,实力算是整个长风营当中最强的了,他们若是在里面看着人,不可能让人悄无声息地跑了。即便晋安在那天表现出那般超出同龄人的力量,但从他那天的功夫来看,他轻功还没这么了得。

只是……如若换作今天这人的话……

黎霜微微沉了眉目,他倒是真可能在不惊动里面任何人的情况下,找个守卫恍惚的瞬间就从里面走了。

不过,若是照黎霜的推论,那黑面甲人要让晋安在长风营里帮他打探消息,就不可能将晋安从里面带走,只会让晋安尽量深地扎根于长风营中,这样才能得到更多的消息。

一番斟酌,黎霜终是打算直接回营休息。

而正在这时,哨塔上的哨兵倏尔起了惊异之声,在黎霜掀开营帘,正准备迈步进去的时候,哨兵忽然敲响了警钟:"西戎军!是西戎军!大军越境!敌袭!敌袭!"

军情突如其来,不给人一点防备。方才还安静的长风营霎时便一阵人马躁动,警钟敲响,所有沉睡的士兵皆惊醒。

黎霜神色陡然一肃,毫无耽搁,转身便喊了一声:"全军戒备!整兵!"

她往远处瞭望,荒芜的塞外燃起了寥寥烽火,片刻之后燃遍旷野。马蹄轰隆,似要踏碎这苍茫北地。

在这寒冬来临之际,她最担忧的事情,到底还是发生了。

长风营战士连夜整兵,与西戎大军最精锐的先锋部队打了一场硬仗，堪堪守住了鹿城。

黎霜并未亲自上战场，她在军营里忙了一整宿，排兵布阵，了解情况，与其他将领商议对策，遣人快马加鞭报军情回京。

从知晓军情那刻，黎霜便忙得不可开交。

军营之内，大夫在照顾源源不断的伤兵，每个亲卫轮值在黎霜身边守卫，连马匹也比往日躁动了几分。而那个做了登徒子的神秘黑面甲男子与晋安的事情一瞬间变得微不足道起来。兵荒马乱的时刻，没人再去注意一个孩子在做什么，哪怕平时他多么特别。

清晨，一夜战罢，前线将士暂时将西戎先锋部队击退，西戎部队退守鹿城之外十里。黎霜打马入了鹿城，打算与城守商议，欲将长风营迁入城内，以方便后面守城。

鹿城城守李章义吃了一肚子肥油，从屋里急急赶到堂上来见黎霜时，便已走得气喘吁吁、满头大汗。

黎霜未多与他寒暄，直言道："李城守，昨夜城外一通乱战，相信城守已知，西戎大军压境，军情刻不容缓，为方便日后共击外敌，今日酉时三刻，望城守迎我长风营将士入城。"

闻言，李章义绿豆大的眼睛一转。

他是丞相提拔到鹿城来的城守，而丞相在朝堂之上与大将军常年分属两派，立场相对，黎霜被派来塞外看守长风营，然而长风营却不驻扎在鹿城之内，这便是大将军与丞相之间在朝堂之外的一处较量。

而今虽则敌情当前，但大将军与丞相也在针锋相对之际，长风营若是入了鹿城，无论是对他这城守之位，还是丞相的权力，都没好处。

他当然不肯答应。

于是他便眯起了眼，笑得一脸横肉地给黎霜赔笑道："将军，西戎大军兵强马壮，手段又凶狠至极。今年我朝江南大地丰收，鹿城里面粮食充实，过这个冬绝对没问题，何不给他们点粮，将他们打发罢了？"

黎霜神色一冷，眸中似有冷刀扎在城守身上："你要拿我大晋粮草去喂这群豺狼？"

城守触到黎霜的目光，浑身一抖，微微退了一步，抹了抹头上的汗，心道这玉面阎罗果然不是朝堂上人空叫的，这一身杀气，委实逼人。

他稳住情绪，打着哈哈："这……这只是权宜之计。我昨儿个上城头望了一眼，若只是那先锋部队倒也罢了，而今那西戎大军已至，兵马甚多，咱们守城的将士加上长风营的将士，只怕也不足人家一半，我们不如先打发他们一点……"

"你想打发？"黎霜冷笑，"你且问问那西戎大军，要不要你的打发！"

李章义还是温暾地笑着："将军这是何意啊？难不成想拿我鹿城将士，与你长风营将士去送死不成？"

"是不是送死，不是你这文官该管的事。"黎霜强硬地打断了他，"今年冬日塞北缺粮之势只是初露端倪，此后塞北外部落之争只会愈演愈烈，谁先掌握了大量的粮草，谁就是今冬这塞北的霸主。西戎举大军来犯鹿城，便是知晓鹿城粮食丰富，打算好生一抢，存上粮，再在这恶冬一举拿下其他部落。"黎霜手指在桌子上敲了敲。

"你说说，你能拿得出多少粮支撑他们整个西戎的军队打完这个冬的仗？"

李章义静默不言。

"这第一仗，必须打，且我还要赢得漂亮，痛打狗头，才能守得鹿城此后的安宁。"黎霜起身，一身铠甲撞击出铿锵之声，"酉时三刻，开城门迎我长风营。平时我不管，战时，这座鹿城，我说了算。"

她起身离开,高高束起的头发扫过李章义肥腻的脸。

待得黎霜脚步声消失,李章义阴鸷地盯了黎霜背影一眼,握了拳头:"哼,小丫头片子。"

塞北冬日天黑得早,到了酉时,天已乌黑了大半,黎霜骑马在军队旁边,看着整个长风营将士各自整装,将必需品整成一个包袱背在身上,在天色将黑未黑之际便整军往鹿城出发。

所有的亲卫都跟在黎霜身后,方至此时,看着前面的人行军,黎霜才稍稍空闲下来,往自己身后一望,随即一怔,问了正守在身边的秦澜一声:"晋安呢?"

秦澜也是一愣,扫了一眼:"似……有些时候没见到了。"他询问下去,亲卫里有一人道是在天还没黑之前,看见了他一眼。

得到这种回答,黎霜皱了眉头。罗腾在一旁斥道:"格老子的,就这小屁孩儿事儿多,老子回去找找。"他一提马头,刚要往回走,却忽然一顿,望向西戎扎营之处皱了眉头,"将军,有动静。"

黎霜立刻凝神一听,只觉大地之中隐隐传来轰隆之声,多年征战,她知道这意味着什么——西戎的大部队动了。

"加快步伐!"黎霜大声一喝,"入鹿城!上城楼!抵御西戎!"

长风营将士立即行动起来,黎霜也再无心顾及晋安,径直打马直向鹿城而去,秦澜与罗腾迅速跟上。

然而到鹿城城门之前,黎霜却见鹿城城门紧闭,有长风营的将士正与城墙之上的守将喊话。

黎霜在城下拉住马缰,盯着城楼上的守将,厉声呵斥:"镇北将军黎霜在此,命尔等速速打开城门!"

守城将士往旁边望了一眼,终是有一人没忍住喊道:"将军,城守让我们死守城门,今日不得开门。"

黎霜大怒："混账！大敌当前，他李章义下此毒令，可是要叛国？你们听从他这愚令，此战之后，是想被叛国罪论处，被斩首鞭尸？"

此言一出，守城将士俱是一惊。众人面面相觑了一阵，而在此刻，城楼之上登上来一人，圆滚滚的身体挤开一个守城士兵。"黎将军，你这话说的，微臣可担当不起。"他指了指远方，"你且回头看看，西戎大军便在你身后步步紧逼，你要我此时大开城门，这万一我要是放了敌军入城，害我鹿城百姓，这可是臣疏忽职守啊！"

远处轰隆，马蹄逼近，虽则这李章义行为可恶，可他这话现在说，也确实有几分道理。

虽然是这个浑蛋将入城的最佳时间耽搁了，可此时入城，确实很可能在长风营将士没有完全进入鹿城之际，西戎大军便已经逼近。彼时城破，更是难堪。

黎霜咬紧牙关，再次掉转马头，面向浩渺大地的彼方，望着那如海啸一般汹涌扑来的西戎大军。她正打算就此决一死战之际，城楼之上忽然传来李章义一声惊慌的怪叫："啊！大胆！你是何人！"

黎霜仰头一望。

只见高高的城楼之上，不知什么时候竟有一人落在了李章义身旁，他擒住了李章义的脖子，手上一把从旁边守城将士腰间抽出来的寒光铁刀正冷冷地比画在李章义的脖子上，他下手很重，已经将李章义的脖子割出了血。

黑色面甲，猩红眼瞳，这人竟是那个……

登徒子！

与前两次所见不同的是，这次他没再裸露胸膛了……

"开城门。"他在李章义耳边冷冷道了一句。声音不大，却仿似能传遍千军万马的号角，震慑人心。

这个男人……

李章义久久没说话，那人却是半点不手软地将刀刃又往他的肥肉里狠狠压了些许，许是终于痛得受不了了，心里的恐惧迫使李章义破碎着嗓音尖叫着开了口："开！开！我开！叫你们开城门！听见没！"

"不许开！"黎霜却在城楼下一声呵斥，斥得挟持了李章义的男子也有几分愣神。

黎霜没有解释缘由，只冷冷凝视着面前携着漫天尘埃滚滚而来的西戎敌军，腰间长剑出鞘。

"长风营将士，卸下随行物品，放置城门下，待杀敌归来，再入鹿城。"

她一下令，将士皆诺，立即于鹿城城门之前整装列队。黎霜回头一望："李章义，今日不让我入城算你有理由，可你若敢不死守鹿城，不只我，圣上也得要你的脑袋。"

她此言一出，城楼之上的李章义登时一怵，也不管身后那人是否还将刀横在他脖子上了，急急下令："弓箭手，弓箭手！速速掩护我长风营将士！"

黎霜长剑一振，远处西戎军队马蹄逼近，她举剑一喝："杀！"

长风营将士正面迎战，而黎霜没看到的是，在她说了这句话的时候，城楼上那人身影犹似鬼魅一般，也一起落入了荒野疆场之中。

两军交战，城墙之上箭矢如雨而下。城墙之上火光灼烧，铁与血的味道没一会儿便充斥在了漆黑的塞北旷野之上。

长风营将士虽久经沙场，然而人数却始终处于劣势，没一会儿便在西戎大军的冲击之下四散开来。黎霜深陷敌军当中，手起刀落，鲜血溅得满脸都是，然而敌人像是杀不尽似的，越来越多地围上前来。

西戎的兵常年在外游牧，凶狠异常，黎霜身边的亲卫与秦澜、罗腾尽数被冲散了去，她孤身应对包围，然而饶是她武功再高，此时砍人也砍得双手发软。正是架住旁边一个西戎士兵的大刀之时，斜里忽然刺来一支尖矛，狠狠地往她腰间扎去，黎霜避无可避。

眼看便要被那尖矛戳穿腰腹！远处的秦澜望见这一幕，又惊又惧，双目皆泛了血红："黎霜！"他一声大喊！可他根本来不及抽身来救。

就在这时！

旁边一把大刀劈砍而下，竟硬生生地将那铁矛斩断，持矛的士兵像是被一道无形的力量打开了似的，一下飞出去老远，连带着撞翻了数名西戎士兵。

黎霜只觉自己肩头一紧，却是被人不讲道理地抱进了怀里。

她知道这人是谁，明明没有见过几面，没有多少时间的相处，可她却知道这人是谁。

她隐约能察觉，她与这人之间，有着什么她所不知道的隐秘联系。

在充斥着鲜血与杀戮的战场之上，强劲有力的臂膀紧紧地箍着她的肩，迫使她的脸颊也那么紧地贴在他的颈项之上。

那么紧，那么有力，恍惚间，竟让黎霜有一种被人占有着、保护着……诡异安全感。

可不行！她是将军，她身上背负着那么多将士的性命，身后还有鹿城，还有百姓，她怎么在此贪得自己一时心安？！

黎霜伸手，欲要狠狠将身前的人推开，可她还没抬手，那人却像是通了她心意一般，静静地将她肩头放开。

让黎霜没有想到的是，此时此刻，当她的目光从他怀里望了出去，周遭所有的西戎士兵手上握着刀剑，却没了动作。

这些凶悍的塞北部落的将士，都睁着眼，怔怔地望着一处。

黎霜顺着他们的目光抬头往上，只见这戴着黑面甲的男子另一只手上高高举着的,是一个西戎人的脑袋。

下颌满是胡楂儿,头上戴着虎皮的帽子,正是他们西戎的将领——阿史那都。

他……他竟将西戎大将杀了,还取来首级……

这是什么时候的事?他方才不是还在那城墙之上,要取李章义的首级吗?

这人的速度……黎霜不敢细想。

从他们这一片地方起,如同水滴入湖,波浪层层推开,整个战场霎时陷入了诡异的寂静当中。

黑面甲人将阿史那都的脑袋往地上一扔,就如同丢弃了什么垃圾一样。

"滚回去。"

他说着,伴随着他清冷的嗓音,在西戎大军背后的军营里传来了响彻天际的鼓声,一如听从了他的命令一般,西戎大军开始且战且退,最后完全退回了十里开外。

阿史那都的首级被一个西戎士兵抱了回去。

方才嘶喊震天的沙场之上,此时只余一片狼藉。

周围长风营的将士们对于这突如其来的退兵尚且有些懵懂。其实不说他们,连黎霜也完全没有反应过来。

她怔怔地看着面前戴着黑面甲的男子,失神道:"你到底是谁?"

他一双妖异猩红的眼睛里,装着她的身影,他抬起了手,轻轻触碰她染了血迹的脸颊:"我是来保护你的。"

黎霜怔然失神,却听他又道:"我今天穿了衣服来,不再是无耻之徒了,你愿嫁给我了吗?"

……哈?

这话……转得也太快了吧!

"你这人……"黎霜一开口,却是在自己意料之外地笑了出来,她摇了摇头,哭笑不得道,"能擒人王,却也会在这种时候问这种问题……你到底……"

"将军。"黎霜话未说完,忽听身后传来了秦澜与罗腾的声音。

黑面甲人转头望了他们一眼,似想起什么一样,抬头望了眼还在那城墙之上傻眼的李章义:"你还想入城吗?"

黎霜一怔:"自是要入……"

"好。"

他一应声,随手捡了地上的弓箭,引箭拉弓,直指墙头上的李章义。然而隔了这么远,根本没人知道他打算干什么。

只听"当"的一声,羽箭离弦,破空而出,这边隔得太远,以至于都没有听到那方城墙之上的声音,黎霜只顺着羽箭的方向一回头,便见那一身肥油的李章义,径直从城墙之上歪歪倒倒地蹿了两步,然后一头栽了下去。

头破血流,身死当场,那般轻轻松松,就像小孩随意丢了块石头砸中路边的野狗一样。

黎霜怔愕。

身后赶来的秦澜与罗腾也是惊诧非常。

习过武的人都知道,他这看起来轻轻松松的一箭,对于其他人来说,都是不可能逾越的实力差距。

黑面甲人又抬手触碰了一下黎霜的脸颊,帮她将脸上的血迹抹去,声音在几分木讷的忠诚当中藏着些许难以让人察觉的温柔,他说:"只要你想,我便会为你扫掉一切障碍,无论什么。"

黎霜便这样仰头看着他,望着他猩红的眼瞳,在苍茫的还混有血与汗味的疆场上,失了一个将军本该有的冷静与应变。

"为何?"黎霜终于在寒风凛冽之际稍稍找回了自己的理智,"为何要如此救我帮我？你到底是……"她一伸手去摘男子的面甲，那人却将头微微往后一仰，轻而易举地躲过了黎霜的动作。

见他躲避，身后的秦澜倏尔一动，闪身上前，欲要擒住黑面甲男子，可不过过了两招，一阵寒风吹过，他借着秦澜送来的一记掌力，身影快如塞北疾风，霎时便消失在了黑夜之中。

又如同上次一样，悄无声息地不告而别，留下一片让人捉摸不透的神秘。

黎霜愣怔地望着那方，直到秦澜回身唤了她一句"将军"，黎霜才眨巴了一下眼，回过神来，轻咳一声，扫了眼四周。

但见长风营的将士们皆是提着剑拿着刀，眼神带着几分与平时不一样的情绪打量着她。

也是……让人怎能不好奇？

一个戴着面甲、身份不明的男子，武功奇高，手段狠戾，转瞬之间能只身入那么远的西戎军营，将西戎将领的首级取了来，逼得西戎不得不暂时撤兵。

这么神秘的一个男子，在疆场之上救了她，拥抱她，说让她嫁给他。

别说在场的士兵，连黎霜自己也无比好奇。

她到底是为什么，怎么的，什么时候吸引到了这么一个人？是不是她的记忆真的出了什么问题？她如那些话本里写的人一样，忘掉了什么不该忘的过去吗？

"将军。"秦澜的声音再次将黎霜唤回现实，他道，"该入城了。"

"哦，好。"黎霜下令入城。

谁也没有想到，与西戎的第一战，就这么荒谬地结束了……而这时，所有人都不知道，更荒谬的事情，还在后面……

一夜兵荒马乱之后，鹿城城守李章义被戴着黑面甲的神秘人百丈之外一箭穿心，身死当场。黎霜理所当然地率长风营战士入驻鹿城。

虽则一战罢了，可黎霜的事情却并没有忙完。

鹿城之中人心惶惶，而城守之死则让鹿城官僚无首，黎霜当即扶持了李章义手下的一名文官担任临时城守。

而长风营入了鹿城之后，兵强马壮，不管何人当城守，都得乖乖听黎霜的话。但黎霜的重心却并没有放在权力之争上。

白日里忙完了城内之事，等到了夜里，黎霜登上鹿城城墙远远一眺，但见数十里外的西戎军队并没有因为大将阿史那都的突然死亡而撤军，广袤的塞北平原上，一眼望去还能看见黑压压的军营里升起的袅袅炊烟。

黎霜面色沉凝，拍着面前城楼上粗糙的石头静默不言。

旁边随行的罗腾一声咋舌："格老子的，将军，看这情况，西戎还不打算撤军啊！"

秦澜琢磨一番，沉声道："今冬天寒缺粮，西戎既已集大军压我鹿城边境，便是打定了主意一定要好好抢一把粮的。那阿史那都……"他顿了顿，思及昨日夜里那黑面甲人手提阿史那都首级的画面。秦澜承认，他对那黑面甲人是有敌意的，他也无法否认，黑面甲人昨日的举动，委实震颤人心。

"阿史那都虽然死得突然，西戎暂且退兵休整，可他们断然不会如此轻易便退兵回城，只怕，不消两日，便再能出一将领，为西戎效命。"

罗腾一声哼："说到底，这仗还是要硬扛。"

"不见得非得硬扛。"秦澜眸光微转，望向那方军营，"末将有一计。"

黎霜转头看了秦澜一眼。秦澜跟随在她身边多年，行事风格、所思所想她也十分清楚。"我知道你要说什么。"她道,"你是想趁西戎尚未来得及选出大将的时候,令鹿城百姓与我长风营大军往后撤退,留守军与些许粮给西戎,以作缓兵之计,争取时间,让其他州城调兵过来,方可与西戎大军相抗。"

黎霜将他心头的想法尽数说了出来,秦澜眼睑一垂,眸光细碎,暗掩温柔:"末将所想,皆如将军所言。"

黎霜沉默。

见黎霜当真在认真思考这个计策,罗腾怒眉一竖:"这哪成!这不是将咱们刚守住的城池又拱手让给西戎吗!不行!我大晋的土地,不可给这帮豺狼!"

秦澜往远方一指:"你且自看看,西戎后面的大部队都已经陆续跟到了,规模远超我们先前所有的预估。我们唯有行缓兵之计,等得与我大军会合,方能以作反击。"

罗腾还想再辩,可看了看远方成片的西戎军队的篝火,他咬住了牙。

总不能……当真让所有的长风营将士与鹿城百姓都为了守这个城而搭上性命。

他狠狠叹了口气。

黎霜放在城墙上的手倏尔一紧:"我自会琢磨,今夜无论如何,先将鹿城的百姓撤出去。"她一转身,待要下城墙,秦澜拦住了她:"将军,此事属下会妥当办理,你……且回去歇歇,保重身体。"

黎霜不能倒下,她自己明白。

她点了点头,向城墙下临时搭建的帐篷里走去。即将踏入帐篷之际,黎霜倏尔觉得有一道影子从头顶划过,当她抬头去看的时候,高高的城墙上却什么都没有,守城的将士背脊站得笔直,目光一动不动地望着远方,并无任何异动。

黎霜揉了揉眼睛，只觉自己当真是累了。

然则这一晚黎霜睡得并不安稳，家国天下，黎民百姓，该如何选，做何种决策？她现在说的每一句话，每一个拍板的决定，都关系到大晋的国运。

只希望……她所做的决策，能让大晋未来更好吧。

翌日清晨，黎霜醒来，却猝不及防地接到两个消息。先是探子急匆匆地来报："将军，昨日夜里西戎果然又立了一个大将！"

黎霜的心还没有来得及沉下去，探子又道："可那大将又死了。"

"啊？"黎霜有点没反应过来，"什么？"

什么叫又死了？

"昨夜西戎刚立了大将，可今日黎明之际西戎大军与鹿城之间中间的地方便竖了一根长杆，杆上就挂着那将领的头颅。现今西戎军中大乱……"

黎霜有点愣神："我去看看。"

"回将军，那西戎大将的头颅已经被他们的将士带回去了，而今就剩长杆和系那头颅的绳子还在飘。"

黎霜错愕。

她怎么也没想到，这么煎熬挣扎着睡了一晚上，第二天得到的却是这样一个消息。

黎霜一边披甲一边往外走："何人杀的？"问出这句话时，不用来报者回答，黎霜心头便浮现出了那黑面甲人的模样。

她脚步微微一顿，秦澜与罗腾迎面而来，秦澜面色内敛，不见波动，而罗腾则已经是眉飞色舞，笑开了去："将军！那西戎的大将又被杀了！哈哈哈！老天有眼！叫这群豺狼不得好死。"

"将军。"秦澜唤了黎霜一声。黎霜点头算是应了，转头便道："晋安呢？"

她这一问，秦澜才想起来，先前他与黎霜从那树林里夜归之时本是要去提晋安来问问那黑面甲人之事的，后来西戎大军入侵，他忙，黎霜更忙，根本没时间顾及那个小孩。

现在新选的这个西戎大将连夜被杀，很难不让人想到战场上那武功诡异的黑面甲人。而想到了黑面甲人，自然便又联系到了晋安身上。

秦澜沉眉："属下这就去问。"

黎霜上了城楼，往远方一望，苍茫大地之上只孤零零地立着一根木杆，杆上的绳子被塞北苍凉的风吹动。明明只是这么一个单薄的场景，黎霜却觉得，那就像是一面刻着"过此者死"的旗帜，守护着这鹿城。

不消片刻，秦澜便将晋安提了来。

小小的孩子，目光澄澈，一如往常一样直勾勾地盯着黎霜。

黎霜蹲下身子，直视他的眼睛："晋安，我对你没有恶意你是知道的，你身怀异能，我也想将你一直留在身边，未来不管是我还是朝廷，都将对你委以重任。"

在黎霜说到她将会一直把他留在身边时，晋安眸光一亮。而黎霜却拍了他的肩膀，目光认真且灼热地盯着他："所以，我想要你与我赤诚相待，你能做到吗？"

晋安点头："我的一切都是你的。"

呃……虽然这句话听起来好像有点奇怪，不过算了，反正这孩子也经常说奇怪的话。

"我今日只问你一个问题，你与那戴着黑面甲的人，有关系吗？"

晋安与黎霜四目相接，周围一圈将士围着他们，然而除黎霜之外，并没有谁会这么蹲下来，平视着他的眼睛与他说话。

"有。"晋安答给黎霜听。

坚定的一个字，让周遭将士有几分哗然。秦澜更是眯起了眼睛。

这长风营里，没有谁比他更清楚亲卫们对晋安的监控。自打黎霜下了让晋安住进亲卫营的命令开始，他便嘱咐了许多次让亲卫们盯好这个小孩的举动。可即便这样，他还是能把消息传给那个黑面甲人？

"那人是你族人？"罗腾在后面憋不住了，急冲冲问了一句。他一开口，旁边便又有一个将士询问道："他到底是什么人？从何处而来？想做什么？"

"他为何要你传出我长风营的消息？"

"他如何杀得了西戎大将？又为何要这样做？"

将领们在后面七嘴八舌地问，晋安却只是注视着黎霜的眼睛，是时塞北的风越过城墙，撩乱了黎霜潦草梳起的头发，小小的晋安便在周遭的嘈杂询问当中，抬起了小小的手，动作稚嫩，却又那么自然，帮黎霜理了理头发，把那飘舞的乱发勾到了她耳后。

"他不会伤害你。"没有回答任何一个乱七八糟的问题，他声音里带着与其年纪不符的沉稳与笃定，"他只是想保护你。"

黎霜看着晋安稚嫩却认真的双眸，不禁有片刻的失神。恍惚之间，她仿似看见了晋安的眼睛与那黑面甲人鲜红的双眼相互重叠。

他们的眼睛……那么相似。

北风过，城墙之上大家尽数安静了下来。大家的目光巴巴地在黎霜与晋安之间转了转。

只有罗腾冒冒失失地吼了一句："夭寿了！你这孩子要成精了不成？自己撩咱们将军倒也罢了，还帮着别人撩！"

黎霜咳了一声，被罗腾这粗鲁的吼声唤得回过神来，她脑子转了转，倏尔有了一个猜想："那个黑面甲人……难道是你爹？"

是吧，只有这个猜想是最合理的了，所以这个孩子不管是气质还是模样都与那黑影人有三分相似，所以他才会和那个黑面甲人一样那

— 083 —

么喜欢黏着她……

但为什么喜欢黏着她呢？

难道……

因为她真是他……娘？

黎霜被自己这个想法吓了一跳，不过……这样想好像也没什么不对。

她可能真的是在塞外失去了什么记忆。那段记忆很可能是她在塞北和人把孩子生了，然后她失忆回了大晋，之后周围的人为了避免伤害她，都避过这个话题不谈，所以她也就一直不知道，她现在到了塞北，被丢下的那个男人知道了她来到的消息，于是带着孩子越过茫茫戈壁，找过来了！

这个猜想很合理啊！因为那些通俗的话本里都是这么写的啊！

黎霜愣愣地望着晋安，一时竟沉浸在自己的猜想当中有点走不出来了。

而晋安却对黎霜突如其来的这句话感到莫名其妙："爹？"他摇头，"不是，我没有爹。"

这话可就说大了，黎霜先前听晋安说过，他不知道自己的来历，所以他现在说的"没有爹"大概是不知道自己爹是谁吧。

"你与那黑衣人，有何关系？"

听得黎霜如此问，晋安却道："你说今日只问一个问题。"

黎霜沉默一瞬，她也就随口说说，这小子倒是把她的话记下来了。不过不说也罢，反正人在这儿："那我明天再问你一个问题，你要坦诚答我。"

"好。"晋安似有些高兴，"你可以每日都来问我。"

每日都来问，就每日都可以见到她，这么近的，可以触碰的。

忽然间，晋安不想变成大人了，因为等他变成大人之后，黎霜对他就多了那么多的戒备与防范，不能轻轻抚摸她的头发，也不能赖在她怀里睡觉……

话也问罢，黎霜站了起来，吩咐亲卫季冉将晋安带下去休息。

西戎大军未撤，城墙之上还是十分危险，虽则晋安不是普通小孩，可黎霜还是习惯性地让他下了城楼。她转身审视军情，与将领们讨论现状。晋安见她忙了起来，便乖乖随着亲卫季冉走下了城楼。

季冉在旁边带路，走了一半，晋安倏尔开口："你说……"

季冉侧眸看他，晋安这个小孩从来都是沉默寡言的，平日里在亲卫营里也从不主动与人说话。而黎霜亲卫的地位更比普通将领要高上几分，他们自是也不屑去与这个小孩搭话。是以平日里晋安不管是出去训练还是回到营里，便都如同一个哑巴……除了他看到将军的时候……

那时候的小屁孩，像是眼睛都会说话一样，闪闪发光，就差有根尾巴在屁股后面摇摆了。

而现在，对于晋安难得的一次主动搭话，季冉还是显得很是重视："嗯？怎么？"他侧头看他。

晋安顿住脚步，肃容抬头，一本正经地问他："如果有女人生我的气，要怎么哄她，她才会开心？"

季冉一口老血闷在胸口。

这是个小孩该问的问题？

想他季冉，家中老大，十五从军，至今十载，以前跟在黎大将军身边，南征北战年年打仗，后来跟在黎霜身边，本以为跟了个姑娘家，大概就是守护守护她的安危，平日里总没别的事，可以回京城安安静静谈门亲事了吧，可哪想黎霜又外调塞北……还是年年打仗！

二十五的年纪，人家孩子都满地跑了，他连大姑娘的小手都没摸上一把！

不过也都这么多年了,他骨头里的血也都是铁化的了,没姑娘也就习惯了,哪承想今日一个小孩口中问出的问题却让他犯了尴尬。

他如果说不知道,岂不是显得自己很没见识?

季冉铁着脸,用硬汉的嗓音,沉着道:"送点东西。"

"送什么?"

他怎么会知道!

"送点她想要的。"

晋安若有所思地点了点头,仰头望他,诚挚地道了一声:"多谢。"

目送晋安回了营帐,季冉转头,悄悄抹了抹额头。

时至天擦黑,黎霜在营帐中接到了京城来的回函,圣上得知塞北境况,令黎霜弃守鹿城,退至五十里外的凉州城,与豫州冀州而来的军队会合,共迎西戎来犯。

当今圣上年少时曾上过沙场,对兵家之事极为通透,他做出的决策与先前秦澜的计谋一致。不过现今情况有变,西戎连失两名大将,必定军心混乱,他们攻城未必能攻得下来。

早上的军情已经快马加鞭往京城送了,知道这个消息的圣上或许又会有不同的裁决。黎霜打算再在鹿城守上几日,静观其变。

就在这时,探子又来禀报,西戎大军那方升起高高的篝火,击鼓吹号,好似又再选了一个将领出来。

"这么大动静?"罗腾冷哼,"他们是在嘚瑟他们西戎人多,杀了一个又选一个,不怕死?"

"不。"黎霜沉眸,"事有蹊跷。"

有别的将领接道:"末将也以为如此。西戎才损两名大将,若是再选,必定该小心才是,如此大张旗鼓,似有别的计谋。"

"他们想告诉我们……或者说,想告诉那黑面甲人,他们又选了将领出来,在请君入瓮呢。"秦澜此言一出,营帐中静了一瞬。

"那黑面甲人会去吗?"罗腾问。

没人回答。因为谁也不知道。

黎霜的职责是守城,鹿城守军加上长风营的兵力也比不过半个西戎大军来得多。他们不可能开城门主动出击。她只能固守城池。

只希望那黑面甲人能聪明一点,不要踏入这显而易见的陷阱中去吧。否则……只身独闯敌营陷阱,就算他再厉害,也难逃一劫吧。

不过……

等等。

黎霜站起了身,所有将领都抬头看她。她咳了一声:"我出去一下。"

她出了主营,向亲卫营而去,她现在知道晋安和那黑面甲人是有联系的。既然如此,她提醒晋安一句便可以了。甚至,也可以借此派人在暗地里观察晋安,让他引他们去找到那神秘的黑面甲人。

黎霜走到亲卫营的时候正是季冉当值,他向黎霜行了个军礼,黎霜点头:"晋安呢?"

"回将军,这半日都在营内,并未出去。"

黎霜点头,掀开亲卫营的门帘进了去,然而里面空空荡荡,那个半日都在营内的孩子,早已经不知道什么时候不见了踪影。

黎霜转头,看了一眼季冉,眉梢微挑。

季冉后背一紧:"将军,属下失职!"没有辩解,主动认错,是她亲卫的担当。

黎霜正要说话,外面的探子倏尔大声呼喊来报:"将军将军!西戎大军营内烧起来了!"

黎霜一怔,掀帘出营,疾步踏上城楼,却见远方烧出了一片猩红的天,西戎大军的正中位置,都处于一片火海当中……

第四章

火光冲天,草木焦灼的味道与那黑烟随着北风都吹到了鹿城这方。

黎霜极目远眺,只能见得那火光之中人影穿梭,嘈杂之声隐隐传来,将领们皆上了城楼。罗腾看得着急,大冬天的冒了一头热汗:"这火光冲天,到底是西戎的计谋,还是那黑面甲人闹出来的事故,或者……他们西戎直接内乱了?"

"火势这么大,不像是事先有预谋的。"另一个将领接嘴分析,"可那黑面甲人再厉害,自己一个人也放不了这么大一把火啊。"

秦澜道:"别猜了,一切未有定数,且等探子来报。"

而就在大家都这般想的时候,黎霜倏尔眸光一凝,心生一计:"将战鼓擂起来。吹响号角。"旁边将领皆是一惊。

"将军这是要出兵?"

"不。"黎霜望着火光冲天的西戎军营,"如此大火,就算是计谋,必定也脱离了他们原先想掌控的范围。西戎而今连失两名大将,本就群龙无首,军心不稳。今夜大火,西戎人马繁多,必定一片混乱,趁机鸣鼓,虚张声势,吓不走,也要让他们丢半个魂。"

秦澜眸光微亮:"此计可行。"

"这……"鹿城原本的守将是个留山羊胡子的小个子,他有点怕,"若是西戎听闻我们鸣鼓,举兵前来,又该如何?"

"让他们来吧。"黎霜道,"没有将领,仓皇出战,后院起火,我看他们西戎能有什么能耐攻我鹿城。"

山羊胡子望着黎霜,心头一颤,为其威严所慑。他不开口,城墙之上短暂一默,黎霜眸光往旁边一扫:"都还愣着作甚?"冷声一句话,令众将领心头一怵,立即抱手称是,各自走开,忙开了去。

唯有秦澜还陪着黎霜立在城墙上,眺望远方越烧越大的火焰。

黎霜望得出神,所以并没有看见此时正在她身后一步的秦澜也正悄悄打量着她,有几分往日没有的沉默。

"将军……"秦澜轻轻一唤。

他声音轻柔,黎霜便也低低地应了声:"嗯?"一如以前在府里,她与他说话时的熟悉音调。

"将军可是在忧心那黑面甲之人?"

黎霜一怔,放在粗糙城墙石头之上的手指微微缩了一下:"啊?"她转头看秦澜,像是一时没反应过来秦澜为何要这么问她,又像是在惊讶自己的内心……为何会被看穿。

秦澜眸色微微沉了下去。

黎霜随即又"哦"了一声:"他救过我两次,虽则行为来历有些诡异神秘,言行举止也有冒犯,不过我……"她顿了顿,"确实不想让他死在西戎军中、乱兵之下。"

秦澜唇角绷紧,垂下了头,掩住了眼神,再没多言。

鹿城的战鼓擂动,号角吹响,其声宛如边塞沉寂的巨龙发出的呼啸,刺破寒夜与黑暗,撕开北方来的长风,直达远方猩红的天。

西戎大军犹如在沙地里匍匐的蚁群,在听闻战鼓号角之后,果然如黎霜所料，很快便出现了动摇，如蚁群涣散。

这一夜，在火光、寒风，与这令人胆战的声声战鼓之中，西戎大军开始渐渐向后撤退。

"他们撤退了！"城墙之上有士兵发出了呼声。

"他们撤退了！"将士们欣喜若狂。

而这个结果却早已在黎霜的预料之中，直至西戎大军的黑影彻底消失在了寒夜之中，黎霜嘴角才稍稍翘起了一个志得意满的笑。

鹿城迎击西戎的第一战，赢了。

不战而屈人之兵，虽则这次的战役赢得有几分水分在里面，可这并不会妨碍大晋在这塞北荒地立下国威。

今年这难熬的冬才刚开始，可他们长风营已经算是守得了鹿城这大半个冬日的安全。因为，这塞北大地之上，再没有哪个部落和国家能比今日西戎集结更多的兵力。

这一次西戎碰了个钉子仓皇而逃，必定给其他部落、国家一个前车之鉴。

大晋鹿城，是物资丰富，是粮草充足，是百姓和善，可却不是那么好被冒犯的。

黎霜转身，离开城墙。她身上的银甲摩挲，发出铿锵之声，背后还有将士们的欢呼，而就在这么嘈杂的环境中，她倏尔听到了"啪嗒"一声。

黎霜侧眸一看，地上隐隐有一块湿润的痕迹，在黑夜里，映着火光与天上的凉月。

这是……

黎霜蹲下身，食指轻轻一抬……是血。

黎霜一抬头，头顶正是城墙城楼之上的屋檐，从她的角度看去，这屋檐之上除了苍凉月色，并无其他。

可这血还是热的,刚才必定有人从上面经过。

黎霜心头有了猜测,脚下借力一点,一个轻功飞上房檐,而她在屋顶上一望,却并未见到任何人影,甚至也没有见到其他血迹。

黎霜皱了眉头,搓了搓指尖的鲜血,复而跃下房顶。

秦澜在下面等她,见状询道:"将军有何发现?"

黎霜摇头,她知道,若是那黑面甲人找来,以他的轻功,自己想察觉到他,并且追上他,根本就是不可能的。

她下了城墙,回了主营,刚走到主营门口,却发现营帐之外站的都是将领,他们面面相觑,脸上神色都有几分奇怪。

黎霜左右看了一眼:"都进去啊,站外面作甚?"她说着,一把掀帘而入,然后整个人瞬间僵立在了营门口。

本欲随黎霜入营的秦澜险些撞在黎霜的后背上,他连忙往后退了两步,借着黎霜撩开的营帐门帘往里面一望,一时,素来淡然、万事沉稳的秦澜也呆了……

只见那营帐之中插着一面西戎的军旗,而军旗之上挂着一颗鲜血淋漓的男子的人头,人头紧闭双眼,脖子上的血还在"啪嗒啪嗒"地往地上滴落。

好一幅骇人的画面。

而就在那个人头后的西戎军旗之上,不知是拿血还是墨写着几个大字——"西戎大将项上人头赠予你,希望你开心。"

开心个鬼啊!

下面还写了一行小小的字——"其余人,擅动即死。"

难怪大家都一脸难堪地站在门口不敢进去呢!

这一个个将士还都被那个神秘小子给唬住了!

黎霜抓着营帐的门帘,一个手重,径直把门帘撕了下来。"当值的呢!"她黑着脸回头,"人都是死的吗?这么大个军旗和人头血淋淋地送进来，没人看见吗？！"

众将领齐齐垂头，静默不言。

黎霜的目光在他们面上刮肉一样冷冰冰一扫，又回到那营帐正中的军旗之上，黎霜是见惯了杀戮的人，但她从没想过，有一天会有一个人把敌人的脑袋当礼物给她送过来。

她不怕，她只是……

觉得送礼的人大概有病，相当有病！

黎霜将那大旗拔了，连着那个人头，一同扔给了旁边的军士，军士接得浑身一抖，黎霜道："拿出去，那写得乱七八糟的军旗扔了，把人头给我挂到城墙上。那才是它该展示的地方。"

军士应了，疾步离开。

黎霜回头看了眼军士离开的方向，那悬吊下来的人头跟随着他的步伐摇摆，从那人头枯瘦如柴的脸面能看出来，那根本不是什么西戎大将，大概只是个受伤的伤兵或者随军的奴隶，西戎果然如他们之前所猜测的那样，随便抓了个人来冒充大将，估计是想诱敌前来。

只是无论如何也没想到，他们诱的那敌人如愿而去，却没能如愿将他捉住，甚至……

黎霜望了眼远方，西戎大军已撤，远处的火光也熄了，只是还有滚滚浓烟在将明未明的天空上飘舞。

严格来说，西戎大军其实算是被一个人击退的。这般荒诞的事，别说事先猜想，即便现在已经发生了，黎霜也有点不敢相信。

"都先入帐来。"黎霜唤了一句，众将领这才鱼贯而入。待众人坐罢，黎霜开口道，"而今两名大将身死，加之昨夜大火，致使西戎撤军，可大家也都知道，西戎大军的真正实力其实并未撼动。这个冬日只是过了个开头，此后也必不能掉以轻心。"

鹿城城守李章义已死，黎霜直接将长风营安扎在了鹿城内，令长风营战士与原鹿城守军共同守城。安排完城内的事,黎霜转头吩咐文书,令其将鹿城情况写明,速速报回京城。

文书迟疑了片刻:"将军,那……黑面甲人的事,要报回京城吗?"

帐中一默,所有将领其实都心知肚明,除了先前李章义关闭城门,迫使长风营将士与西戎短兵相接一场意外,这西戎的撤军,其实根本没费长风营什么功夫。全靠那黑面甲人令人骇然的一己之力。

可……这样报回去,委实让长风营难堪,所有将士,竟然还敌不过一个异族的神秘人?

黎霜没有犹豫:"报上去。没什么好隐瞒的。"

至此,所有事算是暂且尘埃落定。将领们离开营帐,文书将几个书件给黎霜批复了,便也作揖离开。营帐里的人都走完了,黎霜往没有门帘的营外一望,天竟已大亮。

天光有些刺眼,想来今日是个冬日里难得的大晴天。黎霜站起身来,伸了个懒腰,目光这才落在营内地面上,地上有先前那人头滴落的鲜血,她倏尔转念想到昨夜在她即将离开城墙之时,滴落在她身边的血液。

或许,就是那个时候把军旗和人头扛到她营帐里来的吧,那血跟这血应该都是人头的血吧,那黑面甲人在西戎军中……应该有全身而退……吧?

想到这里,黎霜眸色一凝,迈步出了营帐,径直向亲卫营而去。

亲卫营门外,一身军服的季冉正沉着脸硬邦邦地教训一个小孩:"不是说让你不要乱跑吗?说,你昨晚都去哪儿了?"

晋安在魁梧的季冉面前瘦弱得像一只伸手就能捏死的小鸡崽。虽然现在长风营里已经不会有人这么想了……

黎霜本打算抱着手在旁边看看晋安挨训,结果她隔得还有十来步远，晋安便像是浑身都长了眼睛一样，一下就转了头，直直地盯住了黎霜。

面对季冉时显得空洞麻木的眼睛一下就放了光。

因着他目光实在太执着热烈了，引得板着一张脸训人的季冉也转过了头，季冉一怔，行礼道："将军。"黎霜点头应了，觉得有几分好笑地走上前去，倒是也不生疏了，拍了一下晋安的脑袋："昨晚去哪儿了？又给那个和你有不明关系的黑面甲人报信去了？"

从目前来看，那个黑面甲人表现出来的模样，好像确实没有对长风营有所图谋，他只对她有图谋。

其实，只要不涉及家国天下兵家大事，黎霜的容忍度还是挺高的。就是这个黑面甲人……表达图谋的方式委实太奇怪了些。

而且还图谋得突如其来，过分浓烈，行为还莫名其妙，简直让人……一头雾水。

晋安仰头望她，暂时没答话。而他的沉默让黎霜的注意力放在了他的脸上，随即皱了眉头："病了？"黎霜蹲下身子，伸出双手捧住晋安小小的脸，只见他唇色苍白，而脸颊却又红又烫，像是发了烧。

"伤寒？"

小孩子在塞北生病是个大事，黎霜一时也顾不得问其他，转头吩咐季冉："去把军医叫来。"她一边说着，一边径直将晋安抱起。

晋安顺势将双手搭在她后背上，两只小手绕过她的肩将她的脖子牢牢抱住，微烫的脸颊就这样放在她的胸上，贴着颈窝的地方……

真舒服。

晋安不由自主地用脸颊蹭了两下贴着黎霜颈窝皮肤的地方。

贴着她温暖，肌肤相触，真舒服。

黎霜一无所觉，只当是小孩病弱的时候在无意识地撒娇。她空了一只手掀开亲卫营门帘，把他抱进亲卫营内，但见里面摆了十来张床,尽管她的亲卫已经算是这军营中最爱干净的一支队伍了,可还是掩盖不住满帐的汗臭,以及因为人多而带来的气闷。

而此时正好还有几个亲卫在褪去战时的重甲,正好裸了半个身体……

亲卫们没想到黎霜在没人通报的情况下竟然直接撩开了门帘,一时全都呆在了原地。

黎霜咳了一声:"继续穿。"她淡定地放下门帘,抱着晋安,转身回了自己的营帐。将晋安放在她的床榻上,她正要起身,却发现晋安居然抱着她的脖子不放手。

她轻轻拉了一下:"乖,好好躺着,让军医来给你看病。"

"你不走?"

黎霜轻笑:"我不走。"

晋安这才依依不舍地放开了手。在军医未来的这段时间,黎霜看着晋安的脸,琢磨了许久,终于开口问了:"你有没有记得你父母的任何一点信息?我见你眉眼不似全然如塞外人一般,你的母亲……有没有可能是中原人?"

晋安摇头:"我不知道。"

"好吧。"

两句答完,正巧季冉将军医唤了来。黎霜让到了一旁,与军医说着自己的猜测:"或许是伤寒,先前从城外走得匆忙,咱们军营里还有治伤寒的药材吗?"

军医把着脉,没有说话:"哗……这不像是单纯的伤寒啊。体内极虚有火。更似受了什么重伤从而引起的发热。"

"受伤?"黎霜转头看晋安,微微蹙了眉,"你昨夜去哪里了?"

而此时晋安已经闭上了眼睛,额上虚汗淌落,不答黎霜的话。

军医便将晋安身上的衣服褪了,然而奇怪的是,一番检查,却也未发现他身上有任何可见的伤口，除了他心口的那团火焰纹变得更加火红了，并无任何异常。

军医不解："一点伤也没有，这倒怪了……"

"先开几服退烧的药吧，营内没有药材，我着人去城中药材铺买。"

军医离开，黎霜让季冉去将药材买了回来熬，喂了晋安喝下。她又处理了一些琐碎事务，随即趴在晋安床边，守着他，渐渐地便也累得睡了过去。

这几日黎霜也是累得够呛，是以现在西戎离去，她安了心神，即便是这样趴着也睡得极沉。

直到半夜，床上躺着的人手脚从被子里伸了出来，她也并未察觉、清醒。

大晴天之后的夜色万分透亮，几乎能从帐外照到里面来，黎霜睡得沉，头发搭在她嘴唇上也没有任何感觉。

男子健壮的身体轻轻掀开了被子，赤裸的胸膛爬着精致的鲜红火焰纹，纹路延伸至他的眼角。他弯过身子，静静看着黎霜的睡颜，眸光更比月光温柔。

轻轻拨开她嘴上的发丝，他覆唇上去，在她唇畔上落下轻轻的一个吻。

好开心，他眸中似有水波轻柔荡漾，触碰黎霜，能让他开心得心尖颤抖。哪怕只是偷偷地，偷偷地，一下，一下，又一下……

晋安嘴角忍不住拉开。

他好开心，开心得几乎有战栗感。

他好想问黎霜，她开心吗？她收到他的礼物开心吗？尽管昨日，为了去取那个人头，几乎拼掉了半条命，不过没关系。

他的身体可以很快地修复，就算不修复也没关系。

看哪,他帮她解决了多么麻烦的一件事,所以她现在才能睡得这么安稳。

他在她的唇瓣上轻轻磨蹭,过了一会儿,这细碎的触碰便已不足以满足他了。晋安轻手轻脚地抱住了黎霜,一个巧劲儿,便将黎霜抱上了床。他给她盖了被子,让她与他裹在一个被窝里面,然后从她的后背抱住了她。

这样的姿势,她胸前是他的手,而她的整个后背都正好完美地贴合在他的胸膛上。

这样让晋安感觉,她成了他藏在怀里最宝贵的一块肉,是他最柔软的一部分,被他完完全全地、安安稳稳地保护着,谁也伤害不了她。

他深吸一口气,轻轻喟叹,真好。

真想每天都这样,抱着她入睡。哪怕代价是每天都要丢半条命。

黎霜醒来的时候,发现自己已经躺在了床榻上,怀里正抱着还在熟睡的晋安,黎霜愣了愣。昨天她居然睡得那么沉,连什么时候上的床都不知道?

不过……黎霜也不得不承认,昨夜确实是她这段时间……甚至是很长时间以来睡得最安稳的一觉,浑身都暖暖的,半点没有塞北的寒冷侵入。

怀中的晋安动了动,黎霜低下头看他,只见幼小的晋安嘴角微微弯起,像是在梦里吃了最甜的糖。

难得见到这孩子露出如此稚气可爱的一面。黎霜一勾唇角,捏了捏他的鼻子,随即顺手探了一下他的额头。

恢复得倒是快,头上的热已经退了,不管是军医的药起的作用还是晋安自己身体扛了过去,总之应该没什么大碍。

黎霜掀了被子，下了床榻，回头看了一眼还在睡觉的晋安，并没有叫他，打水梳洗了一番之后，便出了营帐去。

今日鹿城城门大开，那些因为战乱而暂时逃离鹿城的百姓渐渐归城，黎霜安排了不少人手去城门检查入城百姓，以防塞北其他国家与部落的探子趁机混入鹿城。

黎霜到的时候，城门正重兵戒备，一个个地审人放行，城门外已经排了老长的队伍。秦澜见了她，便迎上前来行了个礼："将军怎么来了？"

"来看看，没什么异常吧？"

"抓了两个探子。"秦澜往旁边一指，黎霜顺着他指的方向往旁边看去，两个木栅的牢笼里，分别关着一个人，一人是鹿城百姓的打扮，可那五官模样，却与塞外人没什么两样。他垂头蹲坐在木栅里，神情看起来有几分沮丧焦躁。应该是其他部落派来的探子。

而另一个……有些奇怪。

黎霜细细打量他，只见那人一身绸缎衣裳。黎霜打小在将军府里生活，摸过刀枪棍棒，也识得绫罗绸缎，她瞅他身上这料子，没有百来金，估计拿不下来。他头上一根白玉簪，玉质温润，细白如脂，当是上好的羊脂玉。光从这打扮来看，包装这个探子的国家未免也……太招摇了些吧？

而且此人面目亦如美玉，五官清秀，温润非常，此时他正盘腿坐于牢笼之中，竟然是如中原那些道士和尚一般在打坐。

黎霜眉梢一挑，奇怪地回头看秦澜："探子？"

"拿不准。"秦澜道，"只是询问他的来历，他却闭口不言，问他来鹿城何事，他也不回答，而今鹿城毕竟不比寻常，他行为有疑，便将他先押下，回头再审。"

"这细皮嫩肉的模样看起来像是南方人。"黎霜走了过去，在牢前

098

站定。

打坐的男子仿似察觉到了身前有人，长羽睫一颤，眼睑一抬，一双春水眸柔柔地盯在了黎霜脸上。他黑瞳之中映着黎霜的身影，他将她看了一会儿，随即一勾唇笑开："姑娘好生英气。"

咦，这是在不卑不亢地搭讪？

黎霜挑眉问他："我属下说问你什么都不回答，原来，你是能说话的。"

"我只与有缘人说话。"

倒是个神神道道的美男子。

不过肯开口就好。黎霜问他："我长风营从来不抓无辜的人，说清你的来历与来意，出示身份牒书，没问题的话，现在就可以放你走。不然……"

"不然如何？"

"你待如何？自是抓去县衙地牢关着，择日审问，再不答，就一直关着。"

"县衙地牢啊。"男子沉思了一会儿，"没去过，可以去长长见识。"他仰头望着黎霜温和地微笑，"你将我关着吧，不用管我。"

黎霜："……"

年年都能遇到几个奇怪的人，但今年遇见的……好像特别多啊。而且都还奇怪得这么新鲜。

"今冬缺粮，想要去地牢里关着，饭钱还得自己付。"

"说得是。"男子觉得很有道理地点了点头，在身上摸了摸，"钱袋子好像掉了。"他琢磨了一下，手一抬，捏住头上的白玉簪，径直将玉簪从黑发中抽出，登时，黑发落下，更衬得他这张脸比女子温柔，他对黎霜轻笑，"给，这簪子大概能抵几顿饭钱。"

这簪子大概能抵他在鹿城地牢里的一辈子饭钱。

黎霜沉默地看着他，然后不客气地接过了玉簪："如你所愿。"

她转身离开，男子却轻轻一唤："姑娘。"黎霜回头，只见他仰头人畜无害地笑着，"近来你有血光之灾，千万小心身体呀。"

黎霜一愣，随即无所谓地摆了摆手："我没有哪天不是生活在血光之中的。"

黎霜转身走了，秦澜瞥了那牢里笑眯眯的男子一眼，跟着黎霜走出去了几步："将军，此人委实奇怪……"

"关去牢里，任他如何奇怪，也翻不出什么浪花来。"黎霜将手中的簪子把玩了几下，"关进牢里后，多派些人看着他。"

"是。"

又在城门守了一会儿，不见异常，黎霜这才打道回府，走在路上，听见有重逢的百姓在感慨着："没想到今年还能回城过节，真是太幸运了。"

黎霜一咂摸，这才想起，这段时间一拨接一拨地闹腾了这么久，竟离鹿城过清雪节的日子不远了。

清雪节算是鹿城这方过大年前的最后一个节日，在这个节日之后，塞北彻底进入大寒天，寒风呼啸，家家户户紧闭门窗，不事农活，不做买卖，从这天之后一直休息到大年过完，三月破寒，方才开始新一年的劳作。

是以清雪节算是鹿城极为重要的一个节日，大家在这天祭奠先祖，点燃天灯，为接下来的三个月做准备。

黎霜回想起先前黎霆离开之前好似有一次与她提到过，若是得空，找个时间回家一趟，可这塞北年年入冬都是万分紧张的局势，哪有什么得空的时候？退一万步说，即便真的得空……黎霜也不见得会回去就是了。

京城太过精致繁华，所有的关系都需小心翼翼地维护，比不得塞北的粗犷自由。那其实是个不太适合她的地方。

黎霜回到自己营帐的时候,正巧看见晋安从她帐里出来,别的地方都没有看,一眼就穿过人群盯住了她,随即向她走来。黎霜提前蹲下了身子,等到晋安走到身前,她十分自然而然地一把将他抱了起来:"今天没去给你的黑面甲人通风报信啊?"

她用调笑的口吻问晋安,晋安却认真思考了一会儿:"我给他通风报信,你不生气?"

黎霜想了想:"若是之前,恐怕会有些生气。不过……"黎霜轻轻一笑,"他也算是鹿城的恩人了,虽则之前他有些事是做得过分了些,不过于家国无害,甚至……还护下了我的国家,我对他气不起来了。你给这样的人通风报信,我大概也同样气不起来了。"

"那你愿意嫁给他吗?"

"……"

这孩子的思维跳跃程度怎么和那个黑面甲人一模一样。

"这是两回事。"

晋安皱了眉头:"你不愿意嫁给他?为什么?你嫌弃他吗?长相?身体?还是他不够厉害?"

她……

她竟然被一个小孩问得无言以对。

"我只是……不了解他。"答完了,黎霜倏尔一愣,她怎么被一个小孩牵着鼻子走了?她瞥了晋安一眼,将晋安放到了地上,"去去去,身体好了自己回去训练去。"

她转身离开,是时正好有一个副将找上前来与黎霜议事,两人一边说着一边入了主营。晋安只在营外看着黎霜进去的方向认真道:"你会了解他的。"

他会让她了解他的。

长相也好,身体也好,什么都愿意给她看,什么都愿意让她了解。只要她说想知道。

清雪节前一天,鹿城百姓基本已经都回到家里,安顿完毕了。按照习俗,清雪节前的这个夜里,鹿城之中是有灯会要举行的。

今年城外局势紧张,百姓们刚逃难归家,准备不充分,所以导致节日的气氛不比往日浓厚,可大家过节的激情却是前所未有地高涨。

鹿城之中家家户户张灯结彩,天上飘着小雪,天地萧瑟,衬得红灯笼更加妩媚。

可百姓高兴归高兴,城墙之上的戒严却也半分不能放松,黎霜领着亲卫上城墙巡逻了一会儿,见并无异常,便也下了城墙。刚走到主营,得见几个将军烤了肉来,分给士兵们共同享用。

罗腾给黎霜拿了最大的一块肉来:"将军,平日里发下来的饷银都没处用,哥儿几个合计了一下,白天趁着有集市,去买了好些肉来,让那原来城守的厨子给烤了,明天过节,今晚分给兄弟们补补身体。来,我把最好的留给你了。"

黎霜看着那块比她头还大一些的肉一声失笑:"怎么?我看起来,比你还能吃?"

"能吃是福!"罗腾道,"那些闺中娘子,吃点东西没猫舔得多,整日病恹恹的,看着都不敢碰一下,哪像将军你这样经得住摔打。"

秦澜在黎霜身后瞥了他一眼:"罗腾,忘形了。"

罗腾反倒是大手一挥:"嘿,咱们将军哪在乎这个。来,将军。"他把肉又往前送了一点,黎霜哭笑不得地接过:"得了。该吃吃,吃完了不能放松戒备。"

"得令!"

黎霜拿着一大块烤肉回了自己的营帐，这肉烤得不错，色泽金黄，不肥不腻，她以小刀切了一块下来，一口咬下，表皮酥脆内里软滑多汁。肉质估计挺新鲜，入口极有弹性。黎霜一边吃一边点头，李章义府上的厨子不错，难怪能将他吃得那一身肥油。

　　割了两块肉吃完，黎霜倏尔想起了晋安，那孩子现在正是长身体的时候，让他多吃点肉没坏处。她命人去把晋安叫来，士兵得令走了，这段时间她就负责切肉，几刀下去，将骨头与肉切开，装进了碗里。刚做完这些，士兵空手回来了，回报道："将军，那小孩又找不到了。"

　　黎霜心下一琢磨，估计又是出去给人通风报信了。

　　可这段时间军营里也没发生什么事，他能去报什么信？关于她的日常生活琐事吗？黎霜摆了摆手，让士兵下去了。营外鹿城的灯会正到了热闹时候，外面开始闹腾起来，黎霜分神往营外望了一眼，正巧秦澜进来撞见这一幕。

　　难得见到黎霜对这些事感兴趣，秦澜嘴角微微一翘："将军，今日鹿城灯会，营中别无大事，不如将军出去走走，这些时日来，心弦也绷得过紧了，理当放松一下。"

　　秦澜这个提议让黎霜心口一动："军营……"

　　秦澜唇角笑意微微一深："有属下在，将军放心。"

　　"妥。"黎霜站起身来，"我出去逛逛就回。"她起身离开，还不忘吩咐人将剩下的烤肉送到亲卫营去，以免浪费了这塞北难得的美味。

　　黎霜悄悄出营行动，不便过于铺张，她只要了一名亲卫跟着行动，秦澜让季冉跟着她。季冉身形高大，在整个长风营里也算得上数一数二的挺拔。外面灯会人多，有季冉给黎霜开路，想必定是畅通无阻。

　　事实果然也如秦澜所料。

鹿城的这场灯会，包括明天的清雪节，除过节之外，也是一年到头最大的一场交易集市，大家都会在这一天置办好接下来几个月里需要的大多数东西，所以集市尤其热闹，人也格外多。

黎霜与季冉去了集市，看见这么个大高个儿，百姓们都下意识地往旁边走了一步，黎霜在拥挤的人潮当中走得一点也不局促。

逛过一个个路边小摊，黎霜本是走马观花地看看，感受感受这难得的喜庆，可忽然间她目光停在了一个小摊前，那小摊上摆着的全是面具，而且还是统一的黑面甲，这面甲的模样，竟与那神秘男子所戴的没什么两样，黎霜停下了脚步。

"小哥。"她拿起一个黑面甲，唤了老板一声，"往年没看见有卖这个面甲的，今年为何制了这么多出来卖？可是塞外有什么新起的部落或国家有戴面甲的习俗？"

"哎，客官竟然不知道啊？"小哥刚打包好了一个面甲递给旁边一个带孩子的妇人，孩子欢天喜地地接过黑面甲，马上就戴上了脸。小哥收了钱，继续道，"不是什么部落国家的，前些日子城外不是打仗吗，西戎大军压境了，大家都慌得不行，全部逃难去了，本以为今年是没个安生日子可以过，结果啊，咱们长风营出了个英雄！"

"长风营出了英雄？"黎霜转头看了季冉一眼，季冉显然也是一头雾水。

"对啊！长风营的英雄！听说啊，那个英雄，身形健壮，威武非常，以一人之力啊，救下了乱军之中的黎霜将军。黎霜将军你们知道吧？就是那个巾帼豪杰！长风营的守将！嘿！那女子也可厉害……"

黎霜打断他："先说英雄。"

"哦，好，那个英雄啊，在乱军之中救下了黎霜将军，然后百里之外，徒手射死了那祸国贼李章义，最后还只身独闯西戎大军，咔咔两下手起刀落就斩下了那西戎大将的脑袋！提了脑袋，霎时缩地成寸,转眼回到了战场之上,将那西戎大将的人头往地上一丢,愣生生将那十万大军吓得撤军三十里!"

小贩显然平时没少讲这一段,说得那叫一个眉飞色舞,旁边霎时围上来了不少的人。

季冉咳了一声,凑到黎霜耳边小声问了句:"将军,是这样的吗?"

那日城门前乱战,季冉一头扎进了敌营里,闷头闷脑狠劲儿杀敌,等他反应过来都是敌人撤军的时候了,收兵回了鹿城,他才知道是有人斩了西戎大将。

下面的将士闹得沸沸扬扬,可因为他是黎霜的亲卫,一般的将士皆不敢来与他们闹腾,而上面的将领又口风紧,他们不敢问,所以那日的情况还有这些下面的传闻,亲卫营里的亲兵大概是整个长风营里知道得最少的人。

"顺序错了点,描述得也夸张了点……不过大概是这么回事。"

什么缩地成寸,还整出妖法来了,黎霜真是哭笑不得。

而季冉却惊得眼睛都亮了起来。

只听那小贩继续说道:"这还不算完,那英雄后来连斩两名西戎推选出来的大将,一共拿了西戎三个人头!个个都是重量级的人物啊!最后那日又只身入敌营,烧了对方的军营,直接将那些西戎的豺狼烧得屁滚尿流,头也不敢回地滚回去了!"

"好!""好!"

旁边的围观群众开始鼓掌叫好了……

黎霜:"……"

"而就是这样的英雄,如此武功高强,如此保家卫国的英雄,却连名字也没有留下一个!唯一让人记得的,就是他脸上戴着半张这样的……"小贩顺势拿起了自己摊上的一个黑面甲,"这样的面甲!"

"来！我买一个！"旁边立即有人递了钱过来。

有了第一个，旁边立即有了第二个，接二连三地，刚才围在旁边看热闹听故事的人竟然都掏钱买了一个黑面甲，老板一时间竟然钱都快数不过来了。

黎霜很快被人群挤到了旁边。

她倒是不急，从角落的缝隙里抽了一个黑面甲出来，拿在手里把玩了两下，随即拇指一弹，一块碎银径直掉入那小摊贩挂在腰侧歇了口的荷包里。

黎霜取了黑面甲，不动声色地离开。

季冉在旁边不解地问她："将军，你买这个作甚？"

"我看有人脸上戴的那个久了，下次换个新的给他。"

季冉闻言一愣："将军……你说有人，是指那个黑面甲的神秘人吗？"

黎霜笑笑，并不答话，只是余光在人群外的角落里轻轻一瞥，那处的树影无风自动，黎霜了然于心，并不点破。她只拿着黑面甲往脸上一戴，转头看季冉："如何？"

季冉立即站直行了个军礼："是！将军无论如何都威武！"

他声音答得大，旁边立即有人看了过来，黎霜还没来得及说他，旁边便传来了一个女生轻软的声音："季大哥？"

黎霜循声看去，但见是一个可爱的小丫头，脸上有两个浅浅的梨窝，看起来十分甜美，是塞外姑娘里不可多得的轻软温柔。季冉也转头一看，然后笑了起来："哦，陆姑娘。"

陆姑娘目光很快就在黎霜身上转了一圈，黎霜立即道："你识得我亲卫？"

"亲卫？"她反应过来，"啊！你是……"她转头看了看四周，压低了声音，"黎将军。"

106

黎霜客气一笑："幸会。"

"哪敢……我……我就是刚听到季大哥的声音，来打个招呼。冒犯了将军……"她头埋得低，很是不好意思，旁边季冉便帮着说了句："这是城里陆家药铺里的姑娘，上次晋安病了，我便是到他们家铺子买的药。陆老板战乱时不肯离开鹿城，说是万一打仗有了伤兵，还可以用他们家的药来救治。极为令人敬佩。"

黎霜点头，瞥了眼陆姑娘脸上的红晕，了然一笑："哦，是很让人敬佩，陆姑娘想必也是位极好的姑娘。你们先聊聊，我去旁边看看花灯。"

黎霜抬步要走，陆姑娘望着她的眼睛里满是星光和感动，而这时季冉却道："这怎么行，秦副将特地命我来陪伴将军，属下坚决不离将军半步，誓死保护将军。"

季冉坚定地看着黎霜，黎霜一时间竟然找不出任何话来反驳他。于是又看了眼旁边面带失落的陆姑娘，随即心头有了一计："好，既然这样，可否劳烦陆姑娘帮一个忙，我对这灯会不太熟悉，可否有劳陆姑娘跟我一道，为我解说一下？"

小丫头自然是一口答应。

黎霜走在前面，刻意将身后留给了两人。

这些亲卫她清楚，都是些老大难了，她要找个成亲的不容易，可不能连累下属与她一起打光棍啊，能凑一对是一对吧。

一路上，黎霜戴着黑甲面具走走看看，但听身后陆姑娘偶尔解说一下旁边的东西，顺道跟季冉搭话："这个小吃是鹿城的特产，将军和季大哥可有尝过？若是没有尝过，下次我可做了送给你们尝尝。"

黎霜的回答不重要，她点个头含糊一下带过，而身后的季冉却认真道："将军不能吃军营之外的东西，怕有毒。"

"……"

黎霜回了个头，用觉得无可救药的眼神看了季冉一眼，季冉接住了黎霜的眼神，然而并没有领会到她的意思，然后黎霜就只有同情地看着旁边瞬间沉默下来的小姑娘，登时觉得她万分可怜。

她身边的亲卫啊……难怪都找不到媳妇。

而就在这时，难过的小姑娘倏尔脚下一个踩空，登时往前面一扑，这个时候季冉的反应却是极快，立即一手便将她捞住了。他的手臂大概足以举起十个姑娘，这一把捞得妥当，黎霜心头暗暗叫了声好。

脚下不动声色地踢了一颗石子，正中小姑娘的脚踝，姑娘轻轻呼了一声痛，黎霜立即道："可是扭到了？"

陆姑娘"没……"字都开了头，一抬眼径直透过那张黑甲面具瞧见了黎霜诚意十足的目光，她比季冉聪明，愣生生地转成："没……有太严重。"

季冉皱眉："扭到了？"他蹲下去要看，黎霜立即拦了他。

"你这像什么话，人家一个大姑娘，能让你当街脱了鞋？她家既然是开药材铺的，定会治疗这种小扭伤，你现在将她送回家去吧，让她家人来治。"

"是。"季冉应了，扶了陆姑娘，可立即又反应过来，"那将军你……"

"我就在这儿等你回来。这都是平头百姓，能出什么事？"

季冉想了想，最后也只得应了。

看着他背着那陆姑娘离开，黎霜负手一笑，信步往前走了一段，垂头看着地上的积雪，忽然间，只听"砰"的一声，是鹿城最中央的地方放起了烟花。黎霜仰头一看，没有看见烟花，而只看见了挡在自己面前的这个人。

烟花在他背后绽放，他像是从那虚无缥缈的美丽里走出来的传说一样,像是幻觉一样的存在。

每次出现都这般神秘且诡异得及时。

他戴着黑甲面具,与她一样的黑甲面具,隔着面具,他们看见了彼此眼睛中的自己。

黎霜笑了笑:"英雄,别来无恙?"

"无恙。"他看见黎霜笑,眼睛便也微微弯了起来,"你见到我开心吗?"

开心吗?好像……是有点吧。

知道他没有大碍,知道他还活蹦乱跳,大概是有点开心的……吧。

第五章

鹿城内的烟花炸得漫天绚烂，让塞北枯冷的寒夜也多了几分缤纷与温暖。

数不清的行人在街道之上仰头望着天上的烟花，或笑或闹着，唯有这街道的正中间，两人相视而立。

他们都戴着面具让旁人看不清面目，不过这次的集会上，满大街也都是戴着黑面甲的人，倒也不那么引人注目。

黎霜正琢磨着要怎么去接面前这男子的话，后面倏尔有几个小孩打打闹闹地跑了过来，在黎霜身后一撞。这要是往常，黎霜一个人走也断不会让小孩撞到，可今日她心思都放在面前这人的身上，小孩来了她也没躲，直到跑到她身后了，她忽觉自己手臂一紧，却是被人给带进了怀里。

这已经不知道是第几次被这人猝不及防地抱住了，黎霜一时间竟没有抗拒，反而在他怀里站了一会儿，直到这怀抱突然松开，她才反应过来。然而她反应过来之后的第一个想法却是……

咦……他怎么自己松开了？

她望着黑面甲男子，只见他另一只手已经抓住了那险些撞到黎霜的孩子。

"看路。"他声色冷漠,语带凛冽。被抓住的那个孩子一下就蒙了,呆呆地盯着戴着黑面甲的男子,望着他鲜红的眼睛,吓得将哭未哭。

连一个小孩的冲撞都如此护着,黎霜觉得有点不自在,她咳了一声:"无碍,放他走吧。"

他依言放手,而就在他放手的一瞬间,小孩嘴一撇,"哇"的一声就哭了出来,其声之大,令周围人都齐齐注目。

黎霜不是很擅长应付小孩子,当即便尴尬起来。她一个将军,在大街上弄哭了小孩,这被认出来了,也不是什么光鲜的事情,她正想想个法子哄一哄,那黑面甲男子却将她手腕一抓,不由分说地带她离开了这吵闹的大街。

"等等……"黎霜在身后唤他,"那小孩哭了……得先哄哄……"

黑面甲男子脚步一顿:"哭了你就要哄?那我哭了,你哄吗?"

这照理说应该是句反讽的话,可他说得那么认真,一时间竟让黎霜无言以对。好像她说一句会哄他,他就真的会马上哭出来一样。

"好了……"黎霜揉揉额头,发现自己实在不擅长应付此人,她想要挣掉被他抓住的手腕,当然,无果。黎霜便只好由他抓着,一边走一边问,"你这次又是来作甚?"

"让你了解我。"

果然……晋安那小子又去通风报信过了。黎霜一声叹息:"了解这种事得慢慢来。"

"为何?"

"什么为何?"

"为何要慢慢来?"

"因为……"黎霜一抬头,在刚才吵吵闹闹的一路上,她已经被黑面甲男子牵着走进了一条相对安静幽深的小巷子里。

外面主街上的烟花还在噼里啪啦地炸,映得他那鲜红眼瞳之中颜色变换不停。

嗯,他的眼睛真的很美。黎霜不合时宜地冒出了这个想法,随即又很快被自己的理智压下,她深吸一口气:"路遥知马力,日久才能见人心。要了解一个人,必须得有时间。"

"不用日久。"黑面甲男子身子一转,在狭小的巷子里,贴着黎霜站着,黎霜便轻易地被他逼得靠在了墙角里。他拉着她的手,贴上自己的心口,"你现在就可以知道。"他凑近她,气氛暧昧撩人,"这里全是你。"

黎霜一时间……竟然觉得自己,脸红了。

在这漫天雪花之中,在这人声鼎沸的闹市角落,被他胸口的温度,灼烧得脸颊微微发烫。

而就在她怔然之际,黑面甲男子拉着她的手,让她摸到了自己的面甲之上:"只要你想,你就可以了解我。"

他松了手,黎霜鬼使神差地挑动了他系在耳后的面甲绳索。

面甲与雪花一同落下,陷入积了雪的地面,轻轻的一声,却也同时陷入了黎霜心里。

面前这人,火焰纹烧上眼角,不曾令他面目恐怖,反而更添几分异域魅惑。他……长相与她想象的差不多,可又与她想象中有不少偏差。

鼻梁要更高一点,眼角弧度更加犀利一些。可这五官组在一起,却是摄人心魄的美丽。

黎霜难得地为一人面容而呆滞。

而这人眼里,也全部是她的影子。

"你还想了解我什么?"他开口说话,因为没了面甲的遮挡,所以他的神情更清晰地向黎霜展现,那双透亮的眼眸里,光华不曾有半点波动。

他拉着她的手,从脸颊上滑下,放在了衣襟之上。

黎霜指尖一紧,这人不会是想在这儿,让她扒了他衣裳吧!荒谬!不过……他什么荒谬的事做不出来!

黎霜登时一慌,连忙抽回了手:"不不不……别的不用看了。"至少不能在这儿看啊!成何体统!

黑面甲男子好像有点失落:"你不想了解我了?对我没兴趣了?"

这问题问得……她怎么回答都里外不是人啊……

而是时,巷子外倏尔一阵烟花急速绽放,最后归于寂静,是这夜的烟火表演结束了。黎霜咳了一声,开始找借口遁走:"烟火结束了,我该回营了。"

黑面甲男子眸色微微暗淡下来,像是一只即将目送主人离开的小狗,看得黎霜心头一紧。她告诉他,同时也告诉自己:"我得走了。"

"……好。"黑面甲男子艰难地回答了一声。

而就在黎霜即将转身离开的时候,外面倏听"咻"的一声,是一个烟花直直向长天寒夜之上冲去,百姓们发出了惊叹,而黑面甲男子也在这一瞬间再次拉住了黎霜的手腕。

"还有最后一响。"

他将她拉进怀里,黎霜就只来得及听到他飞快地呢喃出了这句话,随即唇上一暖,是他的唇瓣压了下来。

天上巨大的烟花炸开,几乎照亮了塞北的黑夜,一声巨响,震耳欲聋,令人眩晕,而黎霜便在这样的眩晕当中受了他炽烈非常的一吻。

烟花的光华坠落,黑夜恢复黑暗的那一瞬间,面前这人如刚才黎霜所说的那样,在烟花结束之际,离开了。

徒留黎霜一人呆呆地站在小巷之中,掩着微微红肿的唇瓣,怔然失神。

这是个登徒子，像个感情流氓，有点可怕，可不知为何，黎霜竟然不再像第一次被他亲吻时那般生气了。

她甚至……

"呼……"黎霜长长舒了一口气，心里琢磨，要不然，趁现在赶紧写一封家书回去，让她爹别急着给她筹备亲事了，她在塞外把喜事办了得了。

她这个身体，不得了了，都开始躁动了。

好不容易冷静下来，黎霜一转身，想从巷子里走出去，可蓦然一抬头，倏见长街对面有一个披头散发的男子拿着一串糖葫芦，一边舔，一边盯着她看。

然而等面前一驾马车一过，那人却不见了踪影。

黎霜一皱眉头，刚才那人……看起来竟然与之前在鹿城城墙边上抓住的那个奇怪"探子"有几分相似。还是说……刚才那就是他？

但不可能，那人不是被关进鹿城大牢里了吗……

黎霜心头有了猜疑，快速赶回了长风营，然则刚刚回到长风营，她还没来得及询问那男子是否还在地牢，却见秦澜急匆匆地来报："将军，太子已启程在来鹿城的路上了。"

黎霜一怔，一时间竟然有些无法理解这条信息的意思："你说谁？"

秦澜望着黎霜，眉目微微垂了下去："皇太子将要来鹿城，坐镇边关。"

黎霜只觉思绪乱了一瞬，随即又很快镇定了下来。"哦。"她点了点头，"圣上如何将东宫派来了？他金贵之身，如何能受这塞外的天寒地冻。"

秦澜默了一瞬："前些日子西戎大军压境，军情情急，传上朝堂，太子殿下当朝请战，前来塞北镇守边关。圣上见他来意坚决，便允了他的请求。"

"嗯。"黎霜明了,圣上必定还是想让太子前来边塞历练一番,若是能立下军功,自然是更好,于他未来帝业或有助益。可哪承想……

"未承想西戎撤军如此之快,太子殿下而今已将至凉州,到鹿城不过也两日路途了。"

"好生安排一下。"黎霜吩咐,"不可怠慢了东宫。"

秦澜领命,颔首,本欲退下,脚步却顿了一顿,终是抬头望向黎霜:"将军,将军已在塞外多年,而今西戎既然已经撤军,这个冬日,将军不如回京……"

黎霜一笑,摆了摆手:"秦澜不用操心我,等太子来了,你操心他便可以了。"

看着黎霜转身离开,秦澜的话哽在喉头,最终,到底是没有说出来。

黎霜回了主营,点着烛火,枯坐了一会儿。

太子啊……

黎霜一声叹息。

多少年没见过了。

过完了热闹非凡的一夜,在清雪节这一天,整个鹿城的百姓都开始祭祖,气氛较前日肃穆几分,然则就是在这一天,鹿城发生了两件大事。

其中一件事是鹿城地牢里的一个囚犯跑了。

鹿城的地牢因着经常关押塞北最为凶悍的囚犯,所以修得异常牢固,守卫也十分森严,黎霜入城之后,更是直接派了长风营的将士去看守牢房,以免其中关押的重刑囚犯趁战乱而脱逃。

而就是在这样的重重守卫当中,那个披头散发、五官精致、衣裳华贵的男子，从地牢里面逃了。

还不只是逃了，他还留了封书信下来，让黎霜亲启，其中大意是：地牢和我想象中有点不一样，太黑了，我住不惯，提前离开，多有叨扰，还望恕罪。

言辞恳切，像是一个老友在与她道别……

黎霜哭笑不得，这人留了书信下来，则说明他不仅从这地牢里逃出去了，还逃出去买了笔墨纸砚，写了封信，然后自己跑回地牢，将信放在里面，又跑出去了。他一夜之间，越狱越了两次，想来其身法武功必定深不可测。

那昨天夜里，在小巷里见到的那人，则可坐实必定是那神秘的华服男子了。

这人在这恶寒之际，来这塞北到底意欲何为，黎霜不可知，而在她下令去追查这男子之后，另一件事便也发生了。

东宫太子司马扬先大部队一步赶来鹿城，预计午时后片刻便能到达。

黎霜得此消息之后，立即点兵，着所有将领与亲卫候至鹿城城门之外，恭迎太子大驾。

晋安这些日子白天也都随亲卫们活动，今日亲卫尽数出城，他便也跟在了后面，他个头小，站在人群背后，便没有人注意到他。而他也懒得去关注别人，目光直穿过人群，遥遥地落在站在最前端的黎霜身上。

只见黎霜望着塞北苍茫大地，神色沉凝，嘴角微微抿起，仿似隐忍了什么情绪。晋安困惑，她不开心？为何？

罗腾身为黎霜的副将，与秦澜一同站在她身后两步，正值午时，罗腾肚子饿得咕咕直叫，他是个粗人，揉了揉肚子低头抱怨："这太子，赶在饭点来作甚……"

秦澜斥他:"不想要脑袋了?"

罗腾摸了摸脖子,叹了口气:"这天寒地冻的,也不知太子什么时候能到,站这么一会儿,我脚都僵了。"他望了眼黎霜,"将军,刚才着急,我忘了拿披风,现在冻得很,我回去拿件衣裳可否?"

"去吧。"

"哎,好,将军你的披风要给你一并拿来吗?"

黎霜默了一会儿:"拿来吧。"

通常,黎霜是省得麻烦,可今日她隐隐觉得下腹有些坠痛感,黎霜久居塞外,体内寒冻,又经常骑马打仗,所以月事常年不准,常常好几个月不来,一来也只有两三天,而这两三天便剧痛难耐,一般前一天便开始疼,一直疼到月事结束还得缓上几天。

她身边将领都是一个赛一个的糙汉子,她这些疼痛从来不便与他人言说,隔几个月忍一忍,也就过去了,而这次正好赶在司马扬来的时候开始疼……

司马扬素来心细,被他看出,恐怕尴尬。黎霜让罗腾拿披风来保保暖,希望待会儿能缓解疼痛,应付过去吧。

在罗腾拿来披风后没多久,远方官道之上忽见尘土飞扬,是一骑快马向着鹿城奔驰而来。马蹄震地,越过前方的小小高地,直直冲向这方,临到黎霜前方三丈,为首之人倏尔拉马急停,一声昂扬嘶鸣,马蹄高高扬起。

是时,午时的太阳当空,来者宛似立在了太阳中一般耀目。黎霜不自觉地微微眯起了眼。

马蹄落下,身着绛紫色华服的男子坐于马背之上,发丝微乱,面容因为长途奔波而带了几分沧桑,但这并不影响他眉宇间的威严。得见黎霜,那份严肃威严方才退却了几分,染上了些许温和。

他凝视着她,翻身下马,行至黎霜身前,还未来得及多说一句,黎霜倏尔俯首一拜:"长风营守将黎霜,叩见太子殿下。"

司马扬微微伸出的手在空中一僵,随即收了回去:"霜……黎将军多礼,请起。"

黎霜站起身来,侧身恭敬地退到一边:"太子劳累,还请入城休息。"

司马扬望着黎霜,沉默不言,他不说话,其他人自然也是不敢动,直到最后见得黎霜唇角微微颤抖了一瞬,司马扬眸光微深,这才转身往城内而去,身后的将领与亲卫尽数避让到了两旁。

然而没走几步,司马扬却顿住了脚步。

在他面前挡着一个小孩子,孩子仰头望着他,目光不卑不亢,也没有行半分礼节。

黎霜跟在司马扬身后,抬头便见了这一幕,她眉头微微一皱:"晋安。"晋安目光立即往司马扬身后一转,落在了黎霜身上。黎霜对他道,"还不拜见太子殿下。"

晋安眉头一皱:"为何要拜他?"

此言一出,城门口的将士们都沉默了一瞬。与太子随行的亲卫当即眸光一厉,呵斥道:"放肆!"

黎霜护短,轻咳一声,解释道:"殿下,这是臣等在塞外拾来的孤儿,塞北粗犷,还未来得及让他入学,失了礼数,望殿下恕罪。"

司马扬回头看她:"你捡的?"

"是。"

司马扬嘴角微微一动,带着三分打趣道:"这脾气与你小时候有几分相似。"他语气熟稔,让黎霜倏尔忆起了多年之前,阿爹将她捡回将军府的时候,她第一次见到彼时还是个少年的太子,也是不由分说地将他冒犯了一通,甚至比现在的晋安冒犯得更厉害……

她直接在司马扬胃上狠狠揍了一拳,将他打得好几天没吃下东西。得亏当今圣上大度,未曾与她这小孩计较,而后她与司马扬却也是不打不相识,从此打打闹闹,也彼此督促着长大,直到现在。

思及往事,黎霜故作冷淡的眸色暖了几分。

司马扬见状,笑意更多了几分:"既然是你捡的孩子,这冒犯的罪,便由你来赔吧。"没再给黎霜开口的机会,他迈步向前走,路过晋安身边,手掌便去摸晋安的脑袋,却不想竟摸了个空。

司马扬眉梢微微一挑:"练过?"

晋安不想回答他,只道:"我不喜欢你。你离我远点。这是第一次,再有下次……"

"晋安。"黎霜适时喝止了他。她揉了揉眉心,"你过来。"晋安乖乖走了过去,黎霜牵了他的手,小声道,"乖乖的,别说话。"

司马扬看着觉得好笑,只道黎霜是在这塞外待得无聊了,捡了个孩子来宠着养。他不再计较,转身向城内走去。

司马扬离开了,黎霜这才蹲下身与晋安道:"别人我不管,甚至我也无所谓,但不要这样和他说话,知道吗?"

"为什么?"晋安皱眉,"你怕他吗?"他霎时凉了眉目,"我帮你杀……"

"嘘!"黎霜眉目一肃,"谁都可以,可不能在他面前放肆,他在鹿城的这段时间,你不要靠近他就是了,刚才这种话,也不可再说。"

晋安眉头皱得极紧:"为何?"

黎霜摸了摸他的头:"乖,你听话。"因为他是君,而他们是臣,其他人要动晋安,她都可护得,唯独这天家之子,他说杀,她便再无法护得晋安安稳。

晋安沉默地望着黎霜,见她眸光坚定,他便忍住了喉间的话,沉默以对。

黎霜只当他是默认,挥手叫亲卫来将他带回了营地里。而她自己则领着其余将领与罗腾、秦澜一同入了城。

太子身份尊贵，自是不能住在简易的军营里。

前城守李章义的府邸便暂时成了司马扬的行宫，府中事宜基本已安排妥当，新立的城守诚惶诚恐地接待了司马扬。黎霜等人到城守府邸的时候，司马扬已在大厅里坐罢，听新城守禀报了不少这段时间以来发生的事情。

城守着重报了长风营战士与守城将士们的威武，而对于那起重要作用的黑面甲神秘人却一笔带过。

哪想司马扬不问别人，第一句便关心到了那黑面甲的神秘人身上。

黎霜回了趟军营，耽搁了一些时间，等她到城守府上的时候，新城守正支支吾吾地，不知如何将这期间说来荒唐的事情报给太子听。而黎霜一来，城守便正巧将包袱扔到了黎霜肩上："东宫，战场上的事，黎将军比我清楚许多，可由黎将军代臣言之。"

司马扬不动声色地抿了口茶："你是鹿城城守，虽是战中临时任命，可也该有自己的担当。连鹿城发生的这般大事都表述不清楚，留你有何用？"

城守当即吓得一个腿软，连忙跪下，磕头求饶。

黎霜见状，并未作声，直到司马扬嫌吵了，让他退下，堂中才清静下来。

城守堂中并不宽敞，此时跟着黎霜来的便也只有身边几个副将，外面守着亲卫，场面比在城外接驾时小了许多。

司马扬将茶杯放下，随手指了一方，让黎霜先坐了下去，这才道："我从京中出行之日正是西戎大军压境之时，这一路疾行赶来，时间尚不足半月，西戎便已退军而去，倒让我扑了个空。"他与黎霜说话，方才那身架子便卸下了许多，他抬眸含笑望着黎霜，"我这一路来对你的担心，却也是白费了。"

这话说得暧昧，秦澜立于黎霜背后，放在身侧的手微微一紧，只低头垂目，静默不言。

黎霜立即起身抱拳，躬身行礼："谢太子关心，臣等得天庇佑，安然无恙。"

她这一板一眼的模样令司马扬默了一瞬，他沉默着让黎霜起了，随即便也例行公事地问了些鹿城布防，聊了聊那神秘的黑面甲人。

可说来说去，除了黑面甲人在战场上出色的表现，对于他的来历和行踪并没任何头绪。司马扬只得让黎霜着人下去好好查查，这样的人，谁都想将其抓在手里，若此后能留在长风营一直为大晋所用，必定令这戍守边关的长风营如虎添翼。

正事聊罢，城守府上便开始筹备起了太子的接风宴。

黎霜找了个借口先行离开。回营的路上，秦澜在她身边悄悄问了句："将军可要去今晚的接风宴？"

黎霜看了他一眼，心道秦澜素来仔细，想必是已经看出来她并不想与司马扬过多地待在一起。黎霜叹了口气："太子亲自来了鹿城，我自是要出席接风宴好生招待的，为免生事之徒传我君臣不和。"

接风宴她必须去，不是为了见太子，只是为了稳定边塞的局势。鹿城虽然离朝堂远，可朝堂上的争斗未必不能延伸到这里来。

前城守李章义是宰相的人，李章义虽死，可宰相的势力在鹿城中并未完全拔除。

而宰相乃三皇子的舅父，朝堂上从来是支持三皇子。

黎霜的爹则与皇后家有千丝万缕的关系，他自幼看着司马扬长大，自是处处护着司马扬。而今圣上年迈，朝堂之上储君之争自是越来越激烈。

司马扬来到边塞，做得好自是立功，做不好被宰相的人抓住了把柄，必定会被好好弹劾一番，黎霜便是不为司马扬着想，也必定要为将军府打算。一荣俱荣，一损俱损，她在京城参与的政事不多，可这个道理，她心里还是明白的。

她得在这鹿城好好护着太子，护得他好好回去，最好能护着他立下军功，只有这样，将军府才能得到最大的好处。

"备好我的礼服，诸位将军也都穿得隆重些，今夜的接风宴要好好参加。"

秦澜颔首称是。

回了营里，黎霜下腹犹如针扎似的疼痛，她饮了许多热水，可也并缓解不了什么疼痛。下午推去了很多事务，黎霜谎称自己有些疲累要睡一会儿，不让任何人来打扰。

她在床上抱着肚子忍痛，这时外面却传来了争执之声。

亲卫在斥着："将军说了不让人来打扰的，你这小子！放肆狠了！"

"你别以为你是小孩我就不揍你！"

黎霜眯了眼往外面看，正巧见得门帘一掀，是小小的晋安闯了进来，他身后跟着两个亲卫，但见黎霜躺在床上，立时放轻了声音："浑小子，给我出来！"

"嘘！别吵了将军！"

黎霜缩在被子里沙哑地应了一声："无妨，让他进来吧。"

亲卫道是黎霜被吵醒了，声音沙哑，并未多问，应了句"是"，便退了出去。晋安小胳膊小腿儿跑到黎霜床榻边，将她的被子拉了些许下来，看见黎霜微微苍白发着汗的脸，他登时心头一慌，极为小心地轻声问道："你病了？"

"有点腹痛而已，无妨。"

晋安却很是忧心："你身上有血的味道。你受伤了？哪里伤了？"

他问着,因为年纪太小,看着竟有点像心疼得要哭出来的模样。黎霜觉得好笑,可又想这孩子竟然能闻到她身上血的味道,果真是五感比寻常人要灵敏许多。可她今日身上这个血……倒有点不好解释。

"没事。"

"不要骗我。"晋安面色沉了下来,那么严肃,可因为稚气的五官,也没有生出多少威严,"你身上血液的味道很浓,我隔很远就闻到了。"

黎霜有些头疼。她要怎么和一个小男孩解释这个问题?她想了想,道:"是,我生了一点小病,你不要声张,你让季冉带你去集市找一家姓陆的人开的药材铺,里面有个陆姑娘,你找到她,告诉她,只能悄悄告诉她一个人,你给她说说我的症状,然后带着她来看我。"

黎霜想今晚是要去参加接风宴的,她疼成这样,要是被司马扬看出来少不了一通问,她是尽力不想和司马扬有过多交集的。只能盼着吃点药,熬过这一晚吧。

"好。"晋安应了,抬手拢衣袖,帮黎霜细心地擦了擦额头的汗。

黎霜望着他霎时有点愣神。

"我马上回来。"他留下这句话,飞快地跑了出去。

黎霜拍了拍自己的额头,觉得自己大概是有点疼迷糊了,她刚看着这般小小的晋安,竟倏尔觉得他的目光与昨日夜里吻了她的那人那般相似。

晋安找到了季冉,一听是将军的命令,季冉立即行动起来,带着晋安去了陆家的药材铺。陆欣正在捣药,但见季冉来找她,还没来得及脸红,一个小孩便飞快地跑了过来,拽了她的衣袖,将她拉得蹲了下去。

小孩凑到陆欣身边,将黎霜的症状一说,陆欣愣了愣,随即反应过来:"啊。"她有点脸红地咳了一下,"你们等等,我去拿点东西。"

陆欣手脚利落，半分没有拖延，只是在回军营的路上，季冉走得快，晋安走得比他更快，陆欣在后面跟得十分吃力，偏偏季冉还要问她："将军让你去干啥？"

陆欣转了转眼珠："哦……将军说身子有些疲乏，让我去给她按按穴位。"

这个理由很好，季冉便不再问了。

终于到了军营，已经在大冬天里跑出了一身热汗。

季冉留守在营帐外，只有陆欣与晋安进得了帐，看见黎霜一头冷汗地在床榻上睡着，陆欣当即蹙了眉心："怎么这么严重啊。"

晋安只觉心头一痛："多严重？"

陆欣想掀黎霜的被子，但看着旁边的晋安，道："我要褪了将军的衣裳为她施针。"

晋安望着她，没动，一脸"那你赶快施针啊"的表情。

"你虽然小，但还是得出去。"陆欣赶了人，晋安虽然百般不情愿，但还是被推了出去。别的事他可以任性，但事关黎霜，他生怕自己哪里做得不好，给耽搁了。

晋安没有在门口等，反而绕到了营帐另一边，那边比较靠近黎霜的床榻。他趴在营帐上，过人的听力听见里面黎霜微微带着痛苦的呻吟，他便也觉得心口被撕开一样疼痛。

以前离开黎霜远了，他就会有心头肉被钩子钩住、撕扯开的痛感，然后他就想马不停蹄地赶到黎霜身边。但是现在明明待在黎霜身边，他心头竟然也有了这样的痛感，而这时，他却不想离开黎霜半步。

拿刀将他剐了，他也离不开半步。

她在里面，她在疼痛，他恨不能以身代之。

但却无可奈何。

这样的疼痛持续了很久，直到里面黎霜的气息慢慢平稳下来，晋安方才心有余悸地进去。帐外的亲卫都道是陆姑娘在里面给将军按摩,而这个小子将军似乎也极为护着他,便只瞥了他一眼,没管他。

晋安进去的时候,黎霜已经从床上坐了起来,陆欣给了她一个药片,让她含在嘴里。

黎霜看着晋安,笑着招了招手:"来。"她抬手揉了揉仍有些蒙的晋安的脑袋,"多谢了。"

晋安只惊魂未定地盯着她:"你好了吗?"

"好了。不疼了。"

晋安垂头,抓住了她的手:"你以后也别疼了。"

黎霜心头一暖,浅笑:"好。"

虽然答晋安是这样答的,可黎霜身体怎么样,她自己清楚。

陆欣在旁边还是不由得说了句:"将军,你的身子要注意调养。"她言语未尽,但黎霜知道她的意思,每次受伤,军医给她把过脉之后都会这般说上一句。

可这军中行事,本就简洁,更别说外出行军,那路上什么事都能遇上,面前一条冰河,大军都得蹚过去,她身为将军,能因为自己是女子便让别人把自己抬着过去?这样还如何治军?

黎霜点头,算是敷衍着应了,陆欣张了张嘴,最后的话到底是没说出口,只道了一句:"明日将军若还痛,我便再来为将军施针。"

"嗯。"

"明日还会痛?"晋安眉头皱得极紧。

黎霜揉了揉他的脑袋:"她是说万一。一般不痛,要再痛,陆姑娘一准能治好。"她这是哄小孩的语气,晋安听出来了,可他却没办法反驳什么。

"得了,时间快晚了,我得换衣裳去城守府上赴宴了,你们先出去吧。"

陆欣应了，乖乖退了出去，晋安也跟着陆欣出了门，季冉还等在门外，陆欣本打算与他说上两句话，可袖子却被晋安拽住了，不由分说地将她拽去了一边。

"陆姑娘。"

"呃……"被一个小孩一脸正经地这样称呼，陆欣有点不习惯，"哦，你可以叫我姐……"

"将军身体有什么需要注意的？怎么调养？"

好生强势的小孩……陆欣不由自主地答道："也没什么特别的，就是注意保暖，不要让寒气入体，不要食用冰冷的食物，少碰冰水，不要熬夜……"

晋安一一记下："还有呢？"

"也没什么别的了。"陆欣顿了顿，"小朋友你很关心将军呀？"

"嗯，我喜欢她。"

"……"

正在陆欣无言以对的时候，季冉跟了过来："在说什么呢？"

"没说什么，季大哥，你们长风营的小朋友都好爱戴将军……"她话音刚落，转头一看，刚才还站在面前的晋安，却已经不知道跑去了哪里。

季冉点头："晋安那小子啊，将军捡回来的，是挺黏着将军的。"他转头问陆欣，"将军的事已经办妥了？我送你回去？"

"劳烦季大哥。"陆欣跟着季冉走了一段，"那个，我今日出门前好似炖了汤，季大哥要是不嫌弃……"

"今晚城守府上有宴，我随将军前去。"

"哦……"

时值傍晚，又降下了大雪，鹿城道路之上没一会儿便积了厚厚一层，然而大雪却并不能盖住宴会的热闹。

黎霜携着长风营的将领前去赴宴，酒肉酣畅，宴席之上文官武将在太子面前都相谈甚欢，黎霜面上也带着三分客套的笑意。

然则她一边喝着酒却一边在想着这酒席什么时候结束。

黎霜离开京城一去不返，深扎在这塞北旷野之地其中有很多原因，最单纯的一个大概便是她想逃开这种无聊的应酬吧。

至宴会将末，太子举杯称赞了一番边关将士，举杯相敬，又给未来鼓了一场气，大家各自落座，自行寒暄。黎霜实在待不下去了，寻了个借口，让秦澜帮她打了掩护，自己遁走去了府里的花园透透气。

天上大雪纷飞，黎霜走了几步忽见头上竟然多了一把纸扇，将她头上的雪挡住，她心头倏尔闪过那黑面甲人的脸，往旁边一看，却见了司马扬微带笑意的脸。

"知道你受不了，迟早得跑，没想到今日却忍了这么久。"

黎霜后退一步，俯首行礼："太子殿……"

司马扬一把抓住她的胳膊，止住了她将弯腰行的礼："霜儿……"他语带叹息，"你便要如此刻意与我生疏吗？"

他的掌心在这塞北雪中有些凉，黎霜垂首，没有回答。

"三年前你请战塞北，我道你最多待上一年，立了军功，便要回调京城，哪承想你竟这般倔，三年未曾回京一次。你便是气我，也气得够久了。"

"臣惶恐。"黎霜终是往后退了一步，单膝跪地，行了军礼，"臣不敢对殿下有丝毫气愤之情。"她沉着冷静地应答道，"臣三年守于边关，乃是深爱这边关之景，于边城有情，于边关之人有情。能为大晋为陛下守住边塞，是黎霜的福气，黎霜为此感到自豪与骄傲，未曾有一点别的心思。"

司马扬看着臣子之姿的黎霜，默了一瞬："于边城有情，于边关之人有情，黎霜，你于我，便已无情了吗？"

雪簌簌落下，很快便将司马扬的声音压了下去。

黎霜跪在地上，冷静答道："殿下于臣，乃是君臣之情，臣感君恩，定至死不忘。"

"霜儿。"司马扬弯腰，扶住黎霜的手臂，微微使力，想将她拉起来，"但闻西戎大军压境，长风营陷入危地，我心急如焚，千里赶来，并不是为了这份君臣之情。"

黎霜羽睫微微一颤。

司马扬其实是懂她的，他知道说什么话会让她心软。可是……

忽然间，寒光在黎霜眼角一闪而过，黎霜心头一凛："殿下小心！"她低声一喝，立时反手将司马扬一拉，飞快护在身后，脚下就地一扫，掀起一层雪雾，迷乱了来袭者的目光。

然而来袭者手中的长剑却刺破雪雾，径直向黎霜身后的司马扬杀去。

黎霜身子一转，与其过了两招，然则依然没有拦住持剑者的去势，自己与这人的功法相差太远！下一招必定拦不下来。黎霜心念一动，当即想也未想便挡在了司马扬的身前。

竟然以身做盾，要回护于他！

来者剑势猛然一顿，在即将刺破黎霜胸膛的时候剑尖一旋转，倏尔往旁边猛地掷去。

长剑"当"的一声狠狠地扎进旁边一个石亭的石柱之中，陷进去足足三寸有余，可见其力道之大。

方才黎霜与这人过招之快，快得还未让空中雪雾全部落于地上，而此刻短兵相接的招式一过，雪雾落下，黎霜看清来人，皱了眉头："是你？"

竟然是那神秘的黑面甲人，他……竟然要杀太子？

"你为何要护着他？"而这黑面甲男子出口的话却比黎霜多了几

分凉意与火气。

这话倒将黎霜问住了，黎霜回头看了眼司马扬，司马扬显然也没有弄明白这是怎么回事，微微蹙了眉头，盯着面前的黑面甲男子。

司马扬在这一路上听说过这以一人之力击退西戎大军的黑面甲神秘人很多次了，此刻便是一眼就猜到了他的身份，但是他竟然这般与黎霜说话？

黎霜却也习以为常的样子，这两人……很熟？

他还以为，在这塞北，没有谁与这黑面甲的神秘人熟悉呢。原来黎霜……

"你为何要伤我大晋太子！你可知此乃何罪？！"黎霜也是又急又气，这个黑面甲男子这么大一个人了，怎么也和晋安那个小孩一样拎不清呢？！

这还好是她在场，勉强护住了司马扬，她要是不在，司马扬的功夫本就不强，若就此被这人给杀了，他不就直接从大晋的恩人变成了大晋的罪人……

不过……可能对他来说……变成大晋的罪人也没什么大不了的，毕竟……他连西戎的大将都那么轻而易举地杀了……三个。

只要自己开心，这人好像没什么顾忌的。

"我不知。"那人盯着她，黑面甲背后的猩红眼瞳映着满满的白雪与她，"我只知道他要伤害你，我不允许任何人伤害你。"

黎霜心头一动。

背后的司马扬则微微眯起了眼睛。

黎霜一叹："他没有伤害我。"

听黎霜为他辩解，又见黎霜现在还以保护的姿态站在他身前，黑面甲男子那双透彻的眼睛仿似受伤了一般微微一动："你喜欢他吗？"

黎霜一怔，不知他为什么每一次思绪都跳得那么快："我……"

司马扬打断了黎霜的话:"阁下便是,破了西戎千军万马的那位勇士?"

黑面甲男子全当他不存在,又问了黎霜一句:"你喜欢他吗?"

"我是臣,他是君,我必须保护他。"

"我杀了他你会伤心,是吗?我杀了他你会恨我,是不是?"

在司马扬的注视下,黎霜不知道该怎么回答才能顾及完全。这神秘人单纯得像小孩一样,他的世界一是一,二是二,她要怎么给他解释她背后的那一堆利益牵扯,还有过往那些厘不清数不明的情愫纠葛?而且现在她也根本没时间解释这么多。

园外的亲卫听到动静已经行动起来,将花园层层包围。

黑面甲男子只注视着黎霜,黎霜唯有轻声道:"快走吧。"

黑面甲男子眸光一暗,只觉此刻心头没有那撕裂般的疼痛,但却极为沉闷,闷得让他几乎喘不过气来。

他觉得委屈。

园外亲卫拉起了弓,向着他站的方向放了三箭,三箭来势汹汹,可却没有一箭落在他身上,任由一支箭落在脚边,他躲也未躲,只将那箭拔了起来,眸光一扫,寒凉地望向箭射来的那个方向。

黎霜是见识过他的本事的,当即阻止道:"住手……"

黑面甲男子看了她一眼,手指一松,丢下了箭,随即身子一转,撩起漫天雪雾之际,霎时不见了踪影。

黎霜望着他离去的方向,并未下任何追击的命令。而司马扬亦是如此。

待得有亲卫走上前来,询问司马扬的意思,司马扬才摆了摆手:"你们追不上。"他转头看黎霜,黎霜却自始至终没有回头看他一眼。

第六章

  清雪节过罢，整个鹿城像是忽然变得萧条了一样，路上行人骤然减少，一夜的大雪在城里城外都铺出了一片白茫茫的清冷景色。

  鹿城城守府与长风营上下在太子被神秘人袭击之后，都陷入紧张当中，让这座边城本就严肃的气氛更加沉凝几分。

  在塞北的将士无人不知那黑面甲神秘人的本事，若是他想杀太子，就算有人在场，怕是也难以阻拦。

  城守府戒备森严，太子出入必有十名亲卫贴身守候。

  城守胆子小，生怕太子在塞北出了什么意外。他知道那神秘人对黎霜有不一样的感情，于是天天跑到军营里请黎霜去城守府陪伴太子，恨不能让黎霜在太子身侧住下，一整天都给太子当护身符。

  黎霜初时也是有几分忧心的，城守来求，她便也去了，可是去了几天，发现那神秘黑面甲男子根本没有丝毫动静，军营里她也让人看着晋安，这几天晋安也都乖乖的，白日里跟随将士出去训练，晚上就缩在被窝里睡觉，也不来找她了，算是捡他回来后，最安静的一段时间。

  黎霜心道，那晚她保护司马扬的模样大概是让这过分单纯的神秘人……伤心了？

她也曾在晚上悄悄地出了军营，寻了个城里僻静的亭子坐一坐，可那神秘人却再也不像以前那样找准时机就出现在她身边。

黎霜在亭子里坐了半宿，心头却还起了几分难以言说的落寞。

那个人……再也不会在她身边出现了吗？

那是个认死理的人，若是那天他下定决心从此以后不再理会她，那以后大概就真的没有再见的机会了吧。毕竟……从来都是那黑面甲男子主动来寻她，到现在为止，她也根本不知道那黑面甲男子的来历行踪，更无从寻找。

她摸了摸自己微凉且有几分干裂的唇瓣，一声轻叹，身体里的热量变成白雾挥散了出去，吸一口气，黎霜只觉这夜是越来越寒凉了。

翌日，城守如往常一样来求黎霜去陪伴太子，黎霜借军事繁忙的理由推托了。城守失望而归，太子也并未派人来邀。黎霜便乐得逍遥。

她不想与司马扬再有过多的交集。

她知道司马扬对她有情，他们年少初遇，相互陪伴，黎霜不同于一般闺中贵女，她与王公贵族的公子们一样骑马射箭，学兵书律法，习武练功。她是大将军的义女，她与司马扬的老师都差不多，她与司马扬在一起的时间或许只比他那两个伴读要少一些。这么长的时间里，黎霜自然对司马扬有过仰望，可也只是仰望，不能更多了。

司马扬立了自己的太子妃，府中姬妾虽然不多，但这几年听闻也添了两三人。

她自小和阿爹学习打仗，就是为了未来能走出将军府那狭小的后院，不去理会几个姨娘之间令人倍感无聊的明争暗斗。她不想让自己终于有一天天高海阔了，却又因为姻亲而掉入另一个深坑。

加之司马扬是当今太子，圣上百年之后，若无意外，他是要登基的。未来，他身后的那些争夺，只会比这战场更血腥、阴暗和肮脏。

三年前，黎霜就知道自己想要什么，她也知道，自己若是继续在京城待下去，最后的结果会是什么样。太子于她有情，多么让人喜闻乐见，因为她是将军的义女，她注定会为了皇权与军权的结合而与太子结合。

妃位注定不会是一个义女的，但侧妃一定有她的一席之地。她未来若与太子有了子嗣，那更是前途不可估量。

她阿爹不一定为她欢喜，但将军府背后那庞大的利益群体，必定欢欣鼓舞。

黎霜不喜欢做棋子，她想掌握自己的命运，做下棋的人。

那时黎霜将情势看得清楚，司马扬却也将她看得清楚。三年前，司马扬娶了太子妃之后，黎霜便动了离开的心思，司马扬知道黎霜怕什么，但他不允许她害怕，更不允许她走。于是司马扬向皇后提了迎娶黎霜这事。

皇后自是乐见其成，允了司马扬，当日夜里欲与圣上商量。

多亏司马扬的小皇弟从皇后处听得了口风，欢天喜地地跑来与那时正在宫里办事的黎霜说了，黎霜这才大惊失色，连忙从宫里赶回将军府，请求阿爹立即上书圣上。正巧彼时塞北有战情，黎霜恳请出战，在阿爹的请求下，圣上终于应允了黎霜。

黎霜北上鹿城的事情敲定，不日便传遍宫闱，她不是本朝第一个上战场的女将军，却是敲定得最快的一个，皇后知晓圣令之后，这关于司马扬的请求便也按了下来。

黎霜出塞北那日，司马扬前来送行，黎霜现在都还记得司马扬当时沉凝着脸色问她："我便是如此不堪？你情愿逃去苦寒塞北，也不愿留在我身边？"

黎霜俯身下跪，头深深地叩在地上："殿下言重，黎霜万分惶恐。"

那是她第一次这般应对司马扬,她想尽一切办法拉远自己与司马扬的距离,司马扬沉默了许久,方才声色低沉地令她起身。那次起身后,也是她第一次看见司马扬对她,用以失望且落寞的神色。

"我以为,你会懂我,会愿意一直站在我身边……"

黎霜将他这句低语呢喃挡在了心门外。黎霜知道,她是可以一直在他身边,一直陪着他,一直视他为唯一。但是司马扬的一生,注定不会一直在她身边,一直陪着她,一直视她为唯一。

他有后宫三千,有皇权天下。而她,也有自己心里想要到达的地方。

再然后,黎霜就未曾归过京城。

她以为已经过了三年,司马扬也已有了子嗣,这份令人惶然的情愫,便也尽可淡了去。怎么也没料到,司马扬这次竟然会请命来到他口中的这苦寒塞北,竟也还会对她说,他来这里,不是为了那份君臣之情。

这让黎霜不安。知道司马扬来的那一天起,黎霜便暗自想到,若无性命攸关的要紧事,她决不靠近司马扬!决不!可哪想,还偏偏真就有这样的要紧事一下找过来了……

黎霜叹息,这真是新桃花撞旧桃花,桃花烂了。

而在黎霜不去城守府之后,太子除了每天例行公事一样到军营城墙上逛一圈,也没对黎霜有过多打扰。

在黎霜刚安下心,觉得这个冬日总算要开始过上安生日子的时候,城墙上倏尔有士兵报告,远处原长风营营地外数十里地的那片树林里近几日有些动静。

黎霜听了这个消息,心里起了警觉。

"什么动静?"

"那片林子虽然隔鹿城远,但天气好的时候远远望去还是能看清楚的,近来有士兵发现那方的树木有明显减少,显然是人为采伐。"

采伐树木?黎霜捏着下巴琢磨:"可有见得有人将树木运走,或者就地搭建了什么建筑?还是升起过什么燃烧的烟雾?"

"没有,那些不见的树木就好似凭空消失了一样,未见运走,也未有搭建,更未有人用来生火。"

"派人去探一探。"

"是。"

士兵退下,黎霜想到那片树林是当初捡到晋安的地方,她与罗腾及几个军士去查过,那方还有一处乱葬着人的地下石室,那疑是"起尸"杀到长风营来的老妇人,也是从那地下石室里爬出来的。

现在那片树林又有动静了?

是人,还是说……是那个地下石室里的别的"人"?而且,不运走不搭建也不用来生火,他们采伐树木是做什么?

黎霜派了几个人出去探,不只探了一次,白天夜里不同的时间过去,可也都未曾见到有人在那树林里伐树,然则树木还是在渐渐减少,隔了几日,因为树木减少,甚至能看到那方裸露的山头,但依旧未曾见过人。

长风营的将士们未曾多想,然而鹿城的守军私底下却有一个传闻传开,说是鹿城之外开始闹鬼了。

清雪节后大家的生活都极为无聊,没几天,借助群众的力量便将那树木渐渐稀少的树林传出了版本不同的十来个鬼故事。

塞外本就寒冷,配着这鬼故事一听更是骨子里都飕飕地吹冷风。黎霜一开始本没管这些无稽之谈,可没想到这传言越传越厉害,甚至开始动摇军心了……有人说,是那黑面甲的神秘人杀掉的西戎人的鬼魂死得不甘心，开始作祟。

霎时军营之中隐隐有了几分压抑恐惧的情绪。

黎霜大怒，寻了第一个传出这个谣言的人，狠狠打了几十大板。

却令人更没想到的是，第二天，那个挨了打的士兵竟被人发现死在了城外雪地里。

一夜大雪几乎将他掩埋，只留了个手掌露在外面，被人挖出来的时候，他气息早绝，心脏被人掏空挖走，一个空荡荡的胸腔看起来极为骇人，且他死时面容惊恐，仿似见了万分恐怖的景象。

此事一出，军营更是震颤，谣言四散，甚至传入了鹿城百姓家里。

黎霜深知军心不可乱，正在与众将领商议应对之法的时候，城守府传令来让黎霜去面见太子。

秦澜观了一眼黎霜的神色，主动请令："将军而今要处理军中杂事，怕是无空抽身，末将便斗胆代将军前去上见东宫，代为听答东宫之令。"

黎霜自是求之不得，连连点头："甚好甚好。"

秦澜见她这模样，微微垂下头，嘴角轻轻勾了个无声的浅笑，他愿意为她挡掉令她为难的所有事。

"属下且随使者先行去城守府。"秦澜告退，在即将出门的时候却又听黎霜唤道："秦澜。"

他回头。

黎霜琢磨道："若是太子之事不好应答，你便遣人回来叫我。"

秦澜眸光一柔，这是怕太子为难他呢。他掩下眸中情绪，只抱拳应了声："是。"

秦澜去城守府没有停留多久，司马扬也没有询问黎霜为何不亲自来，他只是提了最近鹿城里面关于鬼怪作祟的谣传，并未怪罪谁，反而提出了解决之法。

黎霜听得秦澜回报司马扬的解决之法,她下意识地蹙了眉心,可却也不得不听:"太子如何说?"

秦澜顿了一顿,道:"太子欲让将军与他领一行亲卫,同去那荒林之中巡视一圈,亲自镇住这谣传。"

黎霜沉默。百姓迷信,她无法与他们讲道理,而最能快速平息谣言的方法确实只有用迷信克迷信。她与司马扬去那方走上一圈,再让人散出消息去,说太子真龙之气已令邪祟魂飞魄散,乃是最快捷的方式。

而且他们也正可亲自带人去一探究竟。探子毕竟是探子,其武功身法到底是比不上他们身边的人和自己,难免会留下一些蛛丝马迹未曾探寻得到。

司马扬提了一个好办法,唯一难做的,是要她一同去。

"就这么办吧。"黎霜寻思片刻,到底还是点了头,好歹两人也是要带着各自的亲卫去的,"秦澜,你着人安排下去,亲卫营中人明日随我一同出发,太子那方也做好万全准备,此一行最重要的任务,还是保护太子。"

秦澜垂头:"是。"

翌日午时,黎霜着了银甲军装,提了八面重剑,令十二亲卫在城墙之前静候司马扬,司马扬来时,亦是一身铁甲军服,与黎霜站在一起,落在旁人眼里倒显得般配极了。

营中大半的人都前来叩见太子。

正巧今日陆欣来看季冉,她目光本一直停留在季冉身上,可此时阳光正当中央,映雪一照,却让黎霜与司马扬抢了注意力。

"哇。"陆欣不由得轻声感慨,"将军与太子殿下好生般配。"她摇了摇自己牵着的那只小手,"晋安,你看,是不是?"

在她身侧，周围一圈大人的包围下，只有晋安一个小不点儿站在里面。

他眸光冷淡地看着那方的黎霜与司马扬，但见两人上马的动作几乎一模一样。他沉默不语，只挣开了陆欣的手："我说过，别碰我。"他背对所有人，不再看黎霜与司马扬，转身回了营地里。

身后将士们威武的呼喝声响彻天际，送黎霜与司马扬出了城门。晋安行至亲卫营门前，里面空空荡荡的，没有一个人在。他躺上自己的床，仰头望着营帐顶。

一言不发，连眼神也没有丝毫波动。

这几日其实他一直都这样，只是，好像并没有其他人发现，连黎霜也未曾来问过一句。她喜欢那个太子，所以不会关注其他任何事情了。

晋安不止一次想，黎霜看见那个太子的时候，是不是也像他看见她的时候一样呢？感觉全世界其他东西都没有颜色了，只有她在发光，吸引了他全部的心神与注意力，让他像蛾子一样不知死活地扑过去。

没有人知道，在黎霜没有看见他的这几天里，他这只蛾子，真是用了比扑火还要大的力气，才克制住了自己靠近她的冲动，同时也忍下了比被火灼烧生命更让人痛苦的疼痛。

她不喜欢他，也不需要他，他意识到的这两件事那么反反复复地在他脑海里出现，像一个诅咒，冰凉了他所有的热血。

而且并不是错觉让他感到冰冷，而是真真实实的冷。

他胸膛上的火焰纹开始变凉，颜色开始变得暗淡，即便到了晚上，变成成人，如果不躲在被窝里，塞北寒冷的风便能冻僵他的肢体，这是在之前，他从来都没有过的感受。

从那个山林里逃出的那天开始，从遇见黎霜的那一刻开始，他的心头永远都是涌满热血，即便身体裸露于寒风暴雪之中，也不会觉得丝毫冰冷。

可现在……

"罗将军！罗将军！"外面倏尔响起了一个将士惊恐的大喊，晋安能辨识出这个声音，这是黎霜亲卫之一万常山的声音。

为什么……他的声音会出现？所有的亲卫，不是随黎霜出去了吗……

晋安一转头，但见营帐内竟然已经是一片漆黑，原来他刚才已经在床上躺了这么久……久到天都黑了吗？为什么他对时间的流逝……竟然毫无感觉呢？

"罗将军！

"将军与太子遇伏！已不见踪影！"

晋安空洞的瞳孔在听到这句话之后慢慢缩紧，他一个翻身，猛地坐了起来。

胸腔里仿似已凝固的血液霎时随着心脏的猛烈跳动挤向全身。

他赤脚踩在地上，未觉地面半分冰凉，身子一动，霎时闪出亲卫营外，临在半路，猛地抓住了万常山的衣襟。

"你说什么？"

万常山怔愕地看着面前的人。

在他黑色的瞳孔里，借着军营外的火光，映出了晋安此刻的身影。他已变成成人，双瞳猩红，烈焰纹从心口爬上他的眼角，他身上还穿着小孩的军装，以至于身上很多缝合处都被肌肉撑裂，碎布一样挂在他身上。

万常山瞪着他："你……你是何人！"

"你是何人！"罗腾听到外面的呼喊也从自己营里赶了过来，他手中大刀指着晋安，皱着眉头问，"黑面甲人？"

而晋安分毫不管，只抓着万常山的衣襟一字一句问道："黎霜呢？"

提到此事，万常山登时顾不得这人了，立马转头对罗腾道："罗将军！请求支援！将军与太子消失在了那树林里的地下石室中！"

地下石室……

晋安松开万常山，脑海中不知为何霎时回忆起了一个混乱非常的画面，一会儿是有人在拿刀割破他的心房放血，一会儿是他号叫着拼命痛苦地挣扎，一会儿是虫子爬进了他的身体里，一会儿又是血腥的厮杀与狂乱的奔走。

他霎时头痛欲裂，然则这些头痛对晋安来说都并不重要，他觉得唯一重要的是，他知道……他知道那个地下石室在哪儿！

他知道黎霜在哪儿。

他要去救她。

就算她喜欢别人，她为了保护另外的人会对他拔刀相向，就算她这辈子也不愿意嫁给他，不愿意和他一直在一起，甚至不愿意见到他……他也要救她！

拼尽全力地、舍生忘死地、不顾一切地去救她。

这像是他的使命，是他的本能，是他唯一的，仅有的，不可放弃的坚持。

黎霜从昏迷中醒过来的时候，发现自己半个身子陷入了泥泞的土地之中。

她稍稍动了一下腿，却觉得越是用力，让她往这泥地里陷得越深。黎霜当即冷静下来，不敢再动。四周一片漆黑，唯有十来丈远的地方有一点微弱的光芒照了进来。借着这微弱的光芒，她隐约看见旁边躺着一人，那人平躺在泥地之上，只有穿着重靴的脚陷入了这沼泽中,黎霜轻轻唤了他一声:"太子殿下?"

男子一声轻哼,被她唤醒过来。他微微动了动身子,黎霜便见着他身子往下沉了一瞬。"不要动!"她立即喝了一句。

司马扬霎时反应过来现今他们的处境:"沼泽?"

"嗯,不像是天然的,倒像是有人故意设置的陷阱。"

黎霜抬头往顶上一望,只见头顶之上有一个黑乎乎的大洞,方才他们约莫就是从上面掉下来的,而此时在那洞口处,却有四五根粗壮的木桩将那洞口封住。这必定是人为设下的陷阱。

"我终于知道,那些被伐的树木用到哪儿了。"

原来,都是被人用到这里来制造陷阱了,没有烧,没有搭建,没有运走,直接原地用到了地下。可到底是何人,又是为何要做这样的事情?

思及片刻之前。

她和司马扬领着各自的亲卫往那树林前去探看,黎霜本欲在林外绕上一圈,毕竟司马扬在此,不能真让太子入那树林之中,万一出了差池,谁都担待不起。

可没想到,当他们到达那树林边上的时候,却隐隐听林中有微弱的呼救声传来。黎霜从来不信鬼神邪说,她让亲卫护着司马扬,欲自己入林中探看,可司马扬却不让。在他要求之下,两人领着亲卫,一同入了这树林。

被砍伐的树木到处都是,留下了满目疮痍的木桩,萧索的枯木林里,气氛更比以前诡异几分。

循着那呼救声而去,越走越深,黎霜越发觉得不妙,这循来的路竟然离当初发现那"起尸"老妇人的地盘越来越近。黎霜正欲令众人停下脚步,旁边却倏尔有一道白影袭来。

黎霜拔剑出鞘,还未来得及迎战,那人动作出人意料地快,转瞬之间便擒住了司马扬，将他往前一拉，黎霜与一众亲卫连忙追了上去，踏上去两三步，脚下却猛地往下一陷，所有人登时掉入了地下石室之中。

石室之中，地上白骨累累，那恶心的臭味已经消散而去。黎霜目光紧紧追随着那道白影，眼见那偷袭者拖着司马扬闯入了石室后的一个破败洞穴之中，黎霜追赶上去，而出人意料的是，这里的洞穴却犹如迷宫，没走多远，前面倏尔多出来好几条路，黎霜命大家分头寻找，她与身侧一个亲卫正打算往右侧洞穴里寻找而去。那白影陡然出现。

白影在她身侧一闪，亲卫登时被掀翻在地，黎霜眸光一凝，抬剑来挡，堪堪挡住了那白影的偷袭，且迫使偷袭者的动作停顿下来。

黎霜定睛一看，与她手中八面重剑相触的竟然是一把精钢折扇，而握着这折扇之人，却是……那个"探子"？

之前从鹿城地牢里逃出去的那华服男子？

是他！

"哟，黎将军果然厉害。"他轻声一笑，像是在路上偶遇时来打招呼一样。

黎霜厉叱："你到底是何人！殿下在何处？"

男子一笑，笑容仿似人畜无害："我带你去找他吧。"话音一落，男子身后洞穴里蓦地急射而来两道长鞭，黎霜抽身回剑，避开其中一条，而另外一条堪堪被听到声音追回来的秦澜挡下。

秦澜伸手欲将黎霜抓到身后，男子手中折扇一动，只见折扇凌空飞出，狠狠划破了秦澜的手臂，折扇飞回来的时候扇骨则重击在了黎霜的后脑勺上，这一击击中了要害，黎霜只觉眼前一花，一时间竟然有些站不住脚。恍惚间她倏觉手臂一紧，身边场景一花……

她想要反抗，可咬牙忍下眩晕，立足于地面之上，抬剑要刺的时候,她肩头被猛地一推,身体不受控制地往后倒去,紧接着失重感传来,眩晕再次席卷了全部感官。

等她醒来,便已经是这副模样了。

她不懂那人为何要将她与司马扬单独丢到这地方来,其他人呢?那些随行而来的亲卫,他会怎么处置他们?而且那人……虽然黎霜不敢确定,但从速度与一些手法来看,他的武功竟与那神秘的黑面甲人有几分相似。

他们之间也有联系吗?师出同门?

可显然,现在并没有时间让黎霜来思量这些了,她身上的铠甲极重,拖曳着她的身体慢慢往泥地里沉去,方才这湿泥只没过她的腰腹,现在却已经快要到胸膛处了。

黎霜小心抬起了手,解开了胸膛上的铠甲与肩甲,看了眼旁边的司马扬。

司马扬的情况比她好一些,他是整个人躺在泥地上的,几乎浮在泥地上,除那双过于沉重的战靴让他双腿深陷泥沼中之外,身体其他部分都还可自如活动,只是他不能活动,因为他一动,受力的地方一旦改变,他也会慢慢下沉。

唯一的解决办法就是给他一个着力点,只要他有一个可以踩或者蹬的地方,就可以安然从这泥沼之中跳出去。

"殿下。"黎霜唤了他一声,"你可尚有力气?"

"嗯。"

"我手臂在这里,你可以踏我手臂逃出泥沼。"

司马扬沉默一瞬:"我踏在你手臂上,一旦用力,你又当如何?"

"臣自会有办法……"

"你有什么办法?"

面对司马扬的逼问,黎霜沉默。

她其实没有办法,他们两人现在这个局面,若是救,她便只能救司马扬;若是不救,耽搁了时间,等越陷越深,司马扬便是想踩着她出去也没有办法了,他们俩都得死在这里。

弃车保帅是黎霜身为一个将军自然而然做出的决定。

"殿下,臣等本该为保护殿下而鞠躬尽瘁,殿下万不可在这塞北出任何闪失。"

"黎霜。"司马扬终于唤出了她的名字,如同以前青梅竹马、亲密无间的时候,"你要我为了保住自己,而杀了你吗?"

黎霜沉默了一瞬:"此乃解救殿下的唯一方法,为护殿下,需要臣身死此地,请殿下……不要为往昔情谊,乱了大局。"

她口中的大局,他们各自心领神会。当今朝堂之上,三皇子有宰相支持,对皇位虎视眈眈,若司马扬今日在此有了意外,令三皇子登基,皇后、将军府,连同朝中太子的心腹,尽数遭殃。

"殿下,臣居于塞外多年,偶有听闻朝中消息传来,但闻殿下而今已添贵子,朝中事宜也越发稳妥……"

"黎霜。"司马扬打断她的话,"三年前一别,你让我念了三年。而今,你却是想让我念你一辈子吗?"

黎霜眸光微微一动,随即却拉了个笑出来:"臣斗胆,今日这般拼命想救太子,其实是想令太子日后能许臣一个愿望,以免未来,臣言直口快,招揽了祸事,难保自身。"

"你在我这儿,无论说什么话,都不会有祸事。"

黎霜收敛了眸光,挣扎着往太子那方挪了一些距离,将陷入泥沼中的手臂蜷了起来,探到司马扬战靴之下:"殿下。"

司马扬许久未曾言语,也没有任何动作。黎霜亦是沉默。终于,司马扬轻吐一口气:"黎霜,你待会儿从这里出来,什么愿,我都许你。"

"谢殿下。"

司马扬霎时一个起身,他身体微微向下一陷,可脚底踏在黎霜臂膀之上,借力一蹬,力道极大,黎霜只觉自己整个人往泥沼下方一沉,而那司马扬却已经跃空而起,身上铠甲甩落无数污泥。转眼间他便落到三丈以外的坚硬石地之上。

等他转头,黎霜已经陷入泥沼之中,不见了踪影。

污泥并没有多少震荡,只是波澜不惊地覆盖了刚才那些波动,司马扬满身泥浆,手中拳心握紧,他在旁边站了一会儿,身侧并无任何可以用来打捞人的东西。他一咬牙,沉凝眸色,转身向着旁边透出光亮的地方迈步而去。

坚硬铠甲撞击石头而来的铿锵之声,越来越远。

只是他没看见,在他离开之后,那泥潭之中倏尔缓慢地冒出了一个气泡。

随即"咚"的一声,一个人砸破头顶黑洞之上的木头,裹带着一身冰凉的风,以近乎绝望的神情一头扎入那浑浊不堪的泥潭之中。

不消片刻,泥潭之中倏尔传来阵阵波动,泥浆仿似被极大的气力从内里推开一样,只听"轰"的一声,整个泥潭霎时炸开,泥浆溅出,炸得整个洞穴墙壁之上都是,糊在墙上,缓慢滑落,流向低处。而在那泥潭底部,上半身几乎裸露的男子紧紧地将黎霜抱在怀里。

她闭了气,口鼻之中并没有泥浆进入,但因为过长时间的闭气导致整张脸乌青发黑,呼吸几乎已经停止。

晋安抱着她使劲儿按压她的胸膛:"不行,不可以。"

他一双猩红的眼里尽是泪珠,跟随着他的声音"啪嗒啪嗒"砸在黎霜乌黑的脸上。

"我不许你死,你不可以死。"

一声声,唤得满是喑哑至极的绝望。

她可以做任何事，爱别人，嫁给别人，属于别人，可她不能死，她死了，他就连痛苦也没有了意义。

黑色山洞之中，满壁的泥浆在向着泥坑底部慢慢流淌汇拢，那缓慢的流速未曾对还在坑底的两人造成威胁。

而那流动的声音黏稠得令人窒息，如同此时晋安身体里的血液，几乎凝固，他能听到自己的心跳每一下都重如擂鼓。

他不停按压她的胸膛，附之以内力，试图唤醒她的身体，可他也不知道自己这样做到底能不能救得了她，只能无望又固执地抓紧她最后一寸微弱的呼吸，一遍又一遍，不肯放弃地做着自己的努力。

滚滚而落的清澈泪水将黎霜被污泥覆满的脸清洗出了一道道干净的痕迹。

不知在绝望中挣扎了多久，终于，他听到了一声轻咳。

晋安眸光霎时大亮，宛如见到了黎明破晓。

黎霜身子一颤，在他怀里难受极了似的微微蜷了起来，脸颊不由自主地靠近他的胸口，贴上了他滚烫的皮肤，她无意识地依赖着救了自己的人。

这小小的一个动作，却让晋安那几乎快死寂的心脏猛地快速跳动起来。

他指尖颤抖，不敢再压她的胸膛，也不敢再用力将她抱紧，只怕自己哪里用错了力气，让她又感到痛苦。他甚至不敢开口，唯恐自己的声音弄碎了她。

黎霜在他怀里呼吸渐渐平稳，随即慢慢睁开了眼，她眼睛里有了他的影子，这让晋安觉得心安。

"你……"黎霜声音嘶哑，"为何……"

"我不会让你出事。"晋安抚着她的心口，体内的内力缓慢地流入黎霜的体内。

而对于黎霜来说，他给她疗伤的这股内力像是一股奇异的暖流，温暖了她僵冷的四肢百骸，同时也让她心头不由自主地颤动，在这一瞬间，她仿似能感受到独属于这人的情绪，他的紧张、悲伤和难过。

他在为她而感到难过。

黎霜收敛了初醒时的惊愕，轻轻抬起了手，覆住了他的手背。

晋安身体微微一颤，另一只手将黎霜抱了起来，让她依偎着自己，他下巴蹭着她的额头："你没事了吗？你没事了，是吧？"他轻声问着，想要她的确认来抹去心底残存的不安。

黎霜也难得放任自己去留恋另一个人身体的温暖，以及他给她带来的安全感。

他又救了她一次。

在绝望里，于绝境中，用奇迹一样的姿态，像是用了书写传奇一样的力气，来拯救她。

从未有人这样，让她只因为他在，便感到……安心。

可神奇的是，她竟然连这人的姓名、来历都不清楚。

"我带你离开。"他探到黎霜体内脉搏趋于平稳，随即收了内力，想将黎霜先带离这个阴暗的地方。他将黎霜打横抱起，纵身一跃，跳出那泥泞坑底，向着透露外面月光的地方而去。

可在行至那山石缝隙之间的时候，倏尔一人闪现于缝隙前方，他拿着折扇，在下巴上敲了一敲："当真让我瞧了一出好戏，可要我这样放你们走，可不行。"

黎霜在那人背后已经能看见外面朗朗月色下的景物。她对塞北这一片极为熟悉。她能认出这边便是那小树林山丘的背后一边。照理说这边应该已经是西戎境内，但因着西戎在这方并无城池，大晋也从不踏足西戎土地，所以这方常年荒凉至极，也无人看管。

晋安周身的气息霎时变得不善起来。

杀气一出，折扇男子登时笑开："别误会别误会，先介绍一下，我叫巫引，我此行，设这计谋，可完全没有针对黎将军的意思。"他打开了扇子，眯眼一笑，状似温和，"我只是针对你，我的小蛊人。"

黎霜闻言一怔：蛊人……是什么？

她仰头望了抱住自己的男子一眼，但见他胸膛上延伸出去的血痕比往常更加鲜艳，那一双猩红的眼，比涂了血还要骇人。

"你到我身后。"晋安放下黎霜，而黎霜双脚方一落地，便觉周身无力，险些摔倒。

晋安心神一乱："怎么了？"

"啊，她没事没事。"巫引接过了话头，"就是中了我的巫毒而已。"他笑着指了指黎霜的胳膊，"先前下的。"

晋安垂头一看，但见黎霜手臂上的衣服不知什么时候被划破了一条口，而那衣服里的手臂自是也破了皮受了伤，只是自打黎霜坠入泥潭那一瞬间开始，所有的事都比手臂上的这一个小口子来得重要，是以不仅晋安，连黎霜自己也未曾察觉。

晋安轻轻捂住黎霜手臂上的伤口，眼眸微微眯了起来，盯着巫引："解药。"

"我说了，我没打算针对黎将军，只是对付你，需得用到她而已……"

话音未落，只见晋安身影似风，箭一般冲了出去，速度快得连黎霜也没有反应过来，她堪堪扶住旁边的石壁，转头一望，但见巫引与晋安战作一团，两人的过招在她越发迷糊的视线里都变成了一片恍惚。

太快的动作以及太强大的力量震荡，致使山石松落，骨碌碌地滚了一地，黎霜费力躲开一块石头，再一回头，便见那方巫引已经被晋安压在了身下。晋安双眸赤红,死死捏住巫引的脖子:"解药,我不说第三遍。"

巫引却在这种威胁之下,笑了出来,神情没有半分狼狈:"我死了,黎将军便也得随我陪葬。"

晋安目中一阵颤动,显然,方才黎霜的危机给他造成的阴影尚未在他脑海中退去。

"很简单,我说了,我不打算伤害黎将军,我只要你。"巫引抬起了手,握住晋安滑落在耳侧的头发,"你跟我走,我便给她解药。"

晋安知道,自己离开黎霜,离得越远,他身体里便越是疼痛,但在这样的时候,那些都不再是影响他做决定的因素了。

"别……相信他。"黎霜知道这神秘人心思单纯,她艰难开口,"我没事……杀了他,军医可以……治……"

黎霜从来不是心慈手软的人,她杀伐决断惯了,知道此人胆敢设计陷害她与东宫,必定留不得,先除了祸害,别的事都可稍后再议。

"黎将军当真心狠。"巫引转头看了她一眼,"你现在只是浑身无力,马上便会开始手脚发麻了,紧接着便是万蚁噬骨之痛,再过不久,就要死了。这毒,你们那些大夫,可救不了。"

他越是说得毫不在意,便让晋安的眼神越发阴沉。

"杀。"黎霜丝毫不为所动。

晋安却没有下手:"我不相信你。"

黎霜眉头一皱,想喝止他,可一张口,竟然发现,自己根本不知道该叫他什么名字好……

"我说了,我不会害她,我要黎将军的性命无用。至于信不信我,这便也看你了。"巫引手掌一转,一个白色的小瓷瓶出现在他手里,"这是控制你的药物,你吞下,我就给黎将军解药。"

黎霜一句"不可以"还没来得及说出口,倏觉浑身一麻,喉头肌肉一紧,紧接着钻心的疼痛遍布周身。

晋安一把抓过巫引手中的瓷瓶,仰头将里面的药物饮下:"解药。"

巫引微微一笑:"好,乖,你不急,这就给黎将军解药。"

他话音一落,旁边翩然而下一个白衣女子,扶了蜷缩在地的黎霜,捏住她的下巴,给她喂下一颗药,登时,黎霜双目一闭,直接晕了过去。

晋安心头一颤,想要过去抱她,可手腕却被巫引抓住:"你现在可是我的了。"

巫引说着这话,同时像是有虫子钻入了晋安的大脑里一样,让晋安耳边全都是巫引的声音,这声音让晋安控制不住身体,无法向黎霜迈近哪怕一步。

"跟我回家吧,玉蚕。"声音控制了晋安的四肢,他的意识,在这声浪的冲击当中,渐渐消失。

闭眼之前,他只来得及看见躺在地上的黎霜一动不动,像她平时睡着了那样,安静,平稳。

她没事了吧?

她没事……就好了。别的都无所谓了。

"少主。"白衣女子行至巫引身边,同时洞穴顶上跃下来四五名女子,她们都走到巫引身边,有的负责架起晋安,有的则给黎霜盖上了一块雪貂皮,为她保暖。

"辛苦大家了。"巫引起了身,拍了拍衣裳,"走吧,玉蚕已经收回,咱们该回去了。"

"玉蚕已经认主,不将主人带回,可妥当?"

巫引看了黎霜一眼:"这才认了这么几天,没关系,洗掉玉蚕的记忆就行了。而且,带走咱们的玉蚕没问题,若是要带走这塞北的将军,出关可不容易。回程的一路,我可懒得折腾了。"他伸了个懒腰,一转身,透过缝隙,望着远方即将破晓的天色,"这塞北冰天雪地的,可让我想苦了南方的花了。"

黎霜醒过来的时候,床榻边守着的是形容微带三分憔悴的秦澜。

但见黎霜睁眼,秦澜神色一动:"将军。"他开口的声音微微有些沙哑。

黎霜迷迷糊糊地看了他一眼,旋即又闭上眼睛,微微皱了眉头,她脑海之中场景混乱:"我这是……"她抬起了绵软无力的手轻轻揉了揉眉心。

在她大脑将那些破碎的片段组合起来的时候,秦澜已经心急地唤了军医,外面的将领也拥了一堆进来,直到军医赶来,将这些五大三粗的壮汉赶开,黎霜的世界方才重新亮堂起来。

将领们七嘴八舌地说着什么,黎霜全然听不清楚,太阳穴被吵得隐隐刺痛,秦澜怒而一声低叱:"都给我出去。"

将领们虽然有点委屈,但也依言退了出去,只留军医皱着眉头把着黎霜的脉:"将军身体已无大碍,调理几日便能好。"军医摇头,"这样的症状倒是蹊跷,昏睡了五天五夜,不吃不喝,清醒之后却只是有点气虚,将军当真是得天公庇佑啊。"

黎霜是不相信什么天公庇佑的,她只抓住了军医话里的一句:"……五天五夜?"她声音哑到了极致,若不是离得近,几乎都要听不见她的话。黎霜努力地想坐起身子,挣扎着迫使自己发出更大的声音,"我昏睡了五天吗?"

军医点头:"已是五天有余。"

黎霜怔然,秦澜在一旁忧心忡忡,伸出手欲扶住黎霜,但也不敢贸然触碰:"将军,你方才初醒,切勿……"

"黑面甲人呢？"黎霜转头问秦澜，"他人呢？"

秦澜未说完的话便这般压在了喉咙里。沉默了一瞬，顶着黎霜的目光，秦澜眼睑微微一垂，遮挡了他的神色："回将军，五日前，属下等攀下那石洞之下时，只见得了昏迷在地、盖着雪貂皮毛的将军，并未见到有其他人。"

那人不在……

黎霜心头莫名"咯噔"一声。

她记得，他从那淤泥之中将她救了出来，为了她喝下毒药，然后……被那名唤"巫引"的人给带走了吗？

巫引会如何对他？要利用他，还是……要杀了他？

一想到此，黎霜忽然有几分坐不住了："要查。"她欲翻身下床，军医立即将黎霜扶住，果不其然，她才刚刚站起身，头脑便是一阵眩晕，不用他人阻拦，她自己就坐回了床榻上去。

"将军，你昏睡了五天，方才清醒，气虚至极，不可乱动呀。"

"将军要查何事？"秦澜沉声道，"末将自会帮将军彻查清楚。"

黎霜坐下揉了揉太阳穴，初时的激动过去，她复而恢复了应有的冷静与沉着。"晋安呢？"她开口，"先将他给我提来，我有话问他。"

此言一出，秦澜又是一默。

黎霜转头望他："怎么了？"

"那小兵晋安……五日前便也在军营之中不见了踪影。"秦澜沉吟道，"这五日也未见其踪影。"

晋安……也不见了？

黎霜有几分怔然："派人去军营外找了吗？"

"鹿城里，鹿城外，包括那日那暗藏陷阱的树林与地下石室，都已经派人查过了，未见晋安。"秦澜顿了顿，"将军，晋安这个孩子，不比其他孩童，他来历神秘、武功高强，他会这般悄然无声地从军营中消失,断不会是别人将他绑走了,因为他若要反抗,必定会有动静。而军营之所以没有任何人发现他不见,唯一的可能便是他自己离开了。"

晋安自己离开,他能去哪儿?难道他会悄悄跟踪那带走神秘人的巫引一行,试图去解救神秘人?

就晋安与那神秘人通风报信的关系来看,这也并非不可能。只是……

黎霜无论如何想,都觉得其中有点蹊跷,但到底有何蹊跷,她却没有想明白。黎霜道:"此事需得查明,在那石室设下陷阱之人有谋害东宫的意图,乃是杀头之罪,必须将他们找出来。只要他们还在大晋,就不能让他们活着离开。"

秦澜低声应:"是。"

"等等。"黎霜唤住秦澜,"你着人往南方去查,但凡有关于蛊的消息,都尽量留意。"

秦澜一愣:"蛊术?"

"嗯。就是蛊术。且去探探,有没有哪个江湖门派,能将人练成蛊人。"

秦澜点头,抱拳退了出去。

黎霜看着秦澜离开的身影,她眸光坚定,暗自下了决心,一定要救下那个黑面甲人。她的拳悄悄握紧。自打她第一次遇见那个黑面甲人,他便一直如此神秘。

他行踪成谜,可却没有哪一次不是救她于危难之中。

从塞北匪贼贼窝之中的初见,再到现在这泥泞地下石洞里的舍命相护,每次他都是拼尽全力地保护她。

哪怕之前,她曾为了守卫太子,而几乎与他为敌……

黎霜眸光微微一垂,这时才看见自己手臂上绑着的绷带,手臂抬起的时候，微微还有几分疼痛。她知道这包扎的是巫引在她手臂上留下的伤口。

但看见自己的手臂，她却不由自主地想到了泥泞沼泽之中，受她所托，踩了她脱身的太子。

"东宫现在情况如何？"

正在写方子的军医闻言，转头答道："太子殿下自那方归来，身体无碍，只是在三日前已经启程回京了。"

黎霜一愣："殿下回京？"她一皱眉头，下意识地感觉到了几分不妙，"京中可是出了什么事？"

军医一声叹息，点头，望向黎霜的眼睛里多了几分苍凉："将军，圣上圣体违和已有许久了。"

皇权君权，整个大晋的权都系在这一人的身上，他出事，便是国出事；他抱恙，便是国抱恙。大晋臣民，哪怕远在边塞，也能感觉到这帝国中心的权力震颤。

正值隆冬之际，大晋的朝堂争斗、权力博弈，希望不要影响这边塞的战局吧。也希望不要为这边塞，引来一拨又一拨的恶狼。

现在他们没有黑面甲人了，黎霜拳头握得极紧，这个冬日，只有硬扛了。

黎霜静默，在此时刻她只有祈祷，祈祷这一次，司马扬能来得及赶回，来得及登上那属于他的位子，为君为帝，保大晋安稳，也保将军府安稳。

她摸了摸自己的手臂，也庆幸，还好当时的自己能将司马扬救出去。家国面前，其他的瞬间显得那么渺小。

第二卷 南方

第一章

三月,塞北才迎来早春,冰天雪地的隆冬已过。荒野残雪里冒出了青草嫩芽。

打清雪节后便沉寂下来的鹿城又渐渐开始热闹起来。

这寒冬的三个月里,西戎欲举兵攻打鹿城不下十次。可幸得老天爷庇佑,初冬的那一场仗,损掉了他们两名大将,重创士气,等再举兵而来,粮草接济已是困难,西戎大军不可行,虽则小小摩擦不断,可对黎霜来说也并不难应付。

断断续续地打了几场不大不小的仗,三个月时间便也算是安然磨了过去。

西戎彻底撤军回西戎都城,不再来大晋边界捣乱,这个比往常严酷许多的冬日令西戎国内情况堪忧,春日来了,他们要好生休养生息。而塞外别的部落民族也没好到哪里去,整个塞北,唯有鹿城方还兵强马壮。此后三年,怕是也无外敌敢来再犯。

而随着春天脚步的来临,好消息也纷至沓来。

黎霜下了城楼,刚回营帐,摘下头上坚硬的头盔,一道加急的信件便送了上来。

黎霜读罢这封书信,望着营帐外塞外的天,长舒了一口气。

"京中形势已稳,东宫已大权在握。"

这封信到了塞北,便说明新帝已经登基最少半月了。司马扬从东宫变成了陛下,那个一见面就被她揍得流血的少年终是在记忆里彻底消失,从此以后留下的只会是一张日渐威严,让人不敢直视的脸。

不过这样也好。

听罢黎霜这话,秦澜颔首抱拳:"恭喜将军了。"这着实值得欢喜,司马扬登基,大将军府的地位只怕会更上一层楼。家族的荣耀令天下人艳羡。

"有喜,也有不太让人欢喜的。"黎霜一边在桌上铺了张纸,一边与秦澜说着,"阿爹道塞外局势已定,令我择日回京叩拜新帝。"

秦澜眉头微微一皱。

老将军以前思女心切,却从未主动开口让黎霜回京,从来都是尊重黎霜自己的意愿的。而今新帝登基,令黎霜回去叩见,虽说合情合理,但这背后的意思却让人深思。

毕竟司马扬对黎霜有意……

秦澜如今都还记得,三个月前,他们在那石洞之中寻到黎霜并将她带回的时候,司马扬望着奄奄一息的黎霜,眼中的情愫有多么浓烈。

后来司马扬虽因京中事宜急急赶回,但他交代的最后一句话却是让他们护好黎霜。

太子那时候的神情秦澜看得懂,他那双犀利如鹰的眼眸里像是在发着坚定的誓言,他不想再失去黎霜。所以他强调着:"无论如何也要护好黎霜。无论如何。"

而这次,京中形势刚刚平复,老将军便来信让黎霜回京,其背后到底是老将军的意思还是新帝的意思……

再则——

司马扬登基，将军府荣宠盛极，黎霜独自守住了塞北边城，大晋最骁勇的长风营将士们均对她忠心耿耿。千古帝王，向来狡兔死，走狗烹。黎霜这次回京，这军权……

秦澜心头思虑万千，而在他沉凝之时，黎霜已经写好了一封书信，递给秦澜："我身体抱恙，短时间内无法从塞北启程回京。秦澜，这封信你便帮我带回京城吧，新帝也劳烦你帮我代为叩见。"

秦澜接过信，哭笑不得。

没想到黎霜竟然拒绝得这么果决干脆，而且这趟回京城注定遭将军数落、帝王冷眼的苦差事，却落在了他的头上。不过……也确实没有人比他更合适。

他是黎霜的亲卫长，也是她手下官阶最高的副将，黎霜不回去，他定是不二之选。

"末将领命。"秦澜抱拳，迟疑了片刻，终究忧心地说出了口，"只是将军，而今新帝登基，将军府荣宠极盛，这长风营中……"

"我知道你的担忧。"黎霜笑了笑，"都写在信里呢。我只是不想回京，不是不愿意交权。"

秦澜不禁抬头望了眼黎霜，她什么都明白，她只是怕一回京，就再也没办法离开了，因为，她现在面对的，毕竟是一个掌握绝对权力的帝王。

秦澜出了营帐，开始交接自己手上的事情，准备隔日启程回京。

而快到傍晚的时候，又是一道消息传来，黎霜正在营中用膳，外面倏尔起了一阵喧哗，她出营去看，但见将士们围着一匹慢慢往前踱着步子的马。

马儿喘着粗气，在依旧寒凉的傍晚喷出了一团团热气，而马背上的传信人，死气沉沉地趴在马背上，脸埋在鬃毛里让人看不清楚，但是他的手却在一滴滴地往下落着血。更仔细一瞅,他手背上的经脉都是乌黑的,那滴落的血也是如泥浆一般黑。

看起来诡异至极。

"这是谁?"黎霜皱眉询问,旁边有将士孪着胆子,拉住了马缰,马儿顿住脚步,马背上的人便毫无知觉地从马背上摔落下来。

被血凝成一股股的头发胡乱搭在他的脸上,但这并不妨碍众人看清他的面容:乌青的唇,睁得大大的眼,气息还在,只是万分孱弱。

"万常山!"黎霜认了出来。三个月前她昏迷初醒,秦澜着曾经是江湖人士的万常山前去查探那黑面甲神秘人的消息,这三个月来万常山音信全无,黎霜本以为……

结果,他竟然回来了。

"万常山?为何会如此……"旁边也有人喊道:"军医!快叫军医!"

万常山盯着黎霜,几乎用了最后的力气,抬起了手,他手中死死握着一张皱巴巴的信,信上沾了他乌黑的血,没人敢接。

黎霜心急地推开挡在面前的士兵,伸手接过了她这亲卫几乎是用性命换来的纸。

打开一看,信上寥寥八个字——

"南长山,五灵门,蛊宗。"

是那神秘人的消息!

南长山,五灵门,黎霜对这江湖门派的名字曾有耳闻,但闻这五灵门偏居南方大山之中,神秘至极,而门人却不少,比起江湖门派,他们更像是一个与世隔绝的神秘部族。可因着他们太过闭塞,朝廷对这位于大晋最南方的门派并无了解,他们也从来没闹出什么事来。

于是朝廷与他们井水不犯河水,鲜少交集。

而便是这么安静神秘的门派,这次竟不惜用设计太子的手段,来抓走那神秘人……

那神秘人……

那些压抑三个月的纷杂情绪便被这不经意地一拨，拂走了风沙。

那个在风雪山头猝不及防的吻，还有温泉池边赤裸相对的暧昧，以及救她于千军万马中的怀抱，他们的对话、争执与敌对，甚至是他最后滴落在她脸上的眼泪，都在这一瞬间翻涌上了心头。

不是没想过的，这三个月里黎霜不止一次想起过那个只在夜晚与月亮一起出现的男子。

可是等待的消息一直未来，派出去的人也没有查探到任何蛛丝马迹。

她终于不得不承认权力的手也有触及不到的地方，她等了三个月，以为这一生都再不可能等到她想要的消息了。可现在，这消息终于来了。

黎霜收了信，压下心头思绪，半跪下身子，探了万常山的脉："你中毒了？"

万常山艰难摇头："蛊……将军、不要……碰……属下……"

然而便在他说这话之时，黎霜触碰着他手腕的那个地方，那些随经络而来的黑色印记却像是怕黎霜一样，倏尔往旁边一退，在黎霜触碰到的地方，他的皮肤恢复了正常的颜色。

黎霜见状，眼睛微微一眯，手掌往前挪了一点。果然！那黑气又往后一退，避开了黎霜触碰到的地方。

"你伤重的地方在哪儿？"黎霜问他。

万常山咬着牙，似乎在忍受着巨大的痛苦："心……心口。"

"你怕是要忍一下。"黎霜将手放在万常山的心口处，只见万常山倏尔双目一瞪，大大张着嘴，一张脸毫无人色，似一时间痛得连喊也喊不出来了。

而就在他浑身僵挺的这一瞬间，他胸膛倏尔一鼓，里面像是有数条虫子一样，飞快地从他皮肤下面爬窜过去，涌上喉头，万常山往旁边一侧身，"哇"的一口便吐出了一堆黑色的黏稠物。

那黏稠物之中似有虫子在窜动，众人大惊，齐齐往后一退。虫子却似畏惧空气一般，飞快地钻进了土地里，消失了踪影。

万常山吐了这一大口，粗粗喘了几口气，便似连喘气的力气也没有了，整个人瘫软在地上，闭上了眼睛，气若游丝。

军医这才推开众人提着箱子跑了过来，他将万常山人中一掐，扎了几针，随即才拉了他的手给他把脉。

"咦……"军医困惑，"气虚，并无什么大伤，调理些时日便能好。"

众人面面相觑："军医，他这浑身血，没有伤？"

"没伤啊。"

罗腾方才一直在旁边盯着看，他摸了摸脑袋："将军给治好的？将军你刚才那一手是什么内力功法，能把他身体里面那些乱七八糟的玩意儿给逼出来？"

黎霜闻言却是静默，任由将士们将万常山抬回了营帐内，黎霜只是看着自己的手不说话。

她比谁都更清楚，她刚才根本就没有用什么内力。如果真如万常山所说他中的是蛊，那就是证明那些蛊都害怕她的气息，怕得连宿主的身体都不敢住了……

她……

好像在自己不知道的时候，身体已经起了什么变化。

翌日清晨，天刚破晓便有士兵来报，道是万常山已经醒了，想见黎霜。

黎霜一夜未眠，握着染了万常山黑色血液的纸张看了许久。明明这张纸上只有寥寥数字，但黎霜却像是透过这难得的信息看到了那个被带走的、正在千里之外的神秘人。也像是看见了那日仓皇一别时，他那双猩红的眼瞳……

黎霜惊觉自己竟然对他有些想念……

知道万常山求见，黎霜便立即起身行至亲卫营。

见黎霜来到，亲卫营中众人皆行礼相迎，万常山欲要下床，被黎霜摁住了肩头："无须多礼。"

万常山也并未有过多礼数，开口便直言道："将军，你所要寻的那神秘人正在南长山五灵门中。"

黎霜点头："字条我已经看了。其中经过，你且细细与我说来。"

万常山眸色沉凝，扶住自己心口，强自镇定的神色之中有几分惊魂未定。

"三个月前我跟随那行人踪迹，一路往南，一边走一边往鹿城传信，直至南长山。我本欲停在南长山周围勘探一番，着人往回传信。哪承想我那一路踪迹，竟然都被那五灵门门主看穿，路上的信件未有一封送出。最后我甚至被五灵门门主巫引擒住……"

万常山扶住胸口的手指微微有些颤抖："属下惭愧，那巫引武功身法乃我所无法企及之高度，败北之后，巫引未将我处死，反而将我关在南长山地牢之中……同那神秘的黑面甲人一起。"

黎霜闻言一怔："为何将你同他关在一起？他……如何？"

其实黎霜迫不及待地想问关于那人的更多细节，但在如此虚弱的万常山面前，过多地表现自己的情绪，对于一个将军来说，又是那么不合时宜。于是黎霜只得压抑着情绪，静待万常山回答。

"在黑暗的地牢里，光线太过微弱，我常常不辨事物，白天里地牢一片安静。我只记得在每个夜里，有人执火把而来，那神秘人被套着脖子、四肢大开地绑在墙上，他们每天都在他心口上划一刀，我并不知道他们要做什么，只是那神秘人……开始的几天还能偶尔清醒地问我关于将军的消息……"

问她的消息？

黎霜心头一颤。

他还记着她呢。

"……后来，他便像是疯癫了，整日如野兽一般在地牢之中低啸呜咽，时而沉默，又时而咆哮，很是骇人。"

黎霜眉头微微一皱，心尖仿似有一丝迟钝的痛感。

"直至后来，那五灵门门主巫引来了地牢，看了那人好几日，用了许多我也看不懂的法子给他浑身放血，来回折腾，可却让那人越发暴戾，手臂粗的铁链也挣断了好几次。我能感觉出，他很想离开地牢，拼命地想往外奔逃。"

不知为何，听着万常山说着那人的事情，黎霜像是在脑海里也能看见他一样，看得见他在黑暗之中的挣扎与痛喊，也能看见他咬碎牙忍住钻骨剧痛的模样。

明明……万常山并没有说得那么细，可在这一瞬间，黎霜却像是能感同身受了。

她微微闭上眼，心头却想到了那日鹿城烟花时热闹长街的角落巷子里，那神秘人身上温热的气息，他眼眸中的澄澈与温柔……

他对她明明比春风拂面还要轻柔。

"随着时间过去，并不见那人有任何好转，他就这么一日比一日更加疯狂，再后来，巫引便像是没辙了，他随口命人将我处置，道是留着我也无甚用处了。我犹记得他说了一句，'玉蚕已经无法适应别的宿体了'。"

黎霜沉着面色。

玉蚕……她不是第一次听见这个词了。

万常山指了指自己的心口："他们将我从地牢带出去，将我心口划开，说要将我拿去喂蛊。属下不才，入伍之前也在江湖行走过那么些时日，知晓几分蛊术厉害，早在入南长山之前便寻了药物傍身，是以拖延了蛊虫在身体里发作的时间，也就找了个机会，趁五灵门弟子不注意的时候，跑了出来。"

众人皆是带着几分提心吊胆望着万常山胸膛上的伤口。

五大三粗的汉子，提刀杀人是不怵，可说到南方那神秘的蛊术，想着虫子在体内钻来钻去的，还是觉得骇人。

万常山接着道："我出了南长山，陪我那么多年的黑风马倒是在原地等了我两个月，黑风识途，带我回了塞北。我本以为此次必死无疑，遂将消息写在了纸上，哪想……将军竟还能救回属下这一条贱命，属下委实……"

他说着，情绪有几分激动，本是又想起身，黎霜不由分说地再次将他按下。

"此次南下本不是为国而去，乃是私自受命于我，你帮我办事，不惜舍身，我未曾谢你，能救得回你乃是我的幸运，哪敢让你谢……"

"将军哪里的话！那神秘黑面甲人，几次助我大晋，本是这鹿城与我长风营的大恩人，而后又为我将军府护下了将军，于公于私，我本就应当前去救他！只是学艺不精，未达成所托……"

"好了。"黎霜打断他情绪微微激动的话语。她的这些亲卫，她都知道，每一个都是忠心正直的硬朗汉子，那黑面甲人做的事，她记在心里，他们也同样记在心里，受人恩情，从未敢忘记。

只是万常山这样拼命地去救那神秘人，他可以信誓旦旦地说一句是为了忠义、为了知恩图报。

而黎霜……她想到的却只是那神秘人的一双猩红眼瞳，就那么直勾勾地盯着她，或是专注，或是温柔，又或是深情。

她只是想……再一次看见那样的目光凝视着她。

黎霜垂眸整理了一番情绪，深吸一口气，再一抬头，神色再无波动，她对万常山道："你好好歇着，接下来的事，我自有定夺。"

见黎霜双眸坚毅一如往常，万常山这才放松了身体，躺在了床上："是。"

黎霜叮嘱军医好好照顾万常山，随即便转身出了亲卫营。此时军营门口，秦澜正与副手整装准备出发。

见黎霜风风火火赶来，秦澜还未来得及行礼，黎霜便道："你的东西都准备好了？"

秦澜一怔："是。"

"给我，你回去将衣服换了，留守军营。"

秦澜望着黎霜，像是一时竟未理解出她话里的意思一样："将军？"

"京城我亲自去。"黎霜说着这话，抓过旁边士兵肩头上的披风，披在了自己身上，戴上驾马的厚手套，绕过秦澜，拎了马脖子上的缰绳，踩上马镫，轻轻松松一个翻身上了马背。

语气神态轻松得一如在说"我去营外巡视一圈"。

可是昨天黎霜那态度……她明明是知道的，她知道回京城、见司马扬，对她来说可能意味着什么。

秦澜目光紧紧盯着马背上的黎霜，塞北的春日来得迟缓，风依旧带着冬日的萧瑟，撩起黎霜微微干枯的发丝与她披风的边角："将军这是何意？"

"我想救一人，恐怕需得陛下相助。"

秦澜沉默了一瞬："将军可知，这一去京城，你所面临的，将不再只是西戎来犯。"

还有皇恩浩荡的桎梏,朝堂利益的勾结,那些隐晦的、阴暗的,从每个人的骨头缝里透出来的,不露声色的歇斯底里。

"我知道。"黎霜答得干脆且果决,"可有一个人,我想救他,哪怕不顾一切。"

秦澜看着这时的黎霜,难得地失神到有几分放空。

从前到现在,他几乎是伴随着黎霜长大,他自知身份是他们之间无法跨越的鸿沟,他也永远只能像现在这样,处在下方,仰望着高处的她。

但秦澜从未觉得黎霜离他遥远过,她在他眼里,一直是那个为了将军府、为了大晋,鞠躬尽瘁的传奇女子。但现在,今天,此时此刻,秦澜却从未有过地感觉到黎霜的遥远。

她的眼神开始变了,变得让他觉得几乎陌生。

以前秦澜从未觉得黎霜属于谁,即便是太子。

可现在,他却觉得,黎霜……要被抢走了。

而可悲的是在这样的时刻,他竟然说不出一句挽留的话。他了解黎霜,所以他懂黎霜所有的神情和秘密,他知道,此刻黎霜的想法有多么坚定。

她说她想去救那个人,哪怕不顾一切。

她以前救人都是有原则的,甚至可以说是有选择的。她救鹿城百姓,是因为他们是大晋子民;她救司马扬,是因为他是当朝太子。

可她想救那黑面甲人。

她的眼神告诉秦澜——

她要救他,不为国,不为家,不为任何利益,只为了自己那颗无法平静的心。

她想救他,想让他活,想让他安好。她想看见他干净澄澈的眼眸,再一次温柔地凝视她的双瞳。

她那么单纯地想去救一个人,用尽全力,不顾一切,因为……

她的心已经走向那个人了。

一骑快马,从塞北至大晋都城,黎霜用了别人一半的时间,日月兼程,未有停歇。

她回京太早,出乎所有人的意料,连大将军黎澜也没想到。

黎霜回到将军府的时候,黎霆比任何人都迅速地从府里冲了出来。黎霜这才刚刚下马,便被黎霆扑了一个满怀:"阿姐!阿爹说你最近要回家我还不信呢!你怎么回来得这么快!"

黎霜没来得及回答他的话,跟随着黎霆而来的便是威严如常的黎澜。大将军年纪已近半百,脸上难免有几条岁月雕刻的纹路,但这些纹路并不让他显现苍老之态,而是将那些岁月的积威深刻其中。

一别三年,黎霜避走塞外,不愿回京,然而心里却也不是没有念过黎澜。

她虽是将军府的养女,然而黎澜对她却并不比对黎霆差,教她骑射、教她兵法,让她有机会能与京城里的王公贵族一起读书习武,甚至顺从她的心意,帮她去塞北为将,一走就是三年。

黎霜对黎澜很难不说一句感激。

黎霜推开还在撒娇的黎霆,上前恭敬一拜,身子匍匐,几欲叩于地上:"阿爹,霜儿不孝,三年未……"

黎澜扶了黎霜一把,抓着她的手臂,将她径直拉了起来:"几年不见倒与我生疏了,你不孝?你帮老头子我守住了大晋边塞,若你这叫不孝,黎霆这小子,就该拿去丢了。"

"就是就是,阿姐你可别这样说了,回头老头子真要把我丢了!"黎霆在一旁插科打诨,老将军笑骂着拍了一下他的头,黎霜也不禁失笑。

可到底是心头有事,黎霜的笑意很快便掩了下去:"阿爹。"她轻轻唤了一声,黎澜会意,点点头:"先入府,收拾一番。其他事,稍后再说。"

黎霜却摇了头:"阿爹,我没时间耽搁。"光是一想到还有一人如今正在牢狱受苦,黎霜内心无论如何都无法静下来。

黎澜闻言,微微垂了眉目:"何事如此匆忙?"

"我要入宫面圣,求陛下允我五万兵马。"

要动兵,黎澜皱了眉头,但见黎霜目光坚定,黎澜微一沉吟:"你打小沉稳,所做决定必有自己的缘由,阿爹不问。只是你要想好,此次回京本是陛下旨意,你若还有事请求陛下,可想到如何回报?"

言下之意,再明显不过。黎霜是个好将领,但司马扬想要的,却并不是让她做个将领。

黎霜颔首:"霜儿心里清楚。"

在塞北打马回京的那一刻,她就想好了所有的后果。

可即便这样,她还是要救他,就算现在她连那人的名字也不知道,也要救。

黎澜命人领黎霜入宫。宫城依旧,只是帝王已经换了一人,从此这宫殿与她小时候所知晓的那个宫殿,大不一样了。

世事总是苍凉,然而也没有给黎霜更多感慨的时间,她终是在御书房里见到了司马扬。

并非公开的召见,黎霜要请求的事,本也没办法让诸多大臣来讨论可否。

一别三月,当初司马扬离开塞北的时候正是黎霜昏迷不醒之际。如今再见,两人一时都陷入沉默。只是相比于黎霜的沉凝,司马扬闪动的黑瞳里更像是有几分动容。

"黎霜。"司马扬终于开口,打破了御书房中难耐的沉默,"你总是在我意料之外。"他随手扔下了手中的文书,站起身来,"我以为你不会回来。"他绕过书桌,行至黎霜身前,唇边难得有了一丝笑意,"你如今回来,我可再也不会……"他伸出手,作势要去拉黎霜的胳膊。

黎霜眸光微微一垂,往后退了一步,单膝跪了下去,行的是一个标准的军礼:"陛下。"

司马扬手顿在空中。

"黎霜斗胆,求陛下允黎霜一愿。"

她这般说,司马扬忆起来了,那日石洞泥沼之中,他许诺黎霜,如果她那日能从泥沼之中出去,他会应允她任何一件事。

想嫁给他也好,想离开他也罢,他给黎霜这样自由选择的权利。因为那时黎霜选择舍己一命,救他一命。

这是他的报恩,也是他深藏于心的愧疚,而今黎霜一见面便对司马扬提出这事……

她是想离开吧。司马扬心里如此揣测着,却也还是垂眸问她:"你要求何事?"

"求陛下允臣五万兵马,出兵南长山。"

"出兵南长山?"这是一个完全意料之外的要求,司马扬微微眯起了眼睛,"所为何事?"

黎霜仰头看着司马扬,眸光不卑不亢:"臣欲救一人。他曾舍身救长风营、鹿城于危难之际……"黎霜顿了顿,"也曾救臣于绝境之中。他于边塞有恩,于我有恩……"

"是那赤瞳男子?"司马扬打断了黎霜的话。

"是他。"

司马扬沉默了一瞬:"你知晓他的来历?"

"不知。"

"姓名？"

"不知。"

司马扬一时竟觉自己有些不认识黎霜："你从边塞匆匆赶回，便是为了求我此事？"

"是。"黎霜垂首，"臣知晓借兵一事实在荒唐，可臣别无他法。"

御书房内，陷入了长久的沉默之中，司马扬是了解黎霜的，所以他也知道她沉默背后是怎样的坚持。她没有提要离开京城、离开他的事，但黎霜的这个请求，却让司马扬心底更凉于放她离开。

以前的黎霜，何曾这样奋不顾身地只为一人？

竭尽所能，穷极所有，为了一个连姓名也不知道的人。

以前的黎霜，为国、为家、为将军府的荣耀，也为自己的成就，可现在，她说出口的这个请求，几乎把这所有的东西都抛弃了。

"霜儿，我不瞒你，我若允你五万兵马，毫无缘由出兵南长山，朝中势力如何均衡……"

"自是不敢使陛下困扰，南长山中有巫蛊一族人常年盘踞，以江湖手段压榨百姓，横行多年，似匪似贼，犹如南方顽疾，必须根除。"

找借口出兵对黎霜来说不在话下，兵者诡道，她扯起胡话来，也不输给朝廷里的油头官员。她找了出兵的理由，又道："清剿南长山，当是将军府送给陛下的一份厚礼，待战后黎霜归来，必定将五万兵马以及塞北鹿城守军、长风营的军权一并交上，自此，黎霜再无军职，只是将军府的一位待嫁女子。"

有过军功的待嫁女子，嫁给谁，连大将军说了也不算，当今圣上才能为她的婚事做主。

黎霜这话乍一听，并无任何不妥，但仔细一想，却又暗含几分引诱，甚至威胁的意思。允她五万兵马，她便上交军权；若是不允，这权,是交还是不交?那将军府还有没有一位女子待嫁?

司马扬盯住黎霜一双点漆的眸,却又倏尔勾唇,淡淡地落了一抹笑:"好。"

不用说明,领会便罢。

司马扬是喜欢黎霜的,是青梅竹马,有儿女之情,有救命之恩。可他也是君,她也是臣。她帮他抓过狡兔,她的家族,也是他的走狗。

他们之间,还有暗潮涌动,有利益博弈与钩心较量。

司马扬回身至书桌前,提了笔,下笔前,又看了眼行军礼跪在面前的黎霜。她身着红衣银甲,面上有几分风雨兼程的劳累,头发也微带散乱,可她的身姿神色依旧犹如一根翠竹,永远坚韧。

"霜儿。"司马扬落笔书了一道旨意,"只望他日,你莫要后悔。"

回答司马扬的,只有黎霜恭敬地双膝跪地,颔首于胸,奉手于顶:"臣接旨。"

黎霜求得五万兵马,择日出兵南长山剿巫蛊一族。朝野哗然,江湖震动。这个举措来得太过突然,谁也没有想到。

一时之间,民间议论纷纷,猜测不断。

黎霜全然不回应,她领了命,收拾罢了,便领了五万大军直赴南长山。

第二章

随黎霜南下的将领有三人,皆是黎霜从将军府里借调出来的,三个副将无一例外地皆有江湖上的背景。其中最为得力的莫过于曾是江湖门派青林门门主的付常青。

当年付常青被仇家追杀之际为大将军黎澜所救,当时正值黎澜出兵边塞,为报救命之恩,付常青从此投戎,纳于大将军旗下,经年来,跟随大将军南征北战,也是大晋朝赫赫有名的一员大将。

黎霜向黎澜借帮手的时候,黎澜没有开口,付常青便主动请战,跟随黎霜。

他以前的青林门也靠近西南,对那方形势算是最为了解。

及至南长山数十里处,黎霜令兵马暂歇,扎营安顿。到这西南方来,军营帐篷便扎得比塞北轻便许多,主要挂了纱帐,防范蛇虫鼠蚁。

黎霜一停下来便着人烧了驱虫的香,沿着军营烧了一遍,付常青来找黎霜的时候,她正点了一炷香在营。"将军。"付常青有几分忧心道,"如此大规模地焚香驱虫,南长山上遥望下来便能发现我们的踪迹,怕是不妥。"

"无妨。"黎霜放了香,道,"他们五灵门可怕的不是人,正是这些虫子，他们发现我们也无妨，我并未打算与他们交战。"

付常青闻言一愣："不打算交战？"他看了一眼外面，"那这五万士兵？"

黎霜摆了摆手，让他安心，随即召来另外两名副将，她将地图在桌上铺展，对付常青道："付将军，你对这一带了解，五灵门常年盘踞的山，你可知道是哪一座？"

"未曾靠近过五灵门，他们委实神秘，但凡有人侵入他们的领地，便极少有能活着出来的，就前些年收到过的消息看，入了这里，这里，还有这一片的人，基本没有回来。"

黎霜以细杆轻轻将那一片地方勾画出来："都在南长山里？"

"对。"

黎霜沉思一番："五灵门是江湖门派，驱使蛊虫，他们的手段我见过，不同于寻常战斗，近战我们将士讨不了好。"

付常青点头："五灵门内应该人数不多，我们花点时间教士兵避蛊驱虫，可以强行攻入……"

"没那么多时间了，付将军。"黎霜在地图上指道，"五万人马，兵分三路，左将军带两万人行东路，钱将军带两万人马行西路，包抄南长山，见树即伐，将南长山与周边隔出，付将军留一万人马镇守营地，我请五灵门门主先行洽谈，若谈不好……"黎霜在地图上南长山处一点，"给我烧山。"

黎霜语中的杀气令三位将领一怔。

付常青这才回味过来，黎霜带着五万将士来的目的，原来并不是强行攻入南长山，而只是来给自己添加谈判的筹码。

五灵门常年扎根于南长山，对于他们来说，这里就是他们的故乡。黎霜敢赌一把，看他们会不会交出她想要的人，五灵门的人却不一定有这个胆量来和黎霜赌。

而且这避免了与五灵门的人接触,将士的安全也可得到最大的保障。

这着棋甚好,不愧是大将军之女。

付常青暗暗想罢,黎霜便已经盼咐了下去:"时间不等人,今日起,连夜开伐,三位将军可有意见?"

"末将领命!"三人齐声答了,转身出了帐篷。

黎霜举目远眺,远处南长山上的主峰在南方暖风的吹拂中巍峨矗立。

这一路,从塞北赶来,阔别风霜,送了春风,来到这几乎已是盛夏的南方,黎霜跨过整个大晋,可到了现在也依旧不敢安心,她没有一刻不在想:那个人还在吗?还在受苦吗?或者……已被巫引驯服,甚至杀害?

他若身死,那她这一场千里奔赴的任性,又该何去何从?她那些狼狈心绪,又该说与何人?

暖风送入帐内,仿似是从那山巅而来,像手一般拂过她的脸颊,黎霜竟倏尔有一阵莫名的心动,来得突然,去得匆忙,就像是方才那一瞬间她产生了错觉一样。

两天时间,南长山山下树木隐隐被伐出了一个圈来。黎霜着人送信于巫引,约他明日午时在南长山下见。

而让黎霜没有想到的是,在送信的人回来的时候,那个巫引……竟然,跟着一起来了。

一袭绸缎衣裳,手中拿了把精钢折扇,还是那样松松地盘着头发,巫引就这样用一脸人畜无害的表情,跟着一脸木然的信使信步走来了军营。

得到消息,黎霜迎了出去,那巫引见了黎霜,眸光一亮,像是偶遇老友一般惊喜。他收了扇子，还冲黎霜挥了挥："哟，黎将军，好长一段日子不见了。"这模样，哪有半分害过人的样子。

旁边的士兵不知情况，皆好奇地打量着他。

黎霜心知此人危险，一身的蛊术不知道什么时候就能往人身上种，她冷眼盯着他，复而瞥了旁边信使一眼："把蛊收了，我还能与你好好谈。"

巫引轻笑："这是自然，我不为害人而来。"言罢，他手心一转，贴到信使的耳朵边上，不一会儿，一条黑色的虫就从那信使耳朵里爬了出来。信使登时双眼一闭，"咚"的一声倒在了地上。

旁边的士兵吓得齐齐倒抽冷气，巫引收了蛊，微笑着看黎霜，神色里带着几分示好的意味。

黎霜冷眼看着他，手往营帐里一引："里面请。"

两人入了营帐，黎霜在主位上坐罢，压下心头想询问那神秘人情况的急躁，与巫引道："五灵门门主倒是来得及时，也不让黎霜好生准备招待一番。"

"黎将军在南长山下挖的那几条壕沟，还不算对我的隆重招待？"

黎霜淡然饮了口茶："火还没放呢，算什么招待？"

巫引失笑："黎将军果然是杀伐决断的人，我道你是遣五万人来送死呢，没承想，你却是要屠我南长。"

"门主言重，黎霜只是来找人的。"黎霜放下茶杯，眸中似凝了塞北冬日的寒冰之刃，"人在，南长山在；人没了……这一山枯木，看着也碍眼。"

"将军这话，可吓煞我了。都是老朋友了，何必这般剑拔弩张。"巫引眯着眼睛轻轻笑，似全然没感受到黎霜言语里面的杀气一样。

"我可没将你当朋友。"

黎霜话说得明白，巫引却也没有生气："当朋友也好，不当朋友也罢。"他继续道,"黎将军你委实多虑了,你要找的人,现在可是我五灵门的宝贝,无论如何我都不会让他出事,谈什么人在不在。我今日来找将军,便是有一个关于他的事,想与将军商量一下。"

"我不是来和你商量的。"黎霜手指轻轻滑过茶杯口沿,语气淡然,语意却十分压人,"要么放人,要么烧山。没有第三个……"

"将军。"巫引打断黎霜的话,那双从来都是笑眯眯的眼睛里面,终于露出了几分正经的神色,"现今的情况,不是我想将玉蚕交给你,就当真能交给你的。退一步说,我便是将玉蚕放出来给你,你也未必能制得住他,到时候你这五万人马,这方刚点了火,那方会死在谁手上,我可就不敢保证了。玉蚕的本事,你在塞北,当是见过。"

黎霜见过,他可以以迅雷不及掩耳之势杀入敌军直取敌军将领首级,他的速度与力量,别说放在这军营里无人能敌,便是放眼天下,能与他一战的,恐怕也没有几个。

"你将他带到五灵门后,又对他做了什么?"黎霜眸色冰凉地盯着巫引。

巫引微微一撇嘴:"可别用这样的眼神儿看我,我可冤枉着呢,我将他捉回来,只是为了将他身上的玉蚕蛊取出来,毕竟我理想中的蛊人要干干净净,没认过主才最好。哪承想,这人的意志却坚定得吓人。"

巫引一双勾人的眼睛一抬,盯住黎霜:"黎将军,他对你,可是有着过分的执着。"

过分的执着……

"不过算来也差不多,你从千里之外的塞北奔回,带了五万将士来我南长烧山,也只为了救这么一个人。你对他,也过于执着了吧。"

巫引半带打趣的言语让黎霜静默不言。

她从未认真地去想过她对那神秘人到底是什么样的感情。她只是想再见到他,想再看见他那双清澈的眼睛里装进她的影子,想救出他——这些念头压倒了一切。

"我不想听这些废话。"黎霜强自将话题拉了回来,"你只需要告诉我他的情况,以及如何带他走,就行了。"

巫引抱起了手:"好吧,简单来说,我需要你和我一起回五灵门,只要你独身一人。"

黎霜沉默地打量着巫引。

迎着她审视的目光,巫引解释道:"不妨与你说,自打我带玉蚕蛊人回到五灵门之后,他便没有一天消停过。离开主人,有排斥反应是正常的,我并没在意,依旧用常规的引蛊手段,打算从他身上将玉蚕引出来,哪承想,随着离开你的时间越长,他的性情就越发暴烈,最后已到了控制不住的地步。"

巫引叹了口气,揉了揉眉心:"我命人以精钢铁链锁了他四肢和脖子,他每日每夜地挣扎,链子都快给我废了一箱,地牢换了三个,墙都拉裂了。每天光是防他逃跑就让我头疼。黎将军可知,前不久我还当真有命人将你请过来的想法,正巧了,我还没让人去呢,你便自己寻过来了。"

"你想让我随你回五灵门,安抚他?"

"我是这样打算的,可我并不知道你现在是否还能安抚他。"巫引道,"他现在神志不清,与世俗所言的妖魔鬼怪并无差别。"

黎霜沉吟片刻:"我随你回五灵门,若能将他安抚下来,你便让他与我走?"

巫引一摆手:"拱手将他送给你。"神情动作,犹如送瘟神。

黎霜眯了眼:"我如何能信你?"

"将军,我五灵门拢共四个地牢,这个再坏了,我就没地方关他了。"巫引见黎霜仍旧不言不语,他自怀里摸出一块玉佩,顺手丢给了黎霜，黎霜自空中接下，触手温润，是块极好的白玉。

"这是何物？"

"此乃我五灵门的门主腰牌，大概与你们朝廷的玉玺差不多重要吧。我向你允诺，只要你能使玉蚕蛊人镇定下来，我便允许你带玉蚕蛊离开五灵门，直至你与玉蚕蛊人身死，我方才收回玉蚕，许你们这一生一世的安宁。"

言罢，巫引起身离开："既然离开你，玉蚕蛊人便无法控制，那我留他便也没用，我现在当真只想找个人制住他，别彻底走火入魔，酿成大祸。话尽于此，巫引先行回去了。将军若想来，带着腰牌上南长山即可；你若不想来，遣人将腰牌送回来也行。将军且自思量吧。"

他掀帘而出，外面的将士皆紧张戒备地盯着他，但没有黎霜的命令，谁也不敢动手，就这般目送巫引离开。

黎霜握着温润的玉腰牌没坐多久，当即站起身来，一把掀了营帐门帘，出了帐。付常青本就守在旁边，她看了付常青一眼，吩咐道："从今天起，往后推三日，若我未从山中传来任何消息，择日烧山。"

她音色清朗，轻而易举地传入了还没走多远的巫引耳朵里。

巫引脚步一顿，回头望着黎霜，嘴角挂着意料之中的微笑。

黎霜紧握腰牌，踏步向前，付常青愣愣地在旁边看着她："将军……"他本欲阻拦，但见黎霜脚步也没顿一下，便也住了口。

他认识黎霜的时间并不短，知道将军养的这个将门虎女对自己的决定会以怎样的决心坚持下去。

他只有抱拳鞠躬："末将领命。"

黎霜随着巫引往南长山那方走，路上巫引闲得无聊便与黎霜唠嗑道："玉蚕本是咱们五灵门的镇教之宝。"

黎霜瞥了他一眼："五灵门的镇教之宝却在塞北出现了？"黎霜

话里带着刺,刺得巫引一声笑:"我初初知道这个消息的时候,也奇怪来着,其实这事说来话很长。"

"二十年前咱们五灵门发生了一件大事,那时候我还小,我爹早死,我刚坐上门主之位,还没坐稳,我的护法灵女却突然心生他念,想抢了这门主之位自己坐,我还没死的娘当然是不乐意的。与灵女一番争斗,最后灵女一派败走南长山,她们逃的时候顺手牵走了玉蚕,我娘遣人出去一通好找也未曾找到,而今看来,她们当初竟然是跑到塞北去了。走了那么长的路,也是难为她们了。"

黎霜脑海里立即闪现过那塞北鹿城外树林里的地下石室,满地的尸体,与那"起尸"的老妇人。她犹记得那老妇人一身衣裳格外精致。

"那树林里的地下室与你们那什么灵女,可有关系?"黎霜询问。当初巫引也是在那儿设计坑了黎霜与太子,还有那神秘人。对,还有晋安。

那个同样来历不明的小孩,自打神秘人消失之后他也再没出现过……

"她们便是藏身在那地方,二十年来,一直在鹿城与西戎之间游走,隐匿得极好,而且边塞之地,消失个个把人实在太容易了,她们要找人喂蛊,也非常容易。老灵女聪明,会找地方。"

黎霜皱了眉头:"你们炼蛊必须用人命来炼?"

"不一定,要看是什么蛊,玉蚕蛊便要以人血喂养一百天,方可与人融为一体,成为玉蚕蛊人,从此只听施蛊者命令。但能撑住一百天不间断用血喂养玉蚕的人,实在太少。像这次炼出的玉蚕蛊人也并不太完整,所以才会认了你为主,而且有些缺陷,或许是因为时间未到便强行令蛊虫入体才造成这般局面。"

"什么缺陷?"

黎霜话音还没落，山间小路里倏尔闪过一个人影，是一个藕色衣裳的女子，她给巫引行了个礼："门主，玉蚕又开始暴动。"

巫引抬头一望只见天已暮色，落霞漫天，他深深一叹气，回望黎霜一眼："早知如此，当初我哪会费这功夫将他带回，唉，这也算是老天对我棒打鸳鸯的惩罚。"

"棒打鸳鸯"四个字听得黎霜一愣，巫引道了一声"时间紧迫，将军得罪"，便一手抓了黎霜的胳膊，一手揽了她的腰，脚下轻功一起，黎霜只觉四周景物飞驰而过。

在塞北的时候，黎霜见他与那神秘人过招便知，此人功力不比那神秘人弱多少，只是黎霜没承想，原来他的轻功竟如此快，也难怪当初在鹿城出现的时候，他只孤身一人。这般轻功，没几人能追得上吧。

眨眼上了南长山，黎霜连五灵门的山门都没有看清楚，便被巫引带着入了门派之中，也未观清楚门内地形，待得他们停下来的时候，黎霜面前便只有一个黑乎乎的山洞，洞门口装着手臂粗的精铁栅栏。

里面吹出来冰凉潮湿的风，还隐隐夹带着些许动物般的低吼。

黎霜听得这声音，倏尔心头一悸，紧接着心脏开始不受控制地跳动起来。

他在里面。

巫引动了山洞之外的机关，手臂粗的精铁牢门"咔"的一声，被从地里拔了出来。

"请吧。"巫引引着黎霜踏进了山洞之中。洞里昏暗，不见天日，偶尔有水声滴答，水滴从天顶掉落在黎霜肩上，石壁两侧隔几丈便点有火把，越往里走，空气越发潮湿，而那随风而来的低啸声也越发震人心魄。

黎霜心神几乎都被引了过去，不知走了多久，过了多少关卡，终于停在了一扇铁门之前,巫引推门而入,便在这一瞬间倏听"咚"的一声巨响。

门方一打开,里面一条铁链迎面甩来。

黎霜听风而动,微一弯腰,只听那铁链呼啸的声音从头顶上滑过,狠狠砸在了旁边的石壁之上,其力道之大,令铁链深深嵌入石壁之中三寸有余。

"哎呀呀,这可坏了。"巫引在旁边嘀咕。

黎霜目光顺着那铁链往里望去,只见三个月未见的那人,如以前一样赤裸着上半身,而与以前不同的是,他胸口的火焰纹遍布了他整个身体,似一把烈焰将他整个人裹在其中,烈焰烧满了他整张脸,让他两只眼睛全无眼白,是一片焦灼的宛如岩浆似的暗红色。

妖魔鬼怪,不外如是。

"这还真叫他给弄坏了牢房。"巫引愁苦了脸。

黎霜只失神地望着那人,见他如今完全失了神志一般,他的双脚与脖子上尚且套着精铁锁链,铁链固定在身后的石墙之中牵制着他的动作,但两只手却已经挣脱了束缚。

并非他挣断了链子,而是直接将铁链从石墙里连根拔出,方才那挥来的铁链,正是他手腕的铁链挥打而来。可见其力量的可怕。

牢房里的人倒了七七八八,有的已经不省人事,有的还在地上哀哀呼救。

铁门打开的声音惊动了那人,他头一转,暗红色眼瞳转了过来,眼瞳深处映着墙上的火光,似有鲜血光芒在窜动。

他看见了两人的身影,但他却无动于衷,脸部的肌肉微微抽动,他喉头发出警告的低吼声,一切都让他看起来像个危险的动物。

"看来他不认识你了,黎将军。"

巫引只是在阐述一个事实,但这话听在黎霜耳里,却让她的血都凉了几分。

巫引踏前一步,眸光在地牢里一扫而过:"还能活动的,将伤者拖走。"他下了命令,脸上时刻挂着的笑容终于退去,带上了几分门主该有的正经。

袖中精钢折扇掏出,巫引缓步踏去,一步步制造压迫感,使那人的注意力全都放在了他的身上,而旁边爬起来救扶伤者的人便趁此机会将地上躺着无法动弹的都拖了出去。

"玉蚕,你又不乖了。"

巫引扇中有幽香散出。黎霜在旁边静静看着,但见那幽香飘出之后,那神秘人的眼瞳便直勾勾地盯着他,神色似乎比刚才安定了几分,直到巫引越靠越近,忽然之间,那双暗红色的眼瞳之中光芒一动。

黎霜身为军人对这般杀气有着再敏锐不过的直觉,她当即大喊出声:"小心!"

可为时已晚,只见嵌入墙壁的铁链一动,从巫引身后抽回,眼见便要打在巫引身上!

巫引眸光一侧,身子一闪,霎时躲避开来,然而他没想到这时旁边刚有一人扶着伤者站了起来,铁链回抽,恶狠狠向他们打去。

这般力道若是打在他们身上,非死不可。

巫引径直将手中精钢折扇掷出,堪堪将那铁链势头一挡,然则依旧没有阻止铁链横扫而去。

便在这时,忽听"铮"的一声,八面重剑凛然出鞘,黎霜跃空而去,剑尖穿过最外侧的铁链中心,力道垂直向下,长剑扎入坚硬石地。

黎霜一脚踏在剑柄上,让长剑没入地面一尺有余,犹如铁钉一样将铁链固定在了地上，救下两人的同时，也止住了这已发狂的蛊人左手的动作。

"噢，黎将军，好身手！"巫引闲得在一旁鼓掌。

黎霜看也懒得看巫引一眼，踏着铁链径直向那人而去。巫引见状，刚一张嘴，制止的话还没说出口，便见那人另一只手倏地一动，另一条铁链自地面而起，"哗啦"一声缠住了黎霜的腰，将她往他身前一拉，他一手便擒住了黎霜的脖子。

黎霜面色霎时涨得青紫。

眼瞅着黎霜便要被拧断脖子，巫引手中精钢铁扇刚才却不知被铁链击打到了哪里，没有武器傍身，即便是他也不敢轻易靠近，唯有心急大吼："你唤唤他名字，试试将他唤醒！"

玉蚕蛊是认黎霜为主的，只是现在离开主人太久，狂乱暴躁不识人不辨事，别人喊没什么效果，若是黎霜喊，或许可以。

但是……黎霜此刻脑中却是一片空白。

名字？

她根本就不知道他叫什么名字，及至现在也不知道他的来历，她对他的记忆，只有那神秘的黑面甲，那双永远印有她身影的清澈眼瞳，还有他永远炙热的胸膛与他胸前的那红色印记……

红色……印记？

晋安也有。

忽然之间，在黎霜感觉呼吸已经极致困难，所有声音都已离她远去的时候，却有一条线在她脑海里以诡异的速度清晰地串联了起来。

胸膛上的红色印记，永远只在晚上出现的男子与总是行踪成谜且过分依赖她的小男孩，以及莫名其妙就泄露给了神秘人的军营消息，还有那"起尸"的老妇人离开地牢，去军营寻找的人……

这世上没有第二只玉蚕蛊。

他是……

"……晋安？"

破碎的声音自喉间挤压而出，那么艰难又微弱地传了出去，犹如昙花一现般转瞬即逝。可便是这几乎让人听不到的嘶哑声音，却让那双暗红色的眼瞳倏地一颤。

晋安浑身一僵，手指力道一松，握着黎霜脖子的力量消失，黎霜登时如布偶一样坠落于地。

她捂住脖子，艰难地喘息，每一次呼吸都竭尽全力，而每一次呼吸带给她的都是撕心裂肺般的疼痛，灼烧感从喉咙一直烧进了胸腔里。她几乎要没力气撑住自己的脑袋。

晋安僵立在黎霜身旁，他眼中的暗红色慢慢退去，然而眼里依旧血丝密布，只有那漆黑一片的眼瞳中稍稍映出了几分黎霜的影子。

她蜷坐于地，呼吸声音虽哑，却大得吓人，犹如压着马头琴拉扯的声音，夹带着闷咳，听得人心里难受极了。

晋安没动，只望着她，神情似有几分呆滞。

巫引见状，有点拿不准晋安的状况，毕竟刚才他已经会用诱敌的手段骗他过去，然后攻击他，现在的平静并不代表没有危害，但他必须确保黎霜的安全。且不说这里唯一有可能控制晋安的便是黎霜，就说南长山下那五万等着烧山的兵，他也必须让黎霜活着。

她被晋安伤得不轻，需要治疗，今日必须先将她带走。

巫引动了身子，晋安并没有注意到他，他只是盯着黎霜，那野兽一样的眼睛里一点情绪也未曾表露。

巫引找到了方才被铁链打到一旁的精钢扇，他手劲儿一动，精钢扇打开，三枚钢针破空而去，径直向晋安心口扎去。

面对危险，晋安的身体仿似下意识地开始躲避，他往后一退，一个侧身，一转头，将三枚钢针尽数躲过，而当他回头的时候，却听到

"咔"的一声。

铁门从外面被锁了起来,地上的黎霜已经不见了踪影。

他的脖子与双脚上还套着铁链,让他只能在有限的范围内活动。

他拉扯着铁链,走到了他力所能及的离铁门最近的地方。铁门上有一个布满细钢丝的铁网,隐约能让他看见外面的情况。

"将医婆叫来。"外面巫引的声音有几分焦急。

晋安看见巫引背上红衣银甲的女子,一步一步踏上了外面的台阶,很快就消失在了他能看到的视线范围。

焦躁。

内心难以按捺地焦躁,还有莫名而起的无助以及害怕。

他在原地踱步,拉扯着铁链与地面摩擦发出稀里哗啦的声音。眼瞳里的暗红色已经完全退去,身上的火焰纹慢慢往心口处收缩。

手指尖还有刚才那人身上的气息。

他抬起手,手指尖挂了两三根长发丝,发丝缠绕,似有余温。这感觉让他诡异地怀念,他想再见那人一眼,待在她的身边。晋安不停地踱步,探着脖子往外面张望,即便已经什么都看不到了。

可他还能嗅到她的味道,还在附近,还在离他很近的地方,没有走远。

晋安握着那几根发丝,执着地往那铁网外望着,比起先前的狂躁,他现在的焦急,更像是被丢下的委屈和哀求。像只困兽或者……被迫与主人分开的小动物。

他不知道他伤了什么人,也不知道他做了什么。没人告诉他答案,他只知道,他现在胸口隐隐传来了难以言喻的闷痛与窒息感。

她是谁?她还好吗?

"不太好。"

苍老的手摸过黎霜的脖子,不知道已经多少岁的医婆驼着背审视着黎霜的脖子，她扶住黎霜的脖子，一扳，清脆的一声骨头响，黎霜一声闷哼，只听医婆道："拿点木板来，要绑上两三个月，骨头伤得重，短时间内说话会很费劲儿。"

巫引闻言，稍稍松了口气："命在就行。"

医婆瞥他一眼："你不是说这小姑娘来了，玉蚕蛊人就能安静下来吗？怎么也给弄成这样了？"她随手往旁边一指，那方睡着的都是哀哀喊痛的伤者，医婆哼了一声，"没用的小兔崽子。"

巫引苦笑："阿婆，这如何能怪得了我。"他看了黎霜一眼，又往木屋外看了一眼，"听说牢里没动静了，请将军过来，还是有用的，她方才叫了声他的名字，他就静下来了，完全安抚住玉蚕蛊人只是时间问题。"

黎霜躺在简单的木板床上，听着巫引与医婆对话，她嗓子疼痛，发不了声，但已经清醒过来的大脑却一刻也没停地运转着，只是她现在想的事与巫引的盘算，并不相同。

她反反复复地回忆，只记得方才神秘人听到"晋安"这两个字时，那眼底一闪而过的波动。

她闭上眼睛，越发清晰地将过去在塞北发生的事都联系了起来。是的，也就只有这样，所有关于这个神秘人与晋安的困惑，才能迎刃而解。

她忍着疼痛深深呼吸，不得不说，她现在感觉到了很大的冲击。

可如果细细想想，她最在意的事情，并不是晋安为何一直要隐瞒着她。因为她可以理解晋安，理解他不安的心情，他自己或许也不知道自己的身体为什么会这般奇怪，他之所以隐瞒，是因为他无从解释，也害怕自己被当作怪物看待，或者是害怕她……将他赶走。

黎霜在意的，内心在细细盘数的，是……

她在塞北，到底抱着晋安睡过多少次觉……

她……

原来那些与晋安一起睡觉的夜里，她感觉被人拥进了怀里，不是……在做梦吗？

黎霜长长叹了一口气。

她被一个闷声吃豆腐的家伙，占了那么多次便宜，而毫不自知啊！

黎霜颈项上夹了木板，这样才能勉强支撑她被晋安弄伤的脖子。医婆说她最好在床上躺上一个月，但没有那么多时间给她折腾。

黎霜第二天一大早就起了床，寻了纸笔给山下军队修书一封，让他们按兵不动。将书信托人送下山后，她便扶着好像比平时重了千百倍的脑袋，慢慢往那地牢的方向走。

刚走到那地牢入口，便见得还有几分睡眼蒙眬的巫引正在那儿开门。"黎将军。"他见了黎霜扶着脖子的模样，不由得将瞌睡笑醒了几分，"你不再躺几天？"

黎霜瞥了他一眼，巫引还是笑眯眯地盯着她。

啧，不是自己的兵，不怕她，她还连训都不能训他。

黎霜只得冷着一张脸不说话，巫引兀自笑着拉了地牢的机关，与黎霜一同走进地牢里。

"但闻昨日夜里玉蚕蛊人并无任何异动，算是他来南长山这段时间最安分的一个晚上了，玉蚕死忠于主的名声果然不是虚传。"巫引一边引着黎霜下阶梯，一边借着两旁的火光打量了她的神色一眼，"只是可惜，这一次的玉蚕主人并非我。"

黎霜终于转了眼眸，瞥了他一眼，哑着嗓子道："生不逢时也怪不得别人。"

巫引被她这句话噎住，顿了一顿才道："黎将军倒也不是一个客气的人,不过要说怪,我倒也没怪过将军,于我而言,玉蚕认你为主,或许还是一件幸运的事情。"

黎霜眉梢微微一挑。

不用她说话,巫引便自己道:"黎将军或许还没发现吧,你的身体已经开始变得与普通人不一样了。"

黎霜一愣,倏尔思及前不久在塞北之际,万常山从南疆拼死带回黑面甲神秘人的消息,他身中巫蛊,而当黎霜将手靠近万常山心口的时候,那些蛊虫都忙不迭地从万常山的身体里面逃了出去……

"玉蚕找到宿主之后,融入宿主身体,及至宿主死亡前都会潜藏在宿主的血脉之中,给予宿主强大的力量,也与宿主的血脉融为一体,成就玉蚕蛊人。

"玉蚕蛊人吸食的第一口鲜血会让他认主,认主之后便对主人死心塌地,同时会极度依赖主人,因为主人的气息是唯一能安抚玉蚕的东西,也是唯一能使玉蚕与蛊人结合得更紧密的东西,所以玉蚕蛊人会极其渴望待在主人身边,时刻感受主人血脉中的气息,甚至会渴望与主人……交合。"

黎霜浑身一僵,差点没一脚踏空从楼梯上摔下去。

巫引扶了她一把,面对黎霜回过神来盯着他时惊诧的目光,巫引显得有些无辜地撇了下嘴:"我阿爹养的玉蚕蛊人是个大美人儿,可我阿爹死后灵女和我阿娘相争,输了,她便偷了玉蚕跑了,她想养的蛊人,当然是个男的。"巫引笑了笑,"我观这玉蚕蛊人的身材样貌也着实是个世间少有的极品。"他给黎霜眨了下眼,表情充满不可言说的微妙笑意,"将军有福了。"

"咳。"黎霜咳了一声,嗓音沙哑至极。

"而玉蚕蛊人一旦与主人接触久了或者有身体的交流之后,主人便也会染上玉蚕蛊的气息,玉蚕蛊乃王者蛊,其他蛊虫皆惧怕不已,所以你到我这五灵门里来，即便没有任何驱蛊的手段，也没有蛊虫敢招惹你。"

身体的交流……

黎霜听得耳根子有点热。

她与晋安的身体交流……只是盖着棉被纯睡觉而已……虽然，确实是有几次被强吻……

"那你……还来找他。"黎霜努力岔开话题，让自己不再去回忆。

"其实，对我来说，找不找玉蚕都无所谓。"巫引解释道，"前些年没找到玉蚕的时候，我五灵门也没人敢来冒犯，可因着这是族里圣物，老一辈始终不肯放过，在听说塞北出了一个身手超乎寻常人的英雄的消息后，我便带人去了塞北，找到玉蚕蛊人，将他带回。我是做好了无论如何也要将玉蚕从他身上引出来的打算的，因为我可没兴趣让一个男人每天对我垂涎三尺。"

黎霜听了觉得有些好笑，想想若是晋安每天像缠她一样缠着巫引，那画面……

有点难以言喻地奇妙。

"可没想到……"巫引指了指面前的门，"他比我还执着，无论如何，也都没让我把蛊取出来。"

黎霜站在铁门前，透过铁门上的丝网空隙，看见了里面的场景，还是与昨天没什么两样。昨日巫引将他带走后，就再没有人敢靠近这里，铁门锁着，里面墙上的铁链断了两根，还有三根分别困住了那人的颈项与双脚，只是与昨天夜里不一样的是，在那方被困住的，已经从一个肌肉分明的壮汉，变成了一个小孩。

衣服像破布一样搭在他身上，他好像累极了，蜷缩在冰凉的地板上，静静地睡觉。

是晋安。

真的是他。

巫引也往里面望了一眼:"当真安静,许久没见他这般睡着了。"

"他……"黎霜艰难开口,"为何会……"

"许是灵女炼蛊人的时候出了些差池,而至于具体原因我也不太清楚,只知道将他捉回的那一天,他便是如此,白天变小晚上变大,变来变去……"巫引顿了顿,"你与他在塞北待了那么久,你竟然不知道?"

黎霜沉默。

她不知道。

她甚至怀疑过晋安是那黑面甲人的儿子,但……谁能想到竟是这样的关系,正常人都想不到吧!

"他约莫算是我五灵门这么多年以来最奇特的一个蛊人。嗯,虽然你也算是最奇特的一个主人。"巫引道,"历代玉蚕蛊认的主只会是五灵门的门主,门主自小接受蛊术教导,对于我们来说,玉蚕蛊人不过是个人形的蛊罢了,我父亲养的玉蚕蛊人,他会与她有必要的接触,但不会抱她、吻她,也不会对她有对我母亲那样的感情。"

黎霜望着里面的晋安,耳里听着这话,却不经意皱了眉头。

"对一个蛊投入这样的感情,黎将军,你可要小心。"巫引这话说得淡淡的,却算是他对黎霜说得最为善意的话,"他是没了人性的蛊,他没有过去的记忆、身份。他对你的依赖、留恋与忠诚,皆因为他是蛊人,他必须忠诚于你而已。将军需得拿捏分寸才好。"

拿捏分寸?

什么是分寸?

在她眼里、心里,晋安不是一只蛊,他是一个活生生的人,于黎霜而言,他也不是没有过去,没有身份。

他有。

他有他与她的过去。他也有身份，那个叫晋安的身份，那个流传在塞北的，成了传说的身份。

他是人，不是蛊。

黎霜推开铁门，"吱呀"一声，她踏入地牢，蜷缩在地上的小孩惊醒，抬起了头，他望见了黎霜，登时，似有千万丈光芒照进了他的眼底，让他一双眼睛都亮了起来。

黎霜心底那些坚硬在这一瞬间都好似被软化了一样。

她走上前去，在晋安面前跪坐下来，抬起手，帮他抹掉了脸上沾染的地上的污泥。

而晋安则抬起手，轻轻触碰了她脖子上的木板，霎时间，那双清亮的眼眸，便微微红了起来："痛吧……"不是询问，而是肯定，肯定得像是有刀子扎进了他的心窝子里一样。

第三章

　　黎霜得见晋安的目光，心中的柔软不由得夹杂了几分酸涩进去，她摸了摸他的头，没有开口说话，她怕她的嗓音太过沙哑而让晋安更加难过。

　　牢里一时静默，巫引站在旁边看了一会儿，见晋安神态安静，便轻咳了一声："黎将军……"然而他这方刚一开口，那边晋安却倏尔转了眼眸盯住了他。

　　他的眼眸离开黎霜的一瞬间便变得阴沉晦暗起来，裸露的胸膛处，火焰纹慢慢变大，燃烧，往他颈项上爬去。

　　"晋安。"黎霜轻轻唤了一声他的名字，声音极低，但也足以让晋安听到。她将晋安的脸扳过去，强迫晋安看着她，"没事。"

　　晋安眼里那些混沌仿似都被黎霜镇定的声音安抚下来了一样。他隔了一会儿又抬起手，摸着黎霜脖子上的木板，静默不言。

　　巫引叹了一声气："看来链子还不能解。"

　　他说这话的同时黎霜也道："你将钥匙给我。"

　　巫引揉了揉眉头："早听说你们带兵打仗的人胆子大……黎将军，方才我也与你说过了，他是……"巫引顿了顿，见晋安现在对他没有什么反应，才继续道，"即便你现在是蛊主，可他情况不明朗，还是不要掉以轻心为好。"

"我知道。"黎霜声音沙哑，但言语却很坚定，"钥匙给我，你先出去。"

是打算……把自己和玉蚕蛊一起关在这个房间吗？

巫引挑了挑眉，审视着现在的晋安，但见小孩只皱眉望着黎霜的脖子，一遍又一遍地轻轻抚摸，看起来并无任何危害。

让蛊主与玉蚕蛊单独待在一起也好，主人身上的气息会慢慢抚平他内心的躁动。

巫引将袖里钥匙摸出，放在了地上："我便在门外，不走远。"落了这话，他退了出去，关上了大铁门。

黎霜听得外面铁门上锁，这才把晋安的手拿了下去，随即走过去捡了钥匙。

而在她去捡钥匙的时候晋安就眼巴巴地望着她，因为铁链牵制了他的动作，他抬着手，明明摸不到，却像是要帮黎霜把脖子托住一样。

黎霜拿了钥匙一转身，看见他这姿势表情，一时忍俊不禁："我脑袋还不会掉。"

她轻声说着，行回来，极是自然而然地帮晋安打开了脚上和脖子上的两处枷锁。取下铁链，黎霜这才看见晋安脖子上的皮肤竟溃烂了一圈。

黎霜皱了眉头。

她一露出这样的表情，晋安便将手缩了回去，盖住自己的脖子，错开目光，不看黎霜。像是害怕自己脖子上丑陋的伤口吓到黎霜一样。

"我很危险。"晋安道，"你还是将我锁上……"

黎霜没有搭理他的话，只是起了身，转身离开。

晋安看了她的背影一眼，张了张嘴，可到最后还是什么都没说，她要离开，是应该的。这么多天，这么多时间，他基本都无法控制自己的身体，只觉得自己已经变成了一个火球，浑身都是火焰在烧，将他心底的戾气与杀气尽数烧了出来。

他想挣脱所有的禁锢和束缚，杀光所有靠近他的人，他想去远方，他只在潜意识里隐约能感觉到远方有一个可以让他安静下来的地方，有个可以让他沸腾的血慢慢凉下来的人。

可是他昨天见到这个人，却没有认出她，反而还伤了她。

晋安对自己的自制力再也没有了信心。

所以，黎霜是应该离开他的，越远越好，不要让他看见，也不要看见他，这么丑陋可怕的他……

"帮我拿点药来，他的伤口需要敷药。"

黎霜的声音在门口响起，晋安愣了愣，有几分不敢置信地看着她的背影，她用沙哑的声音与外面的巫引交谈着需要什么药品。

没一会儿，巫引开门将清水与药膏递了进来，复而关上了门。

黎霜便拿了东西，回到晋安面前蹲下，让他抬高下巴，帮他把脖子上的伤清洗了，随即一点一点轻轻地帮他上药。

她是将军，打惯了仗，拿惯了刀，所以做起这种事情来的时候有些不太能掌握轻重，常常一按下去，便将他的伤口戳得更疼了一些。

晋安默不作声，乖乖地忍着，因为比起内心翻涌的情绪，这点伤口的疼痛已根本不足以引起他的注意了。

"你不怕我？"晋安问她。

黎霜淡淡看了他一眼："为什么要怕？"

"我伤了你。"

"只是一时没控制住罢了。"

"万一……我依旧控制不住。"晋安说着这话，情绪不由得有些激动起来,他心跳一快,胸膛的火焰纹又开始蔓延。

"你现在不是很好吗?"黎霜拍了拍他的脑袋,"休息一会儿?"

她的情绪太冷静,让晋安心头的躁动也无处可去。隔了一会儿,他看着黎霜拍了拍她的腿,他便迟疑着躺了上去,将头枕在了她腿上。

"睡会儿吧。"黎霜靠着墙,轻声道,"昨晚一定都没睡好,我也要歇歇。"

晋安小心翼翼地把头放在她的腿上,怕自己的重量压疼了她。但黎霜的手一直轻轻地在他头上抚摸,动作那么轻,掌心那么软,像是春日里最和煦的风,暖得让人心醉。

一心的焦躁不安和那些里里外外都竖起来的尖锐的刺就这样轻而易举地被黎霜抚平了。鼻尖萦绕的全是她的味道,贴着她的皮肤,感受着她的体温,一切都让他感到安心。

他的头沉沉地放在黎霜腿上,在她的安抚下慢慢睡了过去。

黎霜接着抚摸了他一会儿,见他睡着之后,他脚腕上的伤竟然在以肉眼可见的速度飞快愈合。

黎霜怔了怔,这才明白过来,为什么以前自己竟从没疑心过他们可能是同一人。

因为那么多次那晚上变成大人的晋安来帮她救她的时候,身上总是受了大大小小的伤,但第二天变成小孩之后,他身上的伤都不见了。

这么可怕的愈合速度,普通人恐怕想都不敢想吧。

黎霜一声叹息,不由得又想到以后,如果说晋安这般离不得她的话,那以后,等她回朝,上交军权,嫁给帝王,晋安又该何去何从呢?

她又该怎么安置他呢?还有……在变成蛊人之前,晋安又是谁呢，他真正的身份到底是什么？

在种种问题当中，黎霜背靠墙壁，也渐渐地想困了。其实未来没什么好怕的，她这一路奔波是为救他性命。而现在这个人还完好地躺在她怀里，这样，不管未来如何，她的初衷总算是没有辜负。

一觉醒来，四周还是不变的漆黑，封闭地牢里的时间就像是不会流逝一样，黎霜有点迷糊，分不清日夜，但没隔一会儿，她感受到了腿上微沉的重量，垂头一看，这便将时间分清楚了。

应该是晚上了，因为晋安已经变成了成年男子。就像之前在塞北每个夜里看到的他一样。

他没戴黑甲面具，所以五官更显精致，他还在沉睡，或许是这些日子都没有好好安睡过一觉吧，所以这一入眠，便再难醒得过来。

黎霜看着他安静的面容，不经意地便想起了几个月前的那些夜里，神秘男子每次出现总是能那么轻易地挑动她的心绪，愤怒也有，害羞也有，悸动也有……

黎霜一边想着，一边用手轻轻触碰他的脸颊，指尖轻轻地滑过他的眉骨与鼻梁，他的眼窝比大晋的人都更深邃一些，若比较起来，他更像是西戎的人，却又带着西戎人所没有的精致。

黎霜用从没有过的轻柔丈量他脸上每一寸皮肤，他睫毛也长，只是眼下稍微有些青印，是这段时间受尽折磨的证明。还有他干裂的唇，翻起了白色的皮，刮在黎霜的指尖上，令人莫名心疼。她想抚平他脸上这些让他显得憔悴的细节，所以她的指尖不由自主地在他的唇畔上游走。

意料之外地，那睡梦中的人竟倏尔轻轻张开嘴唇，黎霜的手不经意落入了他的唇齿之间。

他将她咬住了……

牙齿和嘴唇的动作很轻，带着来自他身体里的温度，暖得让人心尖发颤。

黎霜下意识地想将手抽出去，但是咬住她手指的牙却一个用力，将她的动作止住，不痛，也不轻。

他没将她松开。

黎霜转眼一看，晋安竟不知在什么时候已睁开了眼睛，他静静躺在她腿上，就这样暧昧至极地咬着她的手指，专注地凝视着她。

四目相接，地牢里夹杂着暧昧难解的气息，一时沉默。

"晋安……"黎霜找回理智，轻咳一声，挪开了目光，"松开了。"

晋安口齿微微一松，让黎霜手指重获自由，黎霜刚松了一口气，便听晋安开口了。

"你喜欢触摸我吗？"

……好直接！

如果晋安是个小孩的话，其实黎霜不会太尴尬，就算知道他内心是个大人，但模样还小，黎霜就不会带入这么多情绪。但现在这么一个男人，还长得挺符合她的审美……他就这么躺在她的腿上，在这么近的距离里，问出这样一句话，黎霜竟觉得这一瞬间自己有点脸红了。

她又咳了一声，还没答话，晋安又道："我想吻你。"

"……"黎霜愣了一会儿，"啊？"

晋安又说了一遍："我可以吻你吗？"

黎霜愕然："你……"

"他说他想亲你，啾啾啾的那种。"地牢外忽然传来巫引看热闹不嫌事大的声音，"我都听到啦。"

黎霜尴尬过后，恼羞成怒，微一咬牙："你怎么还在这儿？"

不等巫引答话，晋安从黎霜腿上坐了起来，目露杀气："我杀了他。"

　　黎霜连忙将他的手拉住，外面也传来巫引不知将什么东西放在地上的声音："哎哟，不识好人心呀，我在这儿守了一下午，刚去给你俩拿了饭食来，你俩就要杀我。没天理了。"

　　黎霜也站了起来，可是睡得太久，血脉不通，起身的一瞬间便觉腿麻不已，犹如万蚁噬肉，她一歪，晋安连忙将她扶住。方才还杀气流转的眼眸里，登时流露出几分担忧与……惧怕，像小孩面对自己最珍贵的东西一样，捧着怕摔了，含着怕化了。

　　黎霜摆了摆手安抚道："腿麻而已，没事。"

　　她让晋安扶着她来到了门边："今夜便让晋安出去吧。"

　　这下轮到外面的巫引沉默了一瞬："外面现在还躺了一地呢，我医婆也七老八十了，可跑不动路。"

　　黎霜知道巫引的顾虑，她相信晋安，不问为什么，只是相信他。但别人不行。"你拿副手铐来，将我与晋安铐在一起，这样可妥？他不是囚犯，不该被关在这里。"

　　晋安眸光一动，垂眸看了眼黎霜脖子上的伤，还有她纤细的手腕，虽然她在别人眼里是可率领千军万马上阵杀敌的女将军，但是在晋安眼里，他只想将她藏在身后，让她待在最隐秘安全的地方。

　　"我待在这里就行，"晋安道，"你也不是囚犯，不用因我而被束缚。"

　　黎霜转眼看他。沉默之际，只听"咔"的一声，是外面的地牢牢门打开了。

　　巫引站在外面，神色无奈中带着些许好笑地盯着他们："行了行了，我都快被你俩酸死了，走吧走吧，我让人给你们安排一个房间。玉蚕蛊人与主人待在一起的时候，理当不会出什么差错。"

　　他端起了地上的饭食："出去吃吧。"

一路往上走,黎霜都牵着晋安的手,直至快走到地牢门口之时,外面月光铺洒一地,久未见月光的晋安忽然顿住脚步。

黎霜的手不慎滑落,她转头看他:"怎么了?"

晋安不答。

黎霜便也没有催促,只将手静静地伸出去,放在晋安身前:"不要怕,跟我走。"

黎霜站的地方,恰有清亮月光薄薄投洒于地,一眼看去,便似她身上有光一样。

"我不会伤害你。"他说,像发誓一样,"我也不会伤害你不想让我伤害的任何人。"

"我知道。"黎霜温柔却坚定,"我相信你。"

晋安将手放到了她的掌心,两人的手都如热火一般灼热,相互温暖,彼此依赖。

"黎霜。"他第一次这么认真地呼唤她的名字,"你会是我余生的唯一。"

黎霜张了张嘴,想回答他,不管回答什么,只是要给他正面的肯定,她很高兴,也很激动能听到他说这样的话。

但在这一瞬间,她却听到了那遥远的来自山下的军号声,是将士们回营休息的号令。黎霜倏地被喉咙的伤撕碎了胸腔里的所有话语。

她想到了将军府,想到了塞外的长风营,想到了那高高在上的帝王,还有她从帝王那里,用自己的下半生讨来的大军。

她救了他,可是她的余生里,却不会是他的唯一。

离开山洞,天上明月朗朗,晋安仰头望了一眼明月,眼睛被光芒刺痛得有些酸胀,可清风伴着明月光,让他难得感觉内心安静,尤其是还牵着黎霜的手……

忽然,"乒哩乓啷"一阵响打破了夜的宁静,晋安转头一看,在他与黎霜身前,有个女子摔碎了手里的陶罐。她捡也不敢捡,只呆呆地愣在原地,眸带惧怕地望着晋安。

晋安向前一步,她便哆哆嗦嗦地往旁边退一步。

目光往旁边一扫,不只是她,所有五灵门的人皆是如此,望着他的眼神充满按捺不住的恐惧与惊惶。妇人抱住自己的孩子,丈夫将妻子拦在背后。

晋安耳力好,能听到周围草屋里传来的人们痛苦的呻吟,周围所有的一切都在告诉他,他是一个凶手,一个可怕的怪物。

他没来得及做出任何反应,黎霜便将他的手握得更紧了些。

晋安看着黎霜,不出意外地在黎霜眼瞳里看见了自己的身影,她在安抚他,她在关心他的情绪,体贴他的感受。晋安柔了目光,其实他并没有那么脆弱,他能够承担自己犯下的所有罪恶,可以抵御外人的所有怀疑、猜忌和敌意,而黎霜的关心则让他即便身处寒冰地狱,也能心间开百花。

"好了好了。"巫引在一旁拍了拍手,"我族玉蚕蛊人已完全认主,情绪也已稳定,诸位且自安心。"他开了口,目光还带着怀疑的人虽还有防备,可敌意少了许多。

巫引着人去通知几个长老待会儿到他屋里开会,这方领着黎霜与晋安去了稍偏一些的地方,给了他们一间木屋:"五灵门里条件就这样了,族人生活时与普通山里人没什么两样,黎将军身份尊贵,可也只有委屈下了。"

这里条件再差也没有行军打仗时候来得差,黎霜是不挑这些的,只是……

"一间房?"

"对呀。"

黎霜踏进去，扫了一眼，也没有屏风隔断，就摆了一张桌子，一个柜子，一张床。

　　黎霜："一张床？"她转头看巫引。

　　巫引点头："对呀，屋子那么小，能摆这么大一张床不错了，别的族人都是睡小床的。"

　　"那……"

　　"你不会还打算和玉蚕蛊人分开睡吧？"巫引抢了黎霜的话，这么直接干脆自然而然的一个问题倒问得黎霜有点愣神了。而他的问题也让晋安直勾勾地盯着她，那眼神简直像在重复巫引的话——你不会还打算和我分开睡吧？

　　怎么……难道不应该分开睡吗？搞得像她要分开睡是个很不合理的要求一样。

　　"玉蚕蛊这才安静下来，最好是和主人一直有接触，主人身体里的气息是给他最好的安抚。"巫引解释，"依我看，咱们这玉蚕蛊人……"

　　"他叫晋安。"黎霜打断巫引的话。

　　巫引点头："好好好，依我看，我们晋安啊，之所以会变成这白天小孩晚上大人的模样，多半是因为身体和玉蚕蛊还没有完全融合。主人的气息能让玉蚕蛊和蛊人融合得更快，待完全融合之后，就不会出现变大变小的情况了。"巫引摸着下巴咂摸着，"其实抱一抱，亲一亲，最好是有那啥接触更为妙……"

　　"你可以走了。"黎霜下了逐客令。

　　巫引笑了两声。"可别急着赶我，待会儿我可是要和几个老头子商量你们的事情的。"巫引道，"将军你可是打算什么时候带晋安离开咱们五灵门啊？之后打算如何安排他？虽然我之前是答应了你允许你将玉蚕带走，可是玉蚕最终还是要回到我五灵门的，在玉蚕还在他身体里的时候，我们五灵门需要知道他的去向，以便保护。"

保护还有监视。

黎霜明白他们的目的，这其实可以理解，但黎霜却没办法现在立刻给出答案，因为她也不知道之后能带晋安去哪儿。

让他离开自己？好像暂时是不行的。那带他回京城？然后呢？到京城之后又该如何安置他？不久后她恐怕是要嫁入宫城的。别说司马扬，便是满朝大臣、整个将军府也不会允许她带着晋安去宫里。更遑论晋安如今还身世成谜，白日夜里体型变换如此难以解释。

"明日我会写信去山下军营，着一部分部队先行回京，我会在五灵门待上三日，三日后观晋安情况，再做打算。"

"也好。"巫引点头，"这三日时间也可让我好好研究一下玉蚕蛊人，看有没有办法解开他这变大变小的问题。"巫引转身要走，黎霜却倏尔想起一事。

"你别动，在这里等我。"她留下这话，松开晋安的手，便出了门去。

晋安看着黎霜放手离开，愣了一瞬，下意识地想将黎霜拉回来，但又知道自己不该如此，便强忍心头那股跟上去的冲动，握紧了手，目光紧盯着黎霜的背影，直至她与巫引转了弯，身影再也看不见，他也没有动一丝一毫。

而这方，黎霜追上巫引，特意与他走得远了些，直到确认晋安不可能听到自己的声音了，才问道："你们玉蚕蛊，历来入了人身体之后，就会剥夺那人过去的记忆吗？有没有办法把他的记忆找回来？"

黎霜想，若是能知道晋安的身世，待以后晋安的身体与这玉蚕蛊不再冲突，他的情绪能长时间稳定下来，他或许可以回到他的故乡，在故乡继续他以前的生活。

巫引困惑："咦？他没有过去的记忆了吗？"

"你不知道？"

"我不知道。"巫引沉思，"历代玉蚕蛊入了人体，使人变成玉蚕蛊人后，并不会剥夺那人的记忆，只是对玉蚕蛊人来说，最重要的再不是过去，而是现在的主人，他们不会忘了过去，只是没有怀念而已。晋安如果记不得……大概也因为玉蚕蛊和他身体融合出了差错导致的对记忆的误伤。"

黎霜沉吟："如此说来……"

"你和他交合一下说不定就好了。"

巫引直白地吐了这么一句话出来，险些没将黎霜气死："胡闹！说什么荒唐话！"

"将军，冤枉！我说的可是最便捷直接生效快的法子。"他道，"你没发现吗？日落日出时分照理说是他身体变换的时刻，但只要你在他身边，越是亲密，他保持状态的时间就会越长。"

巫引的话说得直接，没有半点隐晦，听得黎霜心头又恼又气，还羞得一脸红，偏偏愣是没办法驳斥巫引什么。

她最后只得咬咬牙，丢下一句"你给我想想别的法子"，转身就走了。

回到小木屋门前，晋安还保持着她刚才离开时的姿势，半分没动。

他红色的眼瞳静静地看着她，像是忍了很久，直到黎霜走到他身前，他才用一只手小心翼翼地拉起了黎霜的手，慢慢地与她十指相扣，另一只手轻轻触碰她的后背，将她慢慢拉进自己怀里，确定黎霜没有反感之后才放心地将她圈住。

"我一点都没有动。"晋安道，"下次你快点回来好不好？"

一句话，将黎霜的心都问软了。

如果说方才在巫引那里听到的那些话是一个烟花,将她炸得头晕目眩,那在晋安这里听到的这些话,便像是一盏随波而来的花灯,摇摇曳曳,不疾不徐,顺着心里流水,慢慢温暖了她心里每一个苦寒的、尖锐的角落。

"好。"

得到黎霜的回答,晋安像是松了很大一口气一样,紧绷的肌肉都放松了下来,静静地依偎了黎霜一会儿,他问她:"你不想和我睡在一起吗?"

提到这事,黎霜微微推开了晋安,有些头疼地揉了揉眉心:"不是……也是……咱们不能睡在一起。"

"为什么?先前在地牢不是也睡在一起吗?"

"这……"黎霜有点不知道如何作答,"虽然先前在地牢里是那样,但那是环境所致……"

"以前不在地牢的时候也睡在一起过。"

晋安的话惊到了黎霜:"我什么时候和你睡在一起……"黎霜倏尔想起,在她以为晋安还只是个小孩的时候,确实……她有点头痛,"那是……意外。"

"你在塞北的夜里,很多时候我都和你睡在一起。"

"什么?"

"我晚上悄悄溜进你的营帐。你门口的侍卫没用,早点换了吧。让我守着你,谁都靠近不了。我也不会吵你睡觉,没有哪一次你感觉出来了。"

"……"

黎霜走进屋里,坐到了椅子上。

晋安也想凑过去,黎霜推了他一把:"你站好,我和你谈谈。"

晋安老实站着。黎霜深吸一口气,要开口,却又不知道该怎么训这个人，最后只斥道："你给我站上两个时辰。不让动不许动！"

"好。"

他答应得太快，让黎霜一点没有训人的感觉，她沉着脸道："想知道我为什么罚你吗？"

"不想知道。"

黎霜被噎住："为什么？"

"你说什么，我听就是了。"

"……"

她在罚他，而他在宠她。

黎霜觉着，自己竟然就这么轻而易举地，望着面前这个人，动了心。

在清醒的时候，黎霜的理智自然是不会让晋安和自己睡在一起的。她在床下铺了毯子，自己躺在了地上，将床留给了晋安。

而到了早上清醒的时候，她却是和晋安一起睡在床上的。他将她抱在怀里，像是保护着自己珍藏的宝贝一样，充满了占有感。

黎霜动了动，他立即将她抱得更紧了一些。

黎霜无奈，只得由着他抱着睡觉，她看了眼外面的天色，但见朝霞已经红了天，而晋安却还没有变成小孩。可见昨天巫引说的话是对的。

他在她身边，靠得越紧，接触她的气息越多，真的会影响他变化的时间。

这……为了让晋安恢复正常，难不成真要……

"你醒了。"低沉沙哑的男声在耳畔响起。他从身后抱着她，所以他的呼吸那么轻易地喷在了黎霜的耳郭上，有点暖，有点湿润，也有点痒，配着现如今的场景竟暧昧得让黎霜有几分面红耳赤。

她立即挣脱了晋安的怀抱，坐起身来，揉了揉自己的耳朵，像是这样就能揉掉晋安方才喷洒在她耳边的温暖一样。

没有去追问晋安怎么会抱着她一起睡，也不再过多地纠结昨晚的事情，黎霜知道，越是问，越是说，越是尴尬，当然，晋安是不会有那样的情绪的，会尴尬的，只有她……

"喀。"她清了清嗓子，"我先离开一下，有事要跟山下的部队交代。"

她说完这句话，刚走到门口，不经意回头一望，便见晋安已经变成一个小孩的模样，衣服宽大地搭在他身上，就像一条棉被。

小孩目光定定地望着她，黎霜脚步顿了顿："我顶多半个时辰就回来。你别傻等，自己想干什么，就去找事做。"

"好。"

黎霜这才放心离开了。

她找巫引要了纸笔，给山下部队安排的部分撤军计划刚写了一半，便有五灵门的人从山下引来了一人。

"将军。"

来者出现在黎霜面前时，全然出乎黎霜的意料："秦澜？"她望着一身风尘仆仆的秦澜，有几分怔愕，"你不在长风营待着，何以来了此处？西戎……"

秦澜望着黎霜，只静静地看了一会儿，随即垂了眼眸，没有言说他事，直接道："着实是西戎有事。"

黎霜面容立即严肃起来，秦澜继续道："西戎王上前月暴毙而亡，太子未登基，反倒是西戎王上的弟弟束甘王登基为帝。西戎变天了。"

黎霜一怔，西戎朝廷里的情况她是知道的。

西戎王后性格彪悍，不允许后宫别的女子给西戎王上生育子嗣，然而，王后至今也只为西戎王上育有两子，大儿子生性痴傻，难成大业，小儿子年幼，难以独当一面。王上的几位兄弟对王位虎视眈眈许多年。朝廷内外常年都是权力的纠缠乱斗。

而今西戎王上暴毙而亡，幼子未曾即位，却是西戎王上的三弟束甘王成了新帝，其间到底发生了什么事，恐怕只有当事的那几位才知晓。

"西戎换了新帝，对我大晋待如何？"

"束甘王岱钦而今成为新王，比起先王的好战，他似乎……"

"咔"一声脆响，扰了正在谈话的两人，黎霜与秦澜转头一看，只见得小小的晋安站在门口，手中捧来的杯子已经在地上摔碎了。

他神情有点呆怔，难得目光没有落在黎霜身上，而是怔怔地看着空中一点，像是失了神，隔了好一会儿，眼里才重新找到焦点，却盯着秦澜看着。

他没有说话，神情怪异，黎霜奇怪地皱眉："晋安？"她唤他的名字，才终于将他的神志找回来，黎霜问他，"你怎么来了？"

"你说让我做想做的事……"他神情比平日要呆滞几分。可他不用把这话说完，黎霜也是懂他的意思的。

黎霜让他做想做的事，而他最想做的事就是待在黎霜身边，所以现在捧着茶来了。

黎霜有点无奈，可也有被依赖的微妙甜意。

秦澜见了晋安却挑了眉梢："将军，这孩子……"

"说来话长。"一时半会儿也没办法和秦澜交代晋安的事，黎霜便将这事抹了过去，"还是先谈谈你为何来寻我，西戎新王可有什么新举动？"

"新王岱钦着使者来京，表意西戎愿与大晋签订休兵十年的协议，只是使者必须面见将军。"

"必须见我？"黎霜困惑，既然使者都已经来了京城，与司马扬谈妥休兵一事不就妥了吗，何必还要见她？

— 207 —

黎霜在意的是这一点，而在她困惑出声的时候，旁边的晋安却也难得主动插话进来，问秦澜："你再说一遍，西戎新王叫什么？"

秦澜觉得这孩子形容比在塞北的时候更加怪异，可一时也说不上哪里奇怪，便答了他的问题："以前的束甘王，岱钦，先王的三弟。"

晋安不说话了，目光直愣愣地看着前方。

黎霜察觉到了他的奇怪，蹲下身，轻轻抓着他的肩膀，让晋安回神盯着她："怎么了？你认识束甘王岱钦？"

晋安用了好久，目光才回到黎霜脸上："没有，不认识。"

秦澜还在，黎霜没有再问其他问题，这时外面的巫引在门口晃了一眼。"呀，在这儿呢。"他伸了手，对晋安招了招，"来，过来，我带你去检查检查身体。"

晋安怔怔地与巫引走了，只余黎霜皱眉与秦澜站在屋里。

"将军。"秦澜唤她，"属下知晓将军此来是为救那神秘人，不见那神秘人，却为何晋安在此？"

黎霜摇了摇头，收回心神和自己的猜想："先不说这个，西戎使者几时入京？"

"我此次便是从塞北将西戎使者送入京城，然后奉皇命前来接将军回京。圣上对休兵一事极为重视，将军……恐怕即日便要启程。"

黎霜回头望了眼桌子上的那张纸。她本来还打算在这五灵门多待一段时间，至少多点时间让晋安情绪稳定一些，多点希望让晋安恢复正常，但现在看来，她的时间，比原本的更少了。

"今天走不了。"黎霜道，"明……后日。先着大军回朝，后日我快马加鞭，自能赶上军队进度。"

秦澜沉默了许久："将军是有何事……在等那神秘人吗？"

其实黎霜知道，等这两天，晋安并不能一下子就恢复正常，不能恢复记忆、恢复成普通人的样子，但是，黎霜知道，只要自己回京，她便肯定要站在晋安面前，与他说清楚，"从此以后，宫墙便是术士们练就的结界，你不能进去，我不能出来，你要么走，要么就隔着宫墙，守着我"。

她无法想象，要怎么对晋安说出这样的话，也无法想象说这话的时候，晋安会是什么样的表情。

大概会与那日她让他等，他就一直等着她的神情一样吧。

只是，她入了那宫城之后，晋安怕是再也等不到她。

"对……"黎霜道，"等两天吧，就这两天。"

希望这两天，能比以往任何时间都要更长一些。

第四章

黎霜修书一封,着各将领带兵回京。

接信的将军们担心黎霜的安危,不愿就此离去,一同上了五灵门,见了黎霜,看出她脖子上有伤,几位将军当即便怒了,他们皆是追随大将军南征北战多年的人,真算起来还是黎霜的半个叔叔,黎霜好说歹说安抚了他们,付常青却不愿走了。

"将军,实不相瞒,此次出兵,大将军对我等千叮咛万嘱咐,一定要护好你,可如今令将军身陷险境,我等……"

"并无大碍,这伤乃意外所致。"黎霜头疼地打断他。

"如何是意外?将军这是唬末将眼盲?这伤看来便下手极重,伤了咽喉,累得说话也沙哑不堪,那人定是下了杀手!"

付常青说话刻意放大了声音,他欲说给五灵门人听,叫他们难堪,黎霜第一反应却是回头望了眼晋安所在的屋子,屋子隔得远,但晋安又岂是寻常人?他耳力好,也不知听没听见。

黎霜叹了口气:"付将军,这里的事已处理得差不多,该救的人我也救了,这伤当真只属意外,我后日便跟上大军步伐回京。我知道你担心,不如便留一千精骑在此……"黎霜话音未落,旁边秦澜接了腔:"属下愿在此守护将军。"

秦澜是黎霜的亲卫，胆识武功皆不弱，付常青与几位将军虽仍有疑虑，但见黎霜坚持，便也没再多言，下山而去。

目送他们离开，黎霜松了口气，秦澜却在旁边问了句："将军的脖子是那黑衣人伤的吗？"

黎霜一愣："为何突然这么问？"

秦澜却没有看她，只盯着远方，脸上没有任何表情："没……只是觉得，大概只有他伤了将军，才会得将军这般维护吧。"

黎霜余光瞥见巫引去了晋安的屋子，当时心神便被引了过去，一边转身往那边而去，一边敷衍带了一句："他只是当时迷糊了而已。我让人帮你找个屋子，将就住下，后日我们便也启程了。"

话说完，人已经走远，秦澜垂头看了看自己的手，从京城打马而来，一路没有停歇，手上皆是缰绳勒出的伤，虎口的地方干得开裂，翻出了血红的伤，好像是他望见了自己的内心。

黎霜这方却并没有留意到秦澜的情绪，她回了屋子，但见巫引正站在床边看着晋安，眉头微微皱了起来。

"怎么了？"

"你自己看。"巫引让开身子，黎霜这才看见他已经将小晋安的衣服脱了，晋安躺在床上，闭着眼睛，仿似在睡觉，但不知为何胸口上的那火焰印记却在忽大忽小地变化，一会儿变成火焰爬上他的脸，一会儿又缩得极小，变化速度很快。那红色印记就像是他皮肤下面的虫子一样，快速重组蠕动。

黎霜蹙眉："怎会如此？"

"不知道。"巫引答得无辜，只抱手望着，"今天给他检查身体的时候发现他脉搏气息有点不稳，但不像是有什么大问题，就让他回房歇息了。刚才有人路过小屋，来与我说听见玉蚕蛊人在屋内呻吟，我便来看看，扒了衣服，便见他如此。"

他话音一落，晋安便是一声低吟，仿似心口有剧痛在拉扯着他一样，让他整个身体都蜷了起来。

黎霜霎时便心疼了，坐在晋安身边，将他的头放在了自己腿上，轻轻抚摸他的脸与额头，帮他擦去脸上的汗："玉蚕蛊不是你们五灵门的至宝吗？你想想办法，查出他会突然如此的原因。"

巫引无奈："将军你可为难人了，他与我历代玉蚕蛊人都不相同，本来就需要研究，我这什么资料都没有，如何查……哦，对。"巫引一拍额头，"玉蚕蛊与宿主相斥的时候，倒是与他这模样挺相似的，但这种情景多半只会发生在蛊虫刚入体的时候。"

时间渐晚，外面夕阳沉入远山下，晋安的身体好像变得更加不稳定，火焰纹从只在他脖子上面膨胀，变成了蔓延全身，然后又迅速缩小，他的身体也在这时候剧烈颤动，手指关节慢慢变粗，身体不断长大。

他牙关紧咬，仿似在隐忍着撕裂灵魂的痛楚。黎霜离他近，似乎能听到他牙齿挤压在一起的摩擦声。

巫引本还有几分看热闹的表情，慢慢也变得认真起来："将精钢铁链拿来。"他往外面喊了一声。

黎霜瞥了巫引一眼，没有制止："将我与他锁在一起。"

"将军，这事可开不得玩笑。"

"我没开玩笑。"黎霜抱着晋安的头，此时他已经变成了成年的男子，只有腰上系着的宽松的裤子没有被撑破。他咬着牙，喉咙里发出了野兽一样的低哮。

她没有开玩笑，她一是相信晋安不会伤她，二是害怕，怕他待会儿万一控制不住自己，这里没有牢笼，他就跑没影了怎么办？

外面的人拿来了精钢铁链，秦澜在外面听到了动静，进屋一看，登时愣住。

此时晋安的模样委实可怖，像是那传说中的怪物，身体上的红纹没有一刻不在膨胀收缩，忽然，他猛地一睁眼，两只眼竟是不同的颜色，一半血红，一半是夜一样的漆黑。

黎霜接过他人拿来的铁链便要将晋安与自己锁在一起，可她这方刚扣住了晋安的手，还没将铁链扣在自己手腕上，秦澜当即一步冲上前去，抓住黎霜的手腕。

"将军你……"

他刚开口，还没说出制止的话，黎霜怀里的晋安便用未受制的那只手冲着秦澜一拳打去，黎霜要拦都没来得及！

秦澜猝不及防地被击中胸腔，径直向后退了三尺，直至撞翻了桌子才狼狈停住，身体一顿，便"哇"地吐了口血出来。

巫引心道不妙，立即向外喊道："所有人都给我逃下山！"

他说罢这话，倏觉后颈一热，竟是被人擒住颈项。巫引身手敏捷，侧身躲开了晋安的手。黎霜在身后迅速将精钢锁链铐在了自己的手腕上，将晋安往后一拉拽，本欲追击的晋安硬生生被黎霜拉了回来。

巫引得以逃出小屋，而晋安则被黎霜拉回，趴在了黎霜身上。

他双眸的颜色不停地变化，一会儿一黑一红，一会儿全红，一会儿全黑，变幻不停，但不变的是眼瞳里黎霜的身影。他趴在她身上，除了粗重地呼吸着，久久没有动作。

黎霜唤他的名字："晋安。"她看着他，希望能像之前在地牢时那样让他安静下来。

他也没反应，但那方的秦澜扶着撞倒的桌子从地上站起来的时候，晋安听到声响，一侧头，红纹在他脸上胡乱地爬来爬去，他牙齿咬得咯咯作响，像是要扑上去咬碎秦澜的喉咙。

"你冷静一下。"黎霜开口。

晋安没有动，秦澜捂住胸口站起来后，却道："将军你将铁链解开，我来拖住他，你先走。"

这话让晋安双瞳猛地定格在了鲜红色上，他周身气力一涨，一时竟没顾着黎霜，拖着黎霜便要踏出屋外。正要对秦澜动手之际，黎霜咬牙忍住铁链在手腕上碾磨的疼痛，强行拖住晋安的动作，将他摁在屋内墙角。

"你出去。"她厉声呵斥秦澜。

秦澜得见方才那些动作下黎霜的手腕已经破皮流下鲜血，他紧紧咬牙，屋外的巫引引了五灵门人离开，这才回来不由分说地将秦澜拉出了小屋："让你走你就跟我走！"

秦澜放心不下黎霜，回头张望。

晋安想要冲出去将秦澜撕碎，而黎霜却双手抱住他的腰，盯着他的眼睛，一踮脚尖，咬住了他的嘴唇。

黎霜紧紧闭上眼睛，她不知道怎么吻人，但她知道怎么将气息更多地度进晋安的身体里，于是她舔了舔晋安干涸的嘴唇，然后撬开了他的唇与牙。

他的温度太高，令人眩晕，黎霜整个身体贴在他的身体上，将他摁在墙角，不允许他有哪怕一丁点的挪动。

晋安因为躁动而不停跳动的肌肉与那变幻不断的红纹都像是安静下来了一样，他乖乖地被黎霜亲吻着，接受她越来越深、越来越深的占有，或者说……安抚。

晋安紧绷的身体慢慢放松下来，他眼睛半眯，像是一个将醒未醒的微醺之人。

他一只手被黎霜的手连带着，放到了他自己身后，而另一只手，不用人教，他就像是自己会一样，攀上黎霜的脸颊，抚摸她的肌肤，捧着她的下颌，抬高她的脑袋，让她和自己处于一个更舒服的角度。

然后闭上了眼,只用感受彼此的温度就行了,什么都不重要了。

眼睛会变成什么颜色,身上的花纹会定格在什么样的时候,外面的人是谁,是否还在看着他们……一切都不重要了。

他只知道,自己臣服于她,以及她的吻。

这一吻太绵长,也太深情,黎霜根本不知道该在什么时候、用什么方式去结束,但在她开始为如何结束这长吻头痛之前,晋安先放开了她。

他温热的手掌从她脸颊旁慢慢滑了下去,他昏睡着。

黎霜这辈子头一次将一个男人摁在墙角亲吻,但这个人却这样……睡了过去?

感觉到他的体温慢慢恢复正常,身体舒缓柔软下去的时候,黎霜简直不知道该用什么心情去应对。

不过……好歹是能喘上一口气了。

黎霜将晋安完全瘫软的身体抵在墙角,一手固定他的腰,一手揽着他的肩,用肩膀撑住他倒下来的脑袋。"巫引!"她往外面喊了一声,"还没走就过来扛人。"

"哦,啊……好。"

她一喊,外面的两人才像是被惊醒了一样。与笑眯眯走进去的巫引不同,秦澜立在外面,透过那小屋略显破烂的门与窗,神色不明。

巫引进了屋,走到晋安身边,将他身体的重量接了过去,与黎霜一同抬着他,放到了床上。"黎将军。"巫引笑看着坐在床边帮晋安擦汗的黎霜,嘴角笑意不停,像是方才根本没经历过全门人瞬间逃生的紧急事态一样,"你们当兵的,果然比较强势。"

黎霜瞥了他一眼:"有说闲话的工夫,不如去将你的门人都喊回来。"

"不喊了。"巫引摆了摆手,"谁知道这家伙醒来后又是什么样子,一会儿跑一会儿回的,麻烦。我五灵门世代居住在南长山上,山里自有他们居住的地方。"他说着说着,又眯起了眼睛笑,带了几分打趣,"天色晚了,待会儿不如我将外面那木头也叫走吧,这五灵门就你们两人。将军,你想做什么都行。"

"……"

黎霜心头恼恨,可偏偏随着巫引的话,她的目光还不由自主地瞟了眼晋安赤裸的胸膛,还有他小腹一圈的地方——

腰带有些破了,要掉不掉的,以她的力气,一根手指头就能扯掉……

定神!她在想什么!

黎霜用心力理智按住自己那些荒唐的念头,若是没人在此她怕是要给自己两耳刮子清醒清醒。

内心很闹腾,但黎霜愣是将这闹腾的情绪憋住了,她只冷冷地瞥了巫引一眼:"去打点热水来。"

巫引撇撇嘴,果然觉得无趣,出了门去,但见秦澜还站在门外,他拍了拍秦澜的肩头:"让他们单独待会儿,你跟我来。"

秦澜没动:"这人为何会如此?"秦澜在塞北虽没怎么见过那个黑面甲人,但从那屈指可数的几次接触当中,他知道,那个黑面甲人虽然来历不明、力量强大,但他是有理智的,他还会保护黎霜,可如今他这模样,却完全成了个怪物。

"等你们将军回头和你说吧。"巫引拉了秦澜,秦澜走得很不情愿,一直转头回望,在完全看不到屋内场景之前,他看见的,是黎霜为那人擦汗时的侧脸。

一如寻常女子,见所爱之人,至珍至重,温柔缱绻。

将军或许……连自己都不知道吧,有朝一日,她会看着某个人,露出这样的神色。

黎霜让巫引去打水,他却像是真的要带着秦澜一去不回一样,黎霜手腕还和晋安锁在一起,她哪儿都去不了,便索性像之前那样,坐在床榻上,然后将晋安的头抱在自己的腿上,让他枕着自己安睡。

而她则细细审视着他的面容。

与平时有点不同,和晋安在一起的时间久了,黎霜大概也能分得清楚了。晚上,或许是因为晋安与玉蚕蛊融合得更恰当一些,所以他的力量会更强大,而同时,胸口上的火焰纹也会蔓延到眼角处,在他睁开眼睛的时候,眼瞳便像是被那些火焰纹染红了一样,一片血色。

而白天他是小孩的时候,他的脸就特别干净,眼睛也是和普通人一样的黑色,只除了胸膛上有一团红色印记,与别的小孩并没什么不同。

但今日晋安的身体却有点不一样了。

他还是大人,胸膛上的火焰纹却没有扩展开来,就像他还是小孩时一样,圆圆地团成一团。他没有睁开眼睛,所以黎霜看不见他眼瞳的颜色,但她抱着他却能感觉他的身体也没有平时那么灼热了。

他的身体若是没有这一团火焰纹,就好像恢复得和平常人一样了。

黎霜有点好奇,伸出食指,在他胸膛上的火焰纹处轻轻画着圈圈抚摸着。

或许有点痒,她看见晋安胸膛的肌肉颤动了一下,她收回了手,可当她的目光从他胸膛移开回到他脸上的时候,却发现晋安已经睁眼了。

漆黑的眼瞳,像是一年里最黑的夜。

屋外的月光已经漫进了窗,映着月光,他的眼瞳像是会在黑暗中发光一样闪亮。而这样的眼瞳里,有她的影子。

"醒了？"

他沉默着，没有第一时间回答她，而是动了动手，听到了"哗啦"的铁链响声，他抬起手，眼眸往下一垂，看见了将黎霜与他的手腕连在一起的精钢铁链。

"方才……"黎霜开了个头，正在斟酌措辞，晋安却从她怀里坐起了身，定定地望着黎霜的手腕。

黎霜跟着看去，这才注意到自己手腕上已经破皮流血，在铁链的碾磨下，一片血肉模糊，显得好生吓人。

晋安眸光一动。

"无妨。"黎霜怕他内疚，连忙道，"皮肉伤而已。"

她话音一落，却见晋安将她手臂轻轻握住，她还没来得及反应，晋安竟伸出舌头，在她手腕伤处用力一舔。

黎霜被惊到了。

一片空白。

他在干什么……

他在干什么？

铁链的声音、伤口的微疼，还有窗口漫入的月光都让这个夜显得格外危险与……旖旎。

黎霜听到自己的心在扑通作响，血液像是在烧一样难受。

但与此同时，她的心里仿似在重复诅咒一样，倏尔想起那一天，御书房中，司马扬提笔书写圣旨时说的那句话："霜儿，只望他日，你莫要后悔。"

犹如当头一棒，黎霜登时清醒，那些旖旎也尽数化成了危险，激得黎霜霎时背凉了一片。

她猛地推开晋安，力道太大，铁链拉扯着让自己扑到了他身上，但黎霜很快就站了起来，隔着铁链允许的最远距离。

她回去要做什么,她不能忘记。

而晋安被她推开之后,却只是站起身向她走来,眸中没有任何波动,黎霜这才察觉他的不对劲。她几乎立即就收拾好了自己内心的所有隐秘情绪。

"晋安。"她试图用名字唤醒他,晋安却走上前来一把将她抱起,不由分说便堵住了她的嘴。

黎霜怔愕,手肘一转,抵住晋安的胸膛,而晋安的手已经绕过了她的腰,将她腰带握住,像是撕扯一张纸一样,只听"唰"的一声,黎霜便觉腰间一松。

当真是现世报,她先前还想着自己一根手指头能扯了他的腰带,可自己没动手,那个躺着的人倒是对她这样做了。

但现在可不是开玩笑的时候,黎霜知道晋安一定是在刚才昏睡的时候又出了什么差错。

如果说先前他身体变化不停像是玉蚕蛊刚刚入体的状态,那他现在这个状态就是玉蚕蛊在身体里已经稳定了,在寻求蛊主安抚的模样?

可是她并不打算这样安抚他呀!

摸一摸、亲一亲,已经是极限了,她这个身体,如今可不是她一个人想怎么处理就能怎么处理的!

"你冷静下!"黎霜好不容易转过头,喘了气,喊出这句话,可晋安已经将她推到了床上。

黎霜心头大惊,连忙抱住了晋安的头,她没急着强硬动手,而是抚摸着晋安的脸颊,让他抬起头来。他以为她想与他亲吻,而便是吻上的这一瞬间,黎霜尚能活动的那只手,贴着他的颈项,运足体内内力,在他后颈狠狠一振。只觉晋安浑身一僵,他望着她,眼眸慢慢闭上。

黎霜立即去摸他的脉搏，因为她刚才没有吝惜力气，她知道，能让常人昏厥的力量不一定能让晋安昏过去，但用了太多力，她也是心疼，更是怕晋安直接被她杀了。

但还好。

不愧是晋安，只是昏过去了而已。

黎霜连忙推开他，翻身下床，东拉西扯弄好自己身上的衣服，刚想离开，想起手上的铁链还套着。

她又只好满屋子找钥匙，可经过这么几场乱斗，钥匙早不知道丢哪里去了，唯有等巫引他们回来，方才能找到备用的。

黎霜长叹一口气，在床榻下抱腿坐下，回望一眼床榻上昏迷的晋安，无奈苦笑。

这要换作其他人，早不知被她杀多少回了，可偏偏是这个人，好像只要是他，无论他做的事情有多过分，黎霜都没办法真的去埋怨他。

黎霜知道，等他清醒过来，若是想起自己做的事，他恐怕比这世上的任何人都要更加痛恨他自己。

而如此一想，黎霜竟然心疼他更胜过心疼她自己。

几乎快要到黎明的时候，秦澜与巫引才从山里披着一身寒露回来。

秦澜入了小屋的时候，正见得黎霜蹲坐在床榻下方，一只手被铁链牵连着，放在床上，而另一只手则抱着膝盖。她就这样枕着手臂沉睡，看起来疲惫又可怜。

她没有醒，所以秦澜能大胆地去打量她。她的衣服重新穿过，腰带是破损之后打结接上的，衣襟也有破口。她头发凌乱，脖子上、锁骨间有与她之前伤口不一样的红痕……

秦澜知道那是什么，可却从来没有想象过，有朝一日，竟会在黎霜的颈项上看见这样的印记……而且这印记加上这破损的衣物，还有黎霜如今这委于床下抱膝睡觉的模样，猜一猜便能知道方才他不在的时候，这躺着的男人对她做了什么。

秦澜喉头发紧，牙关紧紧咬了片刻，未忍住，轻唤一声："将军。"

黎霜今日折腾累了，睡得比往常死一些，在这声轻唤下才抬起了头。

她眼中有初醒的迷离，待看清秦澜之后，一眨眼便散掉了那些蒙眬："秦澜啊。"

她沙哑地应了一声，撑着膝盖便要站起身来，可蹲得久了，起身便有些站不稳，她往前面一倒，秦澜堪堪扶了她一把。

他们两人之间相伴多年，黎霜几乎所有的仗都是与秦澜去打的，这样的互帮互助也实在稀松平常。黎霜捏了捏眉心，提振自己的精神，刚道了句"多谢"，却未想秦澜将她往旁边一拉，拔了腰间的剑便冲晋安颈项砍去！竟是要一剑斩断他脑袋的模样！

霎时，黎霜仅有的那点初醒的慵懒也给尽数吓没了，抬手抵住秦澜的手肘，堪堪拦住了他这一击。

"秦澜？"黎霜不敢置信，"你做什么？"

外面正在整理草药的巫引闻声入屋，得见这一幕，连忙上前将秦澜架住，抱着他拉开了距离："秦将军，你这是怎么了？突然中邪了？"

他没有中邪，他只是怒火中烧，气这人胆敢对黎霜行此无礼且无耻之事，更是气自己……

自己这一夜，与巫引在外采摘草药，巫引美其名曰是要给黎霜和晋安疗伤。

可秦澜知道他在打什么算盘，秦澜能看出这人一直想撮合黎霜与那神秘人，自己应该尽快回去，守着黎霜，就像他以前一样……

但巫引一边摘草药一边轻描淡写地说了一句话却拦住了他："再看看别的草药吧，要是回去早了，真在办什么事儿，撞上了可尴尬。"

黎霜绝不可能是那么荒唐的人，这个说法若是放在以前，秦澜会觉得可笑得不用搭理，但现在，他且被这话绊住了脚步。

万一呢？

毕竟黎霜已经荒唐地从塞北回京，只为追寻这一人，又荒唐地向圣上借兵，不知付出了多大的代价才来救这一人……她已经做了很多在他看来无比荒唐的事。

而现在这夜这么深沉，能掩盖那么多秘密……比起之前的事，巫引说的这话，好像也不怎么荒唐了。

秦澜便这样与他在林间走了一宿，直至即将破晓，才敢回五灵门，但没想到，看到的却是这样的黎霜。

若是她愿意，秦澜绝无二话，再多情绪也可自我隐忍，但现如今，她的狼狈与昨夜的挣扎尽数落在秦澜眼里，他便再难控制，怒火四溢。

"此人于将军危害甚大，我留不得他。"

他作势要挣脱巫引，可巫引却哪是那么好对付的，袖中折扇往下一滑，三五下比画便巧妙地将秦澜推到了房间的另一边，他则拦在了黎霜、晋安与秦澜中间。

巫引往后瞥了一眼，他何其精明，眼珠子一转便了然了几人的心思，却也不用道破，只笑眯眯地扇了两下扇子："这人可是我五灵门的宝贝，别说你将军不让你杀，我也是断然不会让你动手的，你若有气便也忍忍，左右这事你是办不了的。"

"此人三番两次对将军不敬！我今日便是拼了命也断不让他活着出这门。"他面色阴沉，眸色森冷，盯住晋安的目光犹如战场上面对最凶恶的敌人，杀气涌动。

黎霜知秦澜真动了怒，可这事怎么说来都是尴尬，她只得拉了拉衣襟挡住自己的脖子。"他只是……暂时这样。"黎霜叹了口气，"伤害我也好，昨晚的意外也罢，都并非他本心。"

"无论如何，他是个隐患。"秦澜声色俱厉，"将军恕属下冒犯，今日必留不得他。"

黎霜沉默，与秦澜共事多年，她知道今日她便是摆出军令，恐怕……他也不会听她的。

"呀。"

正是僵持之际，巫引倏尔一声感慨："天亮了。"

黎霜目光一转，但见窗外朝霞漫天，朝阳已慢慢跃过远山，光芒铺洒大地。

她几乎是下意识地一回头，但见躺在床上的晋安并没有变成小孩，他的胸膛也只是如昨晚一样留有一个红色火焰纹。出人意料的是晋安竟然……醒了。

他直勾勾地盯着黎霜，目光清亮透彻，一如塞外每个夜里他盯着她的模样，只是以前眼里印着月光，而今眼里印着朝霞。

这是黎霜第一次在白日里见到不是小孩的晋安。

她有点愣神，本以为是因为自己还待在晋安身边，所以延迟了他变化的时间，但……她现在除了那根铁链，身体也没有任何地方碰着晋安。

她在惊讶，巫引亦然："咦，这终于和老头子们说的蛊人有点相像了。"

胸口有印记，其他地方与普通人并无不同，他好像经过昨天的折腾之后，终于……变成了完整的蛊人。

但是此时的他并没有注意到自己身体的变化，只是望着黎霜，声音略带沙哑地询问出声："我又伤了你，是吗？"

黎霜便如此轻易地开始心疼起他来。她开了口，尚未说话，那方杀气一动，她转头，秦澜以夺命之姿杀上前来，眸光如刀，真如他所说，今日必要取晋安性命。

秦澜的刀光转瞬便闪至晋安面前，晋安不躲不避，只是望着黎霜，仿似就这般心甘情愿地要将这条性命交待在秦澜刀间。

可他不动，巫引与黎霜却并没闲着，黎霜半截拦下秦澜的手，一个巧劲儿径直将他手上的大刀缴械，而巫引则一步上前制住秦澜的动作，在他胸前一推，便将他推了回去。

秦澜站定，脚蹬地而起，再杀了回来，巫引眉梢一动，手中运气正要动真格之际，黎霜将从秦澜手上缴来的刀往地上一插，立在床前，神色冰凉且严肃："你将我杀了，再杀他。"

秦澜闻言，身子一顿，与黎霜四目相接，他眼底隐忍的情绪终于再也压制不住地流露出来，愤怒，痛恨，不甘与……嫉妒。

焚心噬骨的嫉妒。

"将军，你此行此举，可当真还想得清楚？"秦澜怒火中烧，终是再也忍不住情绪，爆发而出，"塞北而来，千里奔行，一路跋涉，用多少代价才能换得圣上借你兵将五万？将军你可都忘了！几年前你与大将军是冒着何等危险，才终于远离京城，北至塞外！如今却为了这时常伤你，害你，置你于险境之人，将自己拱手奉上！你这般守他护他，能有何等结果！"

黎霜沉默，而晋安却在黎霜的背后，看着朝阳打在她的身体上投射而出的光线有几分失神。

恍惚之中，他听着秦澜的怒斥声，又仿似听到了来自天边的声音，那声音粗犷得他从未听过，但也带着莫名其妙的熟悉感，像是要从他灵魂深处挣扎出来一样。

与此同时,脑海里有许许多多画面不停地闪现,一如昨天在听到秦澜带来的关于西戎的消息之后。

那些陌生中带着些许熟悉的画面不停地涌入脑海,只是相较于昨天,今天脑海里的画面更加清晰。

而此时没有人注意到晋安的神色。

黎霜与巫引皆沉默地望着秦澜。

"今日你便是将他护住,他日回京,你又将待他如何?你既念着他,为他借兵而来,圣上岂会允许这般人留存世上?猜忌一旦有了,只要他还活着,你,将军府……又何止只会有圣上记挂着这事!后宫,前朝,谁都会知道,大将军之女……"

秦澜在这样激动的情绪之下,也硬生生地憋住了尚未出口的话。

因为这话里,是另一种令他万分难受的,关于黎霜的结局。

她会嫁给皇帝。

而满朝文武、后宫三千都会知道,黎霜在嫁给皇帝之前,千里奔赴,去救了一个神秘的男人。

且这个神秘的男人还活着。

或许现在司马扬看在她上交军权的分上,并不会对这件事有多在意,但只要有一天,司马扬要宰杀走狗了,要削弱将军府了,这件事就会变成将军府身上的一根长钉。

皇帝和别人手上则拿着一把斧子,轻轻一拍,就可钉住将军府的脊梁骨。

若说现在还有方法补救,那就是将晋安杀了,找个由头,便说黎霜追来,是为了杀这男子报仇,只有这样,这件事在未来才不会有变化的机会。

但是……

"就是因为费了那么大的功夫,所以我才更要他活着。"

黎霜声音沙哑,但眸光与言辞却那么清晰。

于是秦澜再多的愤怒,此刻都变得那么无关紧要。

黎霜从一开始就知道自己的荒唐和任性,而偏偏父亲还纵容了她的任性,这一生,她大概也就只能任性这么一次吧,尽管会因为这一次而让她未来堕入万丈深渊,但她不会后悔走这一遭。

"将军……"秦澜声色喑哑至极,像是打了一场丢盔弃甲的败仗,"你可有想过以后?"

黎霜想过,她想过关于晋安的以后,为他而担忧,但自己的未来,好像再没什么是可以让她惧怕的。

她做了选择,在做选择的时候,就已经想得清清楚楚了。

"我有打算。"

秦澜再无他言,也没办法继续在这小屋里待下去。他垂了眼眸,一如以前每次一样,不再直视黎霜的面容,垂下头,握紧拳:"将军……有定夺便……罢。"

他转身离开。

秦澜走了,小屋里一时沉默,只有巫引叹了一口气:"你们世家大族办起事来就是复杂。"他眼眸一转,嘴角虽挂着一丝往常的笑意,可眼眸却也深了几分,"将军,你对未来,当真有打算?"

巫引关心的重点却不是黎霜,而是晋安。

他是五灵门门主,玉蚕蛊始终是五灵门的秘宝,虽然他答应让晋安跟随黎霜离开南长山,但同时也说了以后会派人保护他们,晋安若是身死,他们是要收回玉蚕蛊的。

黎霜沉默,回身看身后坐在床上,自方才开始就一言未发的晋安。

朝阳温热地洒在他身上,而晋安却还是没有变回小孩的模样,黎霜握了他的手腕，只觉他身体再不似以前一般如火球滚烫。

黎霜眸光动了动，侧眸看了巫引一眼："你先前说，晋安变得如同以前的蛊人一样了吧？"

巫引点头："嗯，着实差不多。胸口有印记，外表与常人没什么差别，不会变大变小，也没有火焰纹遍布。"

那就是说，晋安的身体已经与蛊完全融合了？

黎霜看着他的眼瞳，晋安也望着她，他眼眸一如既往地清澈，但是此刻看着她的时候却像是有几分失神，目光似乎在透过她看向别的东西。

黎霜怕他因为方才秦澜的话多想，便安慰道："我是为寻你而来，可也没有秦澜说的那般复杂艰难。"她顿了顿，"明日我要启程回京，本来打算昨日与你说，可没有来得及。你与我一同回京吧。"黎霜转眼看了巫引一眼，"你暂时不能离开我太远，但是回京之后，我……或许没办法再像现在这样陪在你身边。"

她说出这话，晋安眼里的迷雾霎时消散了不少，像是终于把全部的注意力都集中在了黎霜身上。

"我回去，大概几个月后会入宫，你会被安排在将军府，我阿爹，还有黎霆会给你安排。"她握住他手腕的手微微收紧，"以后或许……"

话开了个头，黎霜倏尔被后面的言语堵住了喉咙，半晌后，她才抬头看晋安："总之，若是以后你身体不会再变化，也着实是件好事。"她笑了笑，"以后你可以天天教黎霆习武了。若是想周游大江南北，也可以自由游玩。"

"你呢？"晋安问她，"和我一起吗？"

第五章

你和我一起吗？

这个问题黎霜没办法回答，不是不知道怎么答，因为答案就摆在面前，她只是不知道怎么说出口。

但长久的沉默之后她还是说了："我不和你一起。"说得那么明白透彻，一如她率领千军万马时犀利冷硬的作战风格，"我入宫后，不会再出宫，也不会再回将军府。你得一个人。"

晋安望着她，黑眸映着朝阳，眸中的细碎波动下不知按捺了怎样的惊涛骇浪。

"是因为……"他斟酌良久，小心翼翼得似怕惊到黎霜一样，喑哑开口，"我会伤你？"

"是因为我有自己的背负和担当。"黎霜答罢，见晋安的眼神，竟觉心头抽痛不忍再看，她打算转身离开，结束这场对话，正要离开的时候，手腕却是一紧，晋安将她抓住。

"我帮你。"他道，"你的背负担当，我帮你扛。"

黎霜心尖一动，眼眸微垂，她一闭眼，叹了口气："晋安，什么人也帮不了我。"

黎霜说的是实话，但触及晋安受伤的目光，她还是忍不住心口扯痛。

可能有什么办法呢?

现在不说,真的要等走到了京城,在一片肃穆当中再对他说这话吗?

她掰开了晋安的手指:"你好好休息,明日便动身回京,我就在外面,身体有什么不舒服便及时唤我。"她说罢,给巫引使了个眼色,两人一同出了屋去。

而晋安则颓然坐在床榻上,看着自己空荡荡的掌心,静默无言。

他太安静,黎霜和巫引都没有注意到他们离开的时候他倏尔皱了皱眉头,抬手抵住了自己的太阳穴。

这日夜里秦澜下了山,整顿留下的一千精骑,巫引则去安排明日要跟着黎霜、晋安的五灵门人,晋安一直待在屋子里没有出来,没有一点动静,黎霜便也狠心没有去看他。

她坐在五灵门的悬崖边上,提着酒,喝了大半夜。

酒气染了她一身,但自始至终她都清醒得可怕。

她望着南长山上的月,吹着南方温暖和煦的夜风,呼吸着青草与泥土的味道,她知道,此一回京,不管是塞外的金戈铁马还是这里的山间明月,都将成为过去。

黎霜这夜是抱着酒坛睡着的,第二天巫引来叫醒她的时候,捏着鼻子一脸嫌弃:"将军,你可真不爱自己。"

黎霜扫了他一眼,再是往他身后一望,零零散散跟了五六个五灵门人,而晋安则站在最后面,穿着五灵门给的一身布衣,还是大人的模样,与寻常人没什么两样,只是脸色有些苍白。

黎霜没有多想,只觉得他这身体是完全稳定下来了,她拍拍身上的灰站了起来:"你们都收拾好了便下山吧。"

巫引问:"你的东西呢?"

"我没什么要带的。"

她本来就是孤身而来，现在能将晋安带回去，便已达到目的。

下了南长山，黎霜领了将士便一路日夜兼程，终是在将入京时赶上了先走两日的大部队。

黎霜一开始还担心一直用轻功飞来飞去的晋安不会骑马，但出乎意料的是，他的马术竟比这留下的所有精骑都要高，她越发好奇晋安的身世，想去问问恢复正常的晋安有没有回忆起一些关于过去的事。

但这一路回来晋安开始有意无意地躲避与黎霜的接触，休息时、吃饭时，他都远远地一个人坐着，黎霜要去唤他，在开口之前他像是知道黎霜的想法一样，巧妙地避开了。

次数多了，黎霜便知道晋安在躲她。

她以为是离开南长山前那一天说的话伤到了晋安，思来想去，她也没办法就这个事去安慰他，于是也只得任由晋安这般"别扭"着。

是日，黎霜率五万铁骑回了京都。大军去了军营，黎霜未来得及归家，便要先领着诸位将领去回报皇命，身上的军权便要在今日交出。

刚整顿了大军，黎霜正在给几个将领交代待会儿面圣的事宜，旁侧路过一辆马车，马车的装饰风格与大晋京城常见的不同，车厢车辕都要粗壮许多，拉车的马共有三匹，皆是精壮非常。

黎霜识得，这是西戎的马车。

马车路过黎霜几人之时倏尔慢了下来。直至车夫喝马停车，车上的人身着一身西戎官服下了车。

来者不似一般西戎人那么高大，反而有些驼背瘦小，面容苍老约莫有五十来岁，只是那双细长的眼眸中闪烁精光，一如塞外的鹰。

"巧了，倒是在路上偶遇了黎将军。"

在场的将军皆是与西戎打过大大小小的仗的，所有人都肃着一张脸，没有说话，只有小老头一个人笑着，仿似两国是友好邻邦，未曾在刚过去的这个冬天厮杀过。

黎霜将他上下打量了一番，"西戎使节，不好对付"这八个字便从脑海里飘过："着实巧了，我在南方便听闻西戎使节要见了我才肯签署和书，我还一直好奇原因，没想到竟在路上遇见。"

老头听黎霜道出自己的身份，笑意更深："不过是新王听闻过黎将军的事迹，对将军委实好奇，嘱咐臣此次来大晋，一定要见上将军一面罢了。"他躬身一引，指了皇宫的方向，"今日大晋陛下遣人来通知我将军今日归朝，我正欲赶去大殿呢，将军可愿同路？"

"不了，我还要交代些事宜，使者先请吧。黎霜片刻后便前去面圣。"

老头也不强求，点点头，一转身便离开，而在他背过身的那一瞬间，鹰隼一般的目光倏尔瞥见了还立在黎霜与几位将领身后的晋安。

他眼睛眯了眯，脚步微微一顿。

四目相接，不过瞬息时间，在他人都没注意到的时候，老头收回目光，垂了眼眸，抬脚上了马车，车轮辘辘向前，黎霜一行目送他离开，一如什么都没发生。

晋安也是垂头看着地面，直到听见有人唤了三声"晋安"，他方才抬起头来。

黎霜正盯着他："你先随秦澜回将军府，自会有人给你安排。"

晋安没有说话，黎霜沉默了一会儿，便也转身离开了。

黎霜入了宫，所面临的事情一如她预料中的一样，她当着所有人的面上交了军权，即便几位副将面色诧异，也没有任何人说话，司马扬也配合地并没有询问她此次出兵南长山的具体细节，只听她报了句"南长山贼匪已经招安"，便算是糊弄着带了过去。

却是西戎使节在签订和书的时候感慨了一句:"黎霜将军骁勇善战,从此以后再不为陛下、为大晋效力,当真是陛下的损失了。"

司马扬笑了笑:"这便不劳使者忧心了,朕自会安排黎将军的去处,断不会误了她。"

这句话的暗喻在场的人心知肚明。将领们眼神转了转,皆是沉默。

黎霜只以眼观心,定神不言。

而如今西戎使节已如愿见到了黎霜,便于大殿之上痛快地将和书签了,皇帝龙心大悦,定于明日设宴京郊行宫,庆祝西戎与大晋今日起便和平交好。

大殿的事议完了,司马扬独留了黎霜。

司马扬屏退左右,一君一臣在御花园中静静走着,黎霜一直落后他一步,司马扬停,她便也乖巧地停了下来。

"霜儿。"

司马扬开口,唤的是以前他唤她的名字,黎霜却恭敬地回答:"臣在。"

司马扬便沉默了许久。

"你救的人,救到了吗?"

"托陛下的福,一切顺利。"

司马扬转过身,看着黎霜垂下的头,轻声道:"三个月,霜儿,我只给你三个月的时间,你必须厘清自己的感情,三个月后,我要你做我的妃。眼里、心里都只能是我。"

黎霜倏尔想起晋安,他在塞北将她拉进小巷,戴着面具亲吻她,又想起他们第一次见面,他救了她,然后在那风雪山头也吻了她的唇,还有前不久,就在南长山,他的动情与难以自控。

每一幕都很混乱,每一幕却都那么真实。

黎霜压制了所有的情绪，仰头望着司马扬，眸光透彻冷冽："陛下，黎霜一直厘得很清楚。"

她必须割舍，必须无情，她任性过，所以现在，该承担后果了。

黎霜回将军府的时候，晋安已经被安置妥当了。大将军将他安排在离黎霜所住之处最远的一个小院，傍晚，黎霜与家人用膳之时，也没见大将军将晋安叫来。

归家第一晚，主人不招待客人……

大将军的用意再明显不过。

黎霜心里明白，也没给父亲找不痛快，安安静静吃完一顿饭，便也自行回房了。关于晋安的事，一句话也没有问。

大将军纵容过她的任性，而现在她也该找回属于她自己的理智。

可是到了夜里，无人之时，黎霜还是忍不住会挂念将军府另一头的晋安。他身体如何？离她远了，玉蚕蛊会不会又开始焦躁？

黎霜洗漱罢了，长发湿透，她推开窗户，枕着手臂静静地望着夜空里的月亮，而月亮所在的方向正是晋安所在的小院处。

月亮升得不高，所以也不知黎霜望着的到底是天上月还是地上竹影婆娑的小院。

思及今日司马扬与她的对话，黎霜不由得轻轻叹息一声，温暖的气息融入了微带寒凉的春夜风里，飘飘绕绕掩入夜色。院里一片安静，只有春虫轻鸣，所以黎霜并没有察觉到任何异常，更不知道晋安此刻便在她头顶屋檐上静静坐着。

他将她的叹息声尽数纳入耳中，收进心里。

月色很好，只是黎霜再没有出声，不知这般静坐了多久，许是终于将头发晾干了，黎霜起身关了窗户，入睡去了。而晋安却还是一动不动地坐在房檐上。

直到屋里传来绵长的呼吸声，晋安才翻身自屋檐上落下。

一如在塞北的很多个夜里一样，他手脚极轻地入了黎霜房间，没有惊动任何人，哪怕是黎霜。

行至黎霜床榻一侧，他静静看着被窝里睡得正香的人。

晋安黑色的眼瞳却不似往日那般痴迷与沉醉，反而带着几分探究，他步步靠近，像是在看着敌人，又像是在看着猎物。一双黑瞳在夜里竟犹如塞北的鹰一般精亮。

他手指动了动，但最终，他什么也没做，只是靠近她，像是被吸引着一样不停地靠得她更近。

不是无法远离，而是不想离开……

靠得太近，呼吸交错，黎霜睫羽一颤，晋安陡然回神！

他身子一闪，不过片刻，在黎霜睁眼之时，他便已经没了踪影；而窗户大开，却是他失了后手。

黎霜也只看了那窗户一眼，便背过身去，当是什么也没发生过一样，再次闭上了眼睛。

翌日京郊行宫，圣上设宴款待西戎使节，庆祝两国终得友好和平。酒桌上觥筹交错，人人面带喜色，笑容可掬，只是这笑里又暗含多少度量与算计，便也不得而知。

黎霜素来不喜欢这样的宴，陪过了一轮酒，便借酒力不胜，退了出去。

京郊行宫极大，后院甚至有一野湖，黎霜至湖边漫步，秦澜不放心她便也跟了过来。黎霜回首看他，笑道："担心什么，你还不懂我的路数？"

许久未听黎霜这样与他说话，秦澜不由得嘴角轻浅一笑："将军寻了醉酒的借口离开，属下可不也得寻个早走的理由？"

黎霜也是轻笑。先前在塞外打仗兵荒马乱，而后黎霜又千里奔赴南长山，直至现在才终于有了片刻感觉安稳的时候，她应了声："散会儿步，回头圣上歇了，咱们就打道回府。"

"嗯。"

然后便也沉默了下来。黎霜与秦澜打小认识，这样的沉默倒也不尴尬，和着夜风，听着湖水在岸边轻轻拍着，两个大忙人倒难得有几分惬意。

在这种时候，说话倒还不好，只是忽然间黎霜脚步一顿。

秦澜跟在她身后，差点没将她撞上，急急停了脚步。他看了黎霜一眼，未见她目光，但能感觉出她直愣愣地盯着野湖对面的树丛，顺着她的目光看去，微微一怔。黎霜却倏尔咳了几声，惊破了野湖的宁静。

"夜还是有些凉。"她说着，声音带着沙哑，好似真的被冻着泛寒了一样。

秦澜静静地看着黎霜，直到黎霜推了他一把，让他背过身，开始往回走，他才接了话："属下的披风，将军先系着吧。"

"不了，走快些回去，暖暖身，也就好了。"

他随着黎霜的脚步离开，没有回头。

而湖对面的树丛在两人离去之后，沾了湖水的低矮草叶泛着水光，倏尔颤了颤，枯瘦的老头自树丛中现了身，他驼着背眯眼望着黎霜的背影："可需要臣斩草除根？"

"不了。"树丛深处传来的却是晋安的声音，在月色也照不透的树丛间，晋安的眼眸跟着黎霜的背影慢慢挪动。

老头干涩地笑了笑："大晋的黎将军虽然动人，可傲登殿下，您现在可是皇太子，王上还等着您回去封礼呢，断不能在这里出了差池。大晋的皇帝要是知道您在这里，可不会放您走了。"

老头干枯的拇指一动，他手下的拐杖头立刻露出了两根银针，他笑了笑："一人一根，谁也查不出死因。"

话音一落，拐杖上银光如天边流星，一闪而过，然而在还没飞过这方岸边的时候，却有黑影一闪而过，以指尖擒住两根银针，扔进了湖水里，没一会儿，便有十来条小鱼翻了肚皮，从湖里漂了起来，被微波推到了岸上。

晋安瞥了一眼脚下的死鱼，盯着老头："我说过，不许伤害她。"

老头一勾唇角："好，老朽不动手就是，只是未承想，傲登殿下竟也有这样护着谁的一天。只是殿下莫忘了，咱们的会面若是被别人知晓，我可就再难将你带走了。希望这黎将军，也能对你有点情义吧。"

晋安静默不言。

"时间差不多了，老朽先回宴席上去了。"

湖水轻荡，不停地有翻肚皮的小鱼从湖里被推上来，晋安看着它们倏尔想到了昨日夜里，他在黎霜床边的时候，看着毫无防备的黎霜，他其实……想过杀她的。

他找回了自己所有的记忆，知道自己是谁，同时也并没有忘记这段时间以来的事情。

他知道自己如何长大，是什么样的人，过什么样的生活，也想起了他在野外打猎，如何栽在了五灵门那老巫婆手中，更记得那生不如死的日子他是怎么熬过来的，但所有的一切，都没有后来的记忆来得清晰。

他记得自己有多爱黎霜，或许……那不是爱，只是深深地沉迷于这个人，依赖她，需要她，无法离开，上瘾一样被她掌控着所有情绪。

可这不是他，这只是被蛊虫控制的自己。

在听到西戎皇帝身亡、父亲登基这个消息时，父亲的名字成了打开他记忆的钥匙，让他清醒了过来。

前两天还处于混沌与混乱当中，而到现在，从南长山一路回到大晋京城的时候，他便完全清醒过来了。

他是西戎的世子，现如今他父亲登基做了西戎的皇帝，他便是西戎的太子。他是西戎人，皇族，高高在上，睥睨众生，然而在过去的这几个月，他却帮着大晋逼退了自己族人的大军，斩杀了自己国家的大将，还像被控制一样，跟随着那个女人。

他昨天是想杀了黎霜的。

让他身体里的蛊虫失去主人，这样或许，他便能获得自由。

然而，当他走到黎霜身边的时候，看着她睡得那么毫无防备，他可以肯定，自己能一击拧下她的脑袋，他身体里的力量告诉他，他甚至能徒手将她撕碎。

但是……

越靠近她，越是嗅着她的气息，他的心便像是无可救药地长了无数根刺，只要一想到要杀了她，那些刺便像是要先将他自己杀死一样，将他扎得千疮百孔，痛苦得令他难以忍受。

他没法杀了黎霜。

甚至也没办法容忍别人杀了黎霜。

这样的情绪太强烈，以至于让他根本无法分清这到底是他自己的意愿，还是蛊虫让他做出的选择。

他现在只是看着黎霜渐行渐远得几乎看不到的背影，倏尔想起了那一日，在他将要恢复记忆，却还没有完全变成自己的时候，秦澜要杀他，而黎霜却挡在他的身前，说："你将我杀了，再杀他。"

那时夕阳的光芒那么耀眼，几乎晃了他的神，令他心动。

这个女人在保护他。在回京的路上，歇马的间隙，她也在保护他，用关心的眼神，微带无奈的神情，她想靠近他、与他说话，而每当他避开时，她眼里总会或多或少地闪过些许难过。

看着有些可怜，令人心软，让他……

想去抱抱她。

虽然，晋安也不知道这是蛊虫想做的，还是自己想做的。

他对黎霜应该是没有爱的，虽然他这么清楚地记得这段时间他为了黎霜做的那些疯狂事，也记得亲吻她时，她唇柔软的温热，还记得她每次被唐突之后，脸颊上气恼的红。和其他女子的娇羞不一样，她连生气都那么英气。他更记得自己因为黎霜的脸红而怦然心动的心情，一颗心脏满满装着她的感觉，想把自己完全献祭给她的痴狂……

但……那不是他。

晋安一声叹息，有些混乱地按住自己的心口，晋安不是他，过去的自己好像也不再是完整的自己，他到底是谁……

他到底……对黎霜……

第六章

黎霜回了宴席之后,神情有点恍惚,但见西戎使者也自宴外归来,黎霜盯了他一会儿,老头子目光犀利,转眼便也盯住了黎霜,他轻抬酒杯,示意遥敬黎霜一杯。

黎霜没有动,司马扬见了,却先抬了酒杯道:"黎将军不胜酒力,使者这杯酒,朕代她饮了如何?"

老头立即起了身,客套两句,便饮酒坐下。

司马扬没过多久便称不胜酒力,先行离去。皇帝走了,这出宴席便也慢慢散了,而皇帝在离席之时,还特意绕到黎霜身边敲了敲她脑袋,轻声道了句:"不能喝了,下次提前与我说。"

态度亲昵,何止胜过君臣。便是后宫的妃子,怕也没有几个能得到司马扬这般宠溺吧。

在场的大臣何等精明,皇帝的心思,隔日便能在朝野里传个七七八八了。

而黎霜却只愣愣地看着司马扬,直至他的身影在簇拥中消失。

她此时竟然什么别的想法都没有,还好司马扬没看出端倪,只当她醉酒迟钝……黎霜揉了揉眉心,思及方才望见湖对面晋安与西戎使者会面的那一幕。

虽然夜里光线昏暗,让人看不真切,但晋安的身姿黎霜绝不会认错,而拄拐杖的老头身形也与西戎使者并无二致。

老头在晋安面前站得恭敬,用的是行礼的姿态,晋安的身份只怕贵为西戎皇族。而今旧王已去,新王登基,能让这老头冒险在行宫约见,可见晋安是皇族中的贵子,他的身份……

而晋安肯与这老头约见,可想而知,他必定是回忆起了自己的身份。

这般一琢磨,他这一路以来的沉默寡言和时常盯着她若有所思的神情便有了解释。

他想起自己是谁了,他的身体和蛊虫融合,他不再昼夜变化,记忆也恢复了,不再如之前那般喜欢黏着她。晋安……大概已经恢复正常了吧,他战胜了玉蚕蛊?

黎霜脑内思绪混乱纷杂,一路失神地回了将军府,她在房间里枯坐了很久,犹豫着要不要去晋安的院子里寻他。便在此时,忽听房顶上有一些动静,她微一愣神,待转头之时,却见晋安竟不知什么时候已经入了屋内。

她望着小院中寂静无人,而院外守门的侍卫站得笔挺,她如常关上了窗。她转身面对晋安,看着他的眼睛,却忽然间觉得他眼里多了几分陌生。

"你想起自己是谁了?"

"嗯。"晋安也并不避讳,"新王的独子,傲登。"

西戎新王的独子,那他回朝便会是太子,未来的西戎王。果然是好不尊贵的身份。

黎霜一时静默:"这般身份,缘何你之前失踪,西戎都未曾寻找?"

"先王多疑,父亲自是不敢调兵寻我,且那五灵门的巫女行事隐秘，囚我之处设于大晋与西戎交界之处，你当知晓，那处历来形势紧张，探寻不得。"

黎霜点头，她知道的，那个地牢所在的小树林常年无人踏足，位于鹿城之外，理论上说并不是大晋的国土，但实际上处于大晋的控制之中，长风营日日瞭望，必容不得有西戎军马踏过那方。

然则长风营也只是瞭望，若无事发生也并不会寻去那里，那着实是个藏身的好地方。

"你今天来找我……"

"我要回西戎了。"

晋安以前鲜少打断黎霜说话，因为只要黎霜开口对他说话，就好像是上天赏的糖果一样，他会定定地看着她，眼眸里只有她的身影，闪闪发光。

而现在晋安打断了她，还是用一句带着离别特有的薄凉味道的话。

他说得没有犹豫，只是来这样通知黎霜一声。

黎霜沉默了很久："如此甚好。"她回答得也十分例行公事，如同将所有的情绪都掩盖起来一样。

其实这也一直是黎霜能想到的最好结局，他想起来自己是谁，知道自己的故乡，未来有可以踏足的地方，生活也有除她以外的别的目标。

他是一个独立的、完整的人。

除了"如此甚好"，黎霜也确实不知道该说什么样的话了。

"我打算两日后动身，大使会助我离开大晋。"

"嗯。"黎霜点头，"不要走漏了风声，若是圣上知道了你的身份，必定不会轻易放你离开。"

对话客套且冷静，黎霜避开晋安的目光，不去看他的眼睛。不知为何，此情此景，她却有几分害怕看到他眼中的客气与疏离。

没有记忆的晋安眼里只有她一人，是属于她的晋安，而现在，这人再不是晋安了。

她站了一会儿，在变得越发尴尬的空气中她终于深吸一口气，动了身，要去开门："我去将侍卫们遣开，你找时间先回去。待在将军府里，没谁能动你。"

拉开房门前，晋安的手拽住了她的胳膊。

熟悉的体温、熟悉的气息，但他的言语却再难让人感觉熟悉。

"我今日来是为了道谢。"晋安道，"多谢将军近来照拂。"

黎霜唇角微微一颤，却听窗户"吱呀"一声响。她倏尔回头，屋里已经空无一人。

她追到窗口，往外望去，只有侍卫小心地往院里打量，询问了句："将军？有何吩咐？"

"没有。"黎霜道，"有些闷了，开窗透透气。"

她在屋中坐下，对镜看着自己的面容，然后揉了揉自己的心口，深呼吸了好几次，觉得真是没道理，没灾没病的，她竟然真觉得胸闷了。

就像有什么东西被抽离开，有些痛又有些压抑，难受得让人形容不出。

不过挺好的，现在这样的结果也挺好的，什么都回到了自己原来的轨道上。

黎霜对镜坐了一宿，一直这般想着，而到第二天天尚未明的时候，将军府外倏尔传来了嘈杂声。这委实是极少见的事情。

没过多久，大管家便急急忙忙地寻到黎霜这里来。

"宫里来人了，拿了圣谕，要北边那位立即入宫觐见，御前青龙卫提刀前来，大将军而今在前堂应酬着……哎！大小姐！"

都没等他将话说完，黎霜拔腿便往北边跑，待将至北边小院的时候，黎霜远远便看见另一条道上青龙卫正在往这方走。

心头一急，黎霜用上轻功，三两下落入了晋安院中，她一打量，却没见到院中有晋安的身影，刚推门入了晋安的房间，身后却传来一句询问："怎么了？"

黎霜一回头，但见晋安手中执剑，头上尚有热汗，竟像是舞剑了许久的模样："方才在练剑，听得有声响往这处而来。"

他的感觉比谁都敏锐。

"没时间多说，你先离开此处，你若不见了，京城大门必定立即锁死，不要急着出城，城南白寺后有一处废弃小院，地底有暗室，里面什么都有，你去那处避避，过了风头你出京再想办法回西戎。"

黎霜话说得快，但言语间外面已经能听到青龙卫沉重的脚步声了，晋安神色却也镇定，他眼睛微微一眯，眸里的光锋利非常："秦澜？"

他一句道出猜想的告密者。

黎霜不言，她推了晋安一把："谁也不要相信，走。"

晋安望了黎霜一眼，此情此景却竟让他想起了塞北的夜，他在那石室之中，因巫引的到来，被迫与黎霜分离。黎霜昏迷之前也是这般看着他，带着解不开的担忧，眉头紧蹙，让他想不顾一切地将她拥进怀里，然后亲吻她眉间的褶皱。

可外面人已快到，再没时间耽搁了……

"哐"的一声，青龙卫推门而入，黎霜拾了地上的剑后往院门一睨，星眸点漆宛似刀刃上的寒光。

所至青龙卫无不一惊。

黎霜挽剑负于身侧。"青龙卫？"她语带奇怪，"圣上的御前侍卫为何大清早闯我将军府？"

"将军。"为首的一人乃是青龙卫卫长田守笃，司马扬的亲信，说与皇帝一同长大也不为过，以前与黎霜也有私交，不过在黎霜北赴塞外之后，这些交情也都渐渐淡了下去，如今再见面，却也是客套至极，"臣等奉圣谕前来请此处贵客入宫与圣上一叙，冒犯了将军实在罪过。"

"哦？这里不过住了个曾经对我有恩的凡夫俗子，却缘何是圣上的贵客？"

"这微臣便也未可知晓，还请将军行个方便。"

黎霜点头，礼貌一笑："圣谕如此，这方便自是得行，只是不知为何，昨日我回府之后便也没有再见过这院中人，今日还想与他论论剑法呢，久等未归，卫长便替我来等吧。"

她将剑放在了院中石桌上，手往里一引，让青龙卫自便。

田守笃望了黎霜片刻，便挥手让身后的侍卫们入了院中，一通寻找自是未果，黎霜闲闲抱手立在一旁，田守笃留了两人在院中，便带着其他侍卫离开了。

他们走了，黎霜回头一望，将军府里的一众叔伯也都被惊了过来。黎霆被吵醒了，头发都没梳整齐便来找黎霜："阿姐，你救回来的这人到底什么来头？缘何青龙卫都来擒他了？"

黎霜摇了摇头："我也不知道。"

她一开始着实是不知道的。

可当黎霜问自己，若是一开始就知道晋安是这般身份，那她还会去南长山救他吗？

可怕的是，当她这样想的时候，心里第一个浮现出来的念头竟然是——会。

她还是会那样不顾一切地去救他，就像今天一样。

京城城门果然落了锁，戒严十日，任何人都不能出入，西戎大使被软禁起来，耽误了归行的时间。

大使一次次请求放行，而请求皆被按住，消息宛如石沉大海。

大使久未能归，塞外的局势也霎时变得紧张起来。西戎集结了大军，去年冬日没爆发的那场仗好似在这个快到初夏的季节有了动静。

外界的压力慢慢汇聚，而京城内也并没有寻找到晋安的踪迹，终于，司马扬开了城门，放行了西戎使者。

而自西戎使者出京的那一刻起，身边全是大晋的将士，严防死守，绝不允许他多带一人离开。

黎霜被请去内阁无数次，来审讯她的人皆是宰相手下的亲信。

说来现在这个宰相纪和在司马扬还是太子的时候，身为三皇子的舅父，全力支持三皇子争抢皇位，然而在司马扬登基后，三皇子被软禁于北山守灵，纪和却因着自己在朝中的势力盘根错节而留了下来。

然则明眼人都知道，现在这境况，与其说是宰相自己将自己保住了，不如说是司马扬暂时给他留了一条活路。

司马扬现在是君王，靠大将军一手扶植起来，他的皇后、他背后的势力少不了大将军的支撑，有不要命的甚至在背后给大将军取名为将军王，几有功高盖主的声望。

司马扬需要一个可以和大将军互相制衡的力量。

他们在朝中拉扯，司马扬才有机会发展真正属于自己的势力，宰相得留，留多久，不过是看司马扬的帝王术要如何权衡。

纪和对司马扬的作用便在审问黎霜的时候发挥了出来。

纪和的亲信们对她动辄一两天地不停询问：那人长什么样？最后一次见他是什么时候？他还认识什么人？

黎霜对于这样的高压询问并不陌生，因为她以前就常看着手下人对别人这样干，她回答的话五分真五分假，前后贯通，没有一点错漏，让人抓不住半点把柄。

在她说来，她就是一个为了报恩而救了一个陌生人的将军。

不知道那人是谁，不知道他来自哪里，也不知道如今为何要接受这样的盘问，她只知道他的长相，还有力量。

大将军也对黎霜被请去质询的事情不闻不问，没有动用哪怕一点关系，让宰相也找不到参大将军一本的由头。

半个月过去了，眼瞅着晋安的事逐渐风平浪静，却在一日清晨，朝堂之上，宰相倏尔当着百官的面，说大将军私通敌国，原因是他们在城南白寺里发现了一个地下暗室。

室内近期有人居住过的痕迹，而黎霜小时候未入将军府时，就是寄住在这寺庙之中。

他们拷问了白寺的和尚，不敢对黎霜用的刑罚全部用在和尚身上，终是有和尚挨不住打，供道最近是有人在这里住，他与那人交谈过，那人说是大将军给他安排在这里的，让白寺的和尚都不能与他人说。

其实这话黎霜一听就知道，是被逼打成招的。

第一，这事不是大将军指使的，跟她父亲一点关系都没有；第二，黎霜与恢复记忆的晋安接触的时间虽然不长，但她知道他不傻，他怎么会去跟和尚说自己的来历，他甚至都不会让这些和尚发现自己的存在。

必定是有人在威逼利诱之下，做了假证，谎称看见了晋安，谎称知道是大将军指使。

他做的证虽假，但这里面的事情却有三分真，这让将军府陷入了水深火热的境地。

事已至此，黎霜没有再沉默。"是我让他去的。"黎霜第一次对审讯的人说出了实情，"我知道他是西戎皇子，知道青龙卫来擒他，是我让他去的，将军府受我连累，父亲更是被我蒙在鼓里。"

前来审讯黎霜的人乃是宰相的亲信，闻言立即双眼发光："黎将军，这可是大事，你莫要为了替大将军担责，而强往自己身上揽祸。"

"没有揽祸，这事是我做的。父亲久未去塞北，根本不识西戎的人。我从塞北归京，一路南下去南长山，便是为了救他，将他带回京城后，终于知道了他的身份，也是我想放他。"

黎霜说得冷静，这话里带出的意思，让记录的人都愣在原地。

皇帝对黎霜的心思如今可是满朝皆知，而黎霜此番供白，却直接将皇帝的脸面都打翻了。

"黎将军。"宰相的亲信目光阴鸷，"你为何要这般助敌国的人？"

"西戎既已与我大晋签署和书，便不再是敌国。这位同僚，用词可得注意些。至于为何救他……"黎霜眸光微垂，"因为他救过我，我欠他良多。"

"将军所作所为恐怕早已跃过还人情的界限了吧。"那人嘴角微微一勾，"他与将军有何渊源，不如细细道来？"

黎霜一抬眼眸，盯住他："该说的我都说了，其他的，不该你问。"

那人也不气，站起身来，拿了手上的文书便离开了："那我便如此报上去了，之后若有该问的人，还望将军莫要顾左右而言他就是。"

文书层层通报递到了司马扬的手中，黎霜不知道宰相的人会在里面多做什么手脚，不过隔日，她便因此入牢。

内阁地牢中，黎霜得了一间最大的牢房，可比起行军打仗时的环境，这里除了阴暗潮湿了点，也没什么不好，她待得坦然。

将军府没有一人来看她，甚至黎霆也未曾前来。黎霜是理解的，将军府现在便是众矢之的，稍有不慎，行差踏错，便能招来不小的祸端。府内能做的就是尽量和黎霜划清界限，将过错全部推到她的身上，不管这是不是阿爹的意思，但为了将军府，也只能这样做了。

说到底，不管黎霜还是大将军，也终究是臣子。她的交权，大将军的节节退让，也都是为了让现在的君王安心。

黎霜在牢里待了一段时间，在地牢里她甚至都能感觉出来外面的天气开始渐渐变热了。

内阁一直未就黎霜做的事给个定性，等到天气热得让牢里开始有蚊子的时候，一个熟人终于来地牢找了黎霜。

看见秦澜，黎霜并没有什么情绪，倒是秦澜在黎霜牢前半跪下来："将军。"

黎霜叹了口气："职已经革了，叫我姓名吧。"

"……将军何以为一人如此……"

"秦澜你问过我很多遍这个问题了。"黎霜道，"你知道为什么。"

秦澜咬牙，静默不言，牢中一时便也安静了下来，过了许久，他才道："是我将猜测报与圣上。"

"我知道。"黎霜答得简单，却让秦澜如被重重扇了一个耳光一样，他垂头不敢看黎霜的眼睛，却听黎霜道，"若是能将西戎未来的太子留作质子，未来很长一段时间，他将是大晋与西戎那份和书的最大保障，你做的事，于我大晋而言是好事，是我做错了。"

从皇帝的角度、大晋的角度，甚至是以前黎霜的角度来想，她着实该坐这大牢，不委屈，所以打入牢起，她对自己的事没有一点辩解。

但秦澜的表情却越发隐忍，最终仿似额上的青筋都要跳出来了一样："不是！我不是忠君，也不是爱国！"他声音低沉，却带着那么多的混沌与痛恨，恨那远走的晋安，也恨自己，"我只是嫉妒！将军，我只是嫉妒，我对你……"即便已如此爆发，此时此刻，他还是咬住了牙。

将那些长久压抑的爱恋，再次挤压、堆积，让它们炸裂自己的胸膛，也没办法说给黎霜听。

而黎霜只是看着他的挣扎，明白了他的意思，却什么都做不了。

他们以前或许只隔着身份，而现在却隔了一颗心。

"秦澜。"黎霜冷静道，"我再不是将军了，如今也只是牢中囚犯一个，不再需要亲卫，也没有资格拥有亲卫了，今日你回去之后，便将那亲卫长的令交给阿爹，以你的能耐，也不该止步于此。"

秦澜终于仰头望向黎霜，但见她眸色冷静，面容如旧，仿佛刚才说的话只是平时普通颁布的一个命令，令士兵训练，令部队整装，令他日复一日都陪伴在她身边。

但她说的却是令他离开。

"你以后好好的。"

秦澜双目蓦地一空，他太熟悉黎霜了，所以他知道，她现在是说真的，她不再需要亲卫，也不需要他了。

牢中空气仿似死寂，秦澜的后背宛如化成了枯石，他弯腰颔首领命，那骨脊摩擦的声音仿似快折断了："是。"

他站起身来，犹如被夺了魂魄一般，游离而去。

"秦澜。"黎霜倏尔唤住了他，秦澜眸中微微点亮一撮细小的星火，他侧了半张脸，却听黎霜问道，"他……现在有消息吗？"

最后的火焰熄灭，他轻声答道："听说有江湖门派在助他，不知如今行去了何方。西戎尚未有他回归的消息传来。"

"哦。"黎霜点头，"多谢。"

"将……"秦澜顿了顿，"小姐且在牢内安心再待几日，大将军一定会想办法保你出去。"

"嗯。"

秦澜回过头来，一步一步往内阁牢外走去，每一步都与黎霜的呼吸渐远。

前面的路好像黑得都看不见了一样,他只知道自己应该向前走,因为这是黎霜希望的,但是该去哪儿,如何走,下一步该落在何处……

这一瞬间,好似竟都已成了谜。

待见得秦澜的身影离开了内阁牢中,黎霜这才轻轻叹了口气,初识得秦澜到现如今已有十多载时间了,过去的一切仿似还历历在目。她闭上眼,歇了一会儿。

不过感到安慰的是,秦澜说有江湖门派在助晋安,不用想,一定是五灵门。

若是晋安一人,要从京城赶到大晋边塞或许十分麻烦,一是他面目太过出众,易被发现,二是黎霜怕自己以前在那白寺下的地下暗室里放的银钱不够,支撑不到他离开大晋。

而现在有五灵门在,巫引那般机智的人,断不会亏待了晋安。

黎霜靠在墙边,想着这些事情,迷迷糊糊睡到了下午,夕阳西下的时候,地牢外恍见人影晃动,黎霜扫了一眼,见来者穿的是送饭的狱卒衣裳。

以前来送饭的狱卒对黎霜客气,每次来了都要先称呼一声"小姐",然后规规矩矩地将饭菜给她放在牢门边上。

今天这狱卒却没有叫她。

黎霜心道是自己刚才睡着他不方便打扰,便打了声招呼:"今天的饭食有哪些啊?"她在牢里被关的时间久了,一天能说的话没几句,有个狱卒,倒也能打发一点时光。

"啊……哦……青菜、米饭,还有些肉食。"

黎霜挑了下眉:"还有肉食,我可得好好尝尝。"

在地牢待了许久,她已有太久没尝过肉的滋味了。

翌日清晨,内阁地牢里传来一则惊动朝野的消息,大将军之女,原长风营守将黎霜,竟因病猝死内阁地牢中,大将军在朝野之上听闻此消息,气血攻心,致使旧病复发,即告别早朝,回府养病。

黎霜一直是大将军的骄傲,以女儿之身,为国征战,所赴战场皆是连男儿也为之胆寒的肃杀之地,如今却落得猝死牢中的下场。

大将军接连五日称病未曾上朝,皇帝与大将军府之间的气氛霎时变得格外奇怪。

整个京城也连带着陷入肃静之中。

而黎霜身死的消息却像长了翅膀,从京城里,经过百姓的口,像风吹着柳絮,飘飘摇摇,散了千里。

将军府将黎霜隐秘下葬那日天正下着小雨。

棺椁旁跟着的是黎霜生前领过的亲卫,还有许多她以前带过的兵,反而将军府的人来得少,大将军也未曾来,只有黎霆跟着棺椁,走得一步一踉跄,秦澜在一旁拉了他好多次,避免他摔倒在地上。

黎霆这几天嗓子已经哭哑了,行至挖好的坟墓旁,抬棺人将棺椁放入简单的墓穴里,黎霆嘶哑地喊了声:"阿姐。"声音跟着雨丝簌簌而下落在棺椁上,却被一抔黄土盖掉。

黎霜是大将军的义女,但她戴罪死在牢中,于将军府而言,连发丧也没办法正大光明。

所以一切都是那么简单,普通的棺材、普通的墓坑,没有她生前的功名,甚至比不上任何一个曾为国厮杀的士兵。

黎霆跪在地上,一身白色的丧服被泥泞的土地染脏,秦澜架着他的胳膊,静默不言。

罗腾今日终于从塞北赶了回来,一身丧服里的铠甲还带着塞北的冰冷,他一双眼瞪得犹如铜铃,一眨未眨,只注视着亲卫给黎霜的棺椁盖上土。

"末将来晚，末将该死！"

他一边说着，一个大嘴巴子便招呼在自己脸上，他手劲儿大，打自己愣是没吝惜着力气，粗糙的皮肤立即高高肿起来一块，可他不停手，一巴掌接着一巴掌。

那清脆的声音仿似能撕裂这个雨天，如鞭子抽在每个人心底，除了黎霆喑哑得几乎无法继续的哭声，现场一片死寂。

忽然间，细雨之中风声一动，在在场士兵们警觉之时，便有一道黑影径直扑进了墓坑里，然后一掌狠狠击打在厚重的棺椁之上，竟硬生生地将那已经钉死的棺椁盖狠狠击飞。

厚重的棺椁盖被击飞的力道之大，将一侧尚拿着铲子的亲卫击倒在地，亲卫被棺椁盖压在地上，而此时却没有人在意他，所有人都盯着那跳进棺椁的人。

"大胆！何人敢扰我将军之灵！"罗腾大喝出声，不管脸上红肿的痕迹，拔了腰间的刀便要向那人砍去，然则斜里秦澜却伸了手，将他拦住。

罗腾顿住脚步，看了秦澜一眼，再向那人望去，却见他站在墓里，一动不动，恍似雨中幽灵。

厚重的棺椁里还有个木质的棺材，只堪堪比人稍微长一点。他一掌击飞了那厚重的外棺，看见里棺的时候却像是被抽光了全身力气一样，就这样与那里棺一同待在外棺里。

雨幕里，他呼吸粗重，犹如困兽。

"是……"黎霆在泪眼蒙眬中认出了他，然则他刚开了口，本是秘密发葬的地方却不知为何倏尔从密林里冒出了许多人。

来者腰间配着青龙刀，竟然都是皇帝的青龙卫！

他们拉弦引弓，直指那方的晋安。

而晋安仿似一无所觉,一双漆黑的眼瞳盯着那同样封死的里棺,目不转睛。

他嗅得到棺材里面蛊主的味道。

他身体里的玉蚕告诉他:没错,这里是黎霜。

晋安的目光便这样定住了,再也看不了别的地方,那些拉弓的人在喊着什么,粗嗓门的罗腾又在吼着什么,那些声音和景象,对他来说都没有耳边的风声、眼前的雨滴来得真实。

棺木静静地放在他面前,黎霜静静地躺在里面。

她再也没有温度,也没有芬芳,但是对晋安来说,此时他的灵魂都好像被吸进去了一样。身体四肢显得那么臃肿而无力,他想蹲下身,打开里棺,他要确认,确认里面是不是黎霜。

但万一……是呢?

五灵门费了大功夫将他接到了鹿城,而鹿城离西戎不过也就半日的路程,巫引帮他易了容,混出鹿城不会太难,然则在过那黎霜守过的城门时,他见到了正在当值的罗腾。

正有小兵惊慌失措地来与他报:"罗将军!罗将军!京城来报,黎将军猝……猝死牢中……"

罗腾脾气大:"兔崽子话都说不清楚,哪个黎将军!"

"黎……黎霜将军……"

"滴答"一声,仿似水滴入心湖,却惊起了千层涟漪。

晋安只见罗腾愣怔片刻后,倏尔失色,转身便与小兵走了,而他则在这熙熙攘攘过城的人群之中静默而立。

头上是黎霜站过的城楼,脚下是黎霜守过的土地,但他却好像忽然听不懂"黎霜"这个名字背后所代表的意义了一样。甚至在这一瞬间,他已经听不懂耳边嗡鸣的所有言语了。

身后有人推搡他,擦肩而过的人咒骂他挡路,很快有士兵上来询

— 253 —

问他。而他都没有反应，像瞬间被抽走了灵魂的木偶，等待着有人将他牵线带走。

一直在后面观察情况的巫引走上前来，将他牵走了："这位大少爷。"巫引打量了神色不对劲的晋安一眼，眯眼道，"都走到这儿了，你莫不是想告诉我，你突然想念某人了，想原路返回吧？"

"我要回去。"

"……"巫引好脾气地微笑，"你可是觉得我五灵门人都闲得紧？"

晋安一言不发，转头就往鹿城的另一头走，每一个迎面而来的陌生人都像海中的巨浪，颠簸着他回返的路程。

巫引紧赶慢赶地在后面追着，没追多远，旁边的五灵门人凑到巫引耳边与他说了几句，巫引神色微变，当即收敛了所有情绪，全力赶上了晋安。

此后一路自塞北赶回，他再没一句废话。

在路上，晋安鲜少与巫引说话，但他却主动问了巫引一个问题："如果黎霜死了，我会死吗？"

"照理说蛊主死了蛊人是不会死的。"巫引道，"但蛊人死忠于蛊主，多数会选择自绝。然后我们就可以回收玉蚕蛊了。不过你与玉蚕的结合本就奇怪，毕竟你已经可以离开蛊主这么远，先前还自己提出离开，看起来像是你战胜了玉蚕蛊的意识。"

巫引盯着他的眼神带着考究："说实话，我其实不明白你为什么还要回去找黎霜。她如何，对你来说，不是已经不重要了吗？"

黎霜死了，而晋安有了自己的意识，鹿城城门外便是西戎，他可以带着这蛮横的力量，回到西戎，仿佛这样对他来说，应该是最好的结局。

这个世上再没有什么是可以威胁到他的了。

黎霜死了，不是正好吗？他之前想做而没做到的事，老天爷帮他做到了。

她知道他的身份，知道他是杀了两名西戎大将的西戎皇子。他若要回西戎，身上容不下这样的污点。

但是……

黎霜死了，知道这个事情后，从那时到现在起，即便每天晚上都烤着火，坐在火焰边上，他也觉得透骨地寒凉，像是身体里的血再也不会热起来一般凉。

他身体也不受自己控制，甚至思想也开始变得奇怪，就像当他听到巫引告诉他，黎霜死了，而他并不会死的时候，他第一个反应却是无趣和失望。

为什么不？

为什么不干脆让他随她而去了？

在知道"黎霜身死"这个消息之后，撕裂的疼痛如附骨之疽，四肢百骸，每一个骨头缝里，都有长满尖牙的虫子在拼命噬咬，仿佛快吸干他的骨髓。

黎霜死了，为什么他还要活着？

为什么还要活着？

这个想法在他现在站在黎霜棺木前时，显得那么突出。

他以为爱黎霜的是蛊虫，依赖黎霜的也是蛊虫，而不是他自己，所以在他找回属于自己的记忆，明白自己是谁之后，他就应该压下所有关于蛊虫带来的冲动。

因为蛊虫就像毒，而他是个理智的、完整的人，他必须治愈他的毒。所以依赖黎霜也成了毒，离不开就是毒，爱得深切也是毒。

他强迫自己冷漠客气、有礼有节地对待黎霜，强迫自己离开，强迫自己理智。

但时至今日，看着面前的棺木，他方才知晓，什么治愈、什么理智,都不过是自欺欺人罢了。

他再也不是以前的傲登了,那个被棺木里的人赐予的名字,原来早就融进了他的血与骨里,刻进了灵与肉里,挖不掉,抠不烂,烧掉肉体,它也在灰里。

他想明白了,却已经晚了。

"嗖"的一声,一支利箭破空而来,一箭扎在了他的肩头之上,晋安的身体被箭的力道撞得往前踉跄了一步,膝盖跪在了黎霜的里棺之上。

一声空荡荡的回响,仿似里面什么都没有,但却震颤了晋安的记忆。

伤口处流下鲜血,"滴答"落在棺木上,溅起的血花好似鹿城清雪节那天夜里的烟花,最后一响,让他记忆犹新。耳边飘散而落的雨丝,也像是他第一次吻她时,那塞北山头飘飞的风雪,她的惊与怒依旧定格在面前。

还有那贼匪窝里,她不顾危险,入满是刀刃的陷阱来救他;也有军营之中,她在人前做铁面将军,背后却悄悄给他递了糖果;甚至不久前,南长山里,地牢之中,她一身风尘仆仆前来救他,她脖子上有他发狂掐出的伤,但她却还笑着轻声安慰他。

而一切的一切,最后却停在了那日日光倾颓,塞北荒漠旷野之中,她打马而来,红衣银甲的女将,躬身将他抱起,给他喂食了指尖鲜血……

那不是玉蚕先爱上的黎霜,而是他。

利箭簌簌而来,擦过发冠,让他头发披散而下,雨丝润了他的黑发,让他变得狼狈不堪,却突然有箭斜空而来,一下射穿了里棺本不厚的木板。

木板沿着纹路，折了一块进去，露出了里面人的黑发。

晋安浑身一颤，仿似被这一箭伤了三魂七魄。

他牙关一咬，胸中悲中染怒，那烈焰纹的地方似有火焰再次燃了起来，他一转眼眸，恶狠狠地瞪向围绕着墓坑的青龙卫，眼中瞳孔在黑与红之间来回变换轮转。

"谁敢伤她？"

众人只眼睁睁地看着他衣襟之间一道红纹爬出，一直向上，止步眼角，紧接着烧红了他的眼瞳。

他解了外裳，包住黎霜的棺椁，将它绑于自己后背之上，扛上黎霜的里棺，独自一人，立于墓中，如野兽一般盯着四周的青龙卫。

而愤怒仿似令他有些疯狂，那些火焰纹并没有停止在他身体里暴走，很快便遍布了他的手与另外半张脸，纹路不停地在他皮下变化，颜色越来越深，看起来几乎有几分似妖似魔。

他像不知痛一样径直将身上的羽箭拔下，动作狠戾，不仅惊了青龙卫，甚至连久经沙场的罗腾也是一怔。

"此人是……"

晋安背着黎霜的棺材自墓坑里爬了出来，像是从地狱里带回了自己妻子的恶魔，带着绝望，要杀死世间神佛。

他血红的眼睛盯着前方，青龙卫引弓指向他，青龙卫卫长开口道："我等受皇命前来邀傲登殿下入宫，并非想……"话没让他说完，晋安远远一抬手，竟隔着那么远的距离，以内力将他拖抓过来，擒住青龙卫卫长的颈项。

"入宫？好，皇帝逼死了她，那我便去杀了你们皇帝。"

在场之人无不大惊，见他竟有几分疯魔模样，青龙卫纷纷拔剑出鞘，晋安却看也未曾看他们一眼，一手卸了青龙卫卫长腰间长刀，转而便将那卫长犹如垃圾一样丢了出去。

他迈步向皇宫的方向而去。青龙卫们自是不肯让他离开此处，卫长挣扎起身，一声令下，青龙卫们一拥而上。

晋安在刀光剑影之中半分不护自己，只护着身后的棺木，他虽厉害，但棺木体积大，对方人也多，终是有护不周全的地方，他却宁愿用身体扛着，也绝不让人伤这棺木半分。

且行且杀，一直从密林杀到了城郊，绵绵细雨也在激斗中越下越大，越是靠近主路，卫兵便越多，雨幕中晃眼一看，便似他独自一人，面对着千军万马。

棺木上被染得通红，也不知是他身上的血还是青龙卫身上的血，尸首横了满地，那一身杀气看得周围的卫兵皆不敢轻易动手，众人如一个圆圈一般将他包围其中，跟随着他的脚步，慢慢挪动着。

"此人疯了。"

"他入魔了。"

"……必是妖邪！"

雨声中夹杂着不知从哪处传来的窃窃私语，纠缠着雨丝将他包围其中，眼看着面前的士兵越来越多，忽然间，远处有笛声一起，泥泞的土壤之中倏尔传出窸窸窣窣的动静，眨眼间，竟有无数黑虫自土地中爬出！

黑虫蜂拥而出，向四周将士身上爬去，众人立时惊慌起来，手忙脚乱地驱赶自己身上的黑虫，然而无论怎么赶都赶不尽。

众人乱了阵脚，而此时空中却落下两人，身着青衣裳，上前便要抓晋安的胳膊，欲将他带走。

哪想他们一抓，却并没有将他擒住，晋安侧身一躲，身子一转，他后背绑着的棺木立即将两人打开。

他没有伤害来救他的五灵门人，只是不让他们靠近他。

什么也不能阻止他去皇宫，什么也不能阻止他去送死——他仿佛用了全身力气在这样说。

"不得让他逃了!"青龙卫卫长周身内力一动,震碎密密麻麻爬来的小虫,转身拔了身侧士兵的刀,跃空而来,一刀便向晋安砍来。

晋安提刀迎上,一击之下,青龙卫卫长径直被那力量挡了回去,连连退了十余尺方才停住脚步,而他的大刀在他刚刚站稳之际"咔"的一声拦腰而断。

众人对晋安的力量皆惊惧,然则青龙卫历来便是皇家护卫,也有自己的骄傲与坚持,一时间守卫们皆效仿卫长,以内力驱了黑虫,再一次蜂拥而上。

场面厮杀混乱,一片血肉模糊,仿似能将天上的雨水都浸染成血红色。

而将军府本是前来送灵的士兵们则一直站在路旁地势稍高的树林中静观战斗。黎霆揉着眼睛不忍去看:"阿姐定是不希望如此的。"

罗腾看得直抓脑袋:"这人和将军……"

秦澜没有搭腔,只是往旁边望了一眼,身形矮小的士兵像其他人一样戴着斗笠,穿着黑衣,让人看不清面孔,在众人皆关注那方厮杀之时,默默隐去了身影。

而雨中厮杀愈烈,五灵门前来营救的人也被拖入其中,脱身不得,这样下去,不只是晋安,五灵门恐怕也会被拖进这朝廷的旋涡之中。

便是这乱斗之际,电光石火之间,倏地一道利箭破空而来,晋安方才斩了一名青龙卫,那箭便以刁钻的角度,划破雨幕,恰恰擦过青龙卫的手臂"当"的一声,穿入他的心房。

晋安顺着箭来的方向仰头一望,重重树影之中,在树叶与雨幕的遮挡下,那人半跪在树上,手中尚握着弦还在震颤的弓,宽大斗笠下,她轻轻一抬头。

那双熟悉的眼眸便似黑夜里的星光，直接照进了他心湖里最黑暗的地方。

她紧绷着唇角，压死了所有情绪。

黎霜……

是黎霜……

她还活着。

他一开口，想唤她的名字，然而鲜血却先一步汹涌而出，那些之前被压制着的伤痛此刻都似爆发了一样从身体里翻涌而出，鲜血滚上喉头，他"哇"地吐出一大口黑血，然后被浓厚的腥气呛住。

在剧烈的咳嗽当中，他再无力气支撑身体，如大山一样轰然坍塌，绑缚着棺木的衣裳已被切割得破烂，此时彻底断裂，棺木从他背上滑落，重重地落下，溅开一地泥与血。

那么狼狈、肮脏，但晋安却笑了出来，笑声沙哑且破碎。

她还活着啊。

回程的路上，巫引问过他：万一，这是计呢，是黎霜假死诱他回去的计谋呢？

他没有回答，但心里想的却是：若是如此，那不是太好了吗？

晋安跪在地上，连抬头的力气都已没有，他沉默地跪着，让人以为他已经昏死过去："呵……"一声似叹似释怀的轻笑混着雨丝飘零落地。

多好。

真的是一场计谋。

她没有死。

"咚"的一声，他便这样带着笑意，闭了眼睛，昏厥于地。

周遭的青龙卫试探上前，欲将他带走，而正是这时，远处笛声再次婉转而起，不只地里，天空之中也铺天盖地地飞来无数虫子。不论青龙卫如何驱赶，众人还是被黑虫迷了眼，困了动作，只得眼睁睁地看着那两人将昏倒的晋安架起，以轻功带走。

没有人注意到那大树之上，一把弓颓然落地，树上那身形瘦小的士兵，已然不见踪影。

十日后，南长山。

鸟鸣声悦耳，晋安苏醒过来的时候，身边一人也没有。

他试着坐起身来，但刚一动，便有剧烈的疼痛自心口传来，撕心裂肺，让他瞬间无力，又倒了回去。

"他今日若再不醒，我便也没有法子了。"屋外传来巫引的叹息声。

"怪我那一箭太重。"

听闻这个声音，晋安眸光一亮。

"也是没办法，不那样，谁也没办法将他带走。"

两人说着进了屋来。

"哦！"巫引显然像是被惊了一跳，"醒了啊……"

晋安没有管他，眸光只随着另一个人影而动，她绕过桌椅，疾步走到他床榻边："醒了？"她身影逆着光，声色容貌一如那日塞北初见。

"醒了？"他声音喑哑至极，像是在怀疑自己，更害怕自己现在是做着一场梦，"你还活着？"

黎霜一默："诈死一事，本是别有目的，我没想到你会回来。"

诈死啊……

晋安轻轻闭了闭眼，巫引对他那日失魂落魄的打趣都成了耳边风，不再重要。

黎霜见他这般模样，只当他身体疲惫，便道："你先休息，我……"

"你陪我一会儿。"他转了头,望着黎霜,"不要离开。"

他说的话,是以前没有恢复记忆时的晋安会说的话,但是现在从他嘴里说出来,却多了几分命令和强硬的味道。

黎霜愣了片刻,倒是也点了头:"好。"左右她现在也没别的事情可以做。

她如今已经是一个死掉的将军了,在内阁地牢里,除了司马扬、她阿爹,还有秦澜,没有任何人知道她还活着,甚至黎霆也被蒙在了鼓里。

说来如今这一出大戏,其实也并不复杂。

当初那日送饭的小卒被黎霜一眼看破,她佯装中毒,骗得小卒入了牢中,三两下便擒住他问了究竟。

原来竟是宰相想从中下手,害死黎霜,以离间皇帝与大将军府的关系。

宰相太过心急了,司马扬需要的是一个听话的制衡棋子,而不是他这样暗地里还可以调动人手到内阁地牢暗杀将军之女的棋子。

黎霜喂了那小卒自己的血,称自己血中带有南长山的蛊毒,令他听话,命他传信,告知秦澜,随即才有了这一出大将军配合着皇帝演的戏码。

黎霜诈死,大将军疑似与皇帝之间出现隔阂,在宰相放松之际,是秦澜再抓出小卒,道出投毒事件,最终以杀害军将、欺君罔上等十项罪名降罪宰相,斩除宰相羽下势力,以清君侧。

放出黎霜身死的消息,是为了将这戏做得逼真,而同时,也是司马扬放了黎霜一马。

黎霜一开始并不知道司马扬为什么突然想通了,愿意放她离开,毕竟就算是诈死,以帝王之名想给她随便塞个什么名号,让她入宫,并不是什么困难的事情。

直到黎霜孤身离京那日，将军府知道她诈死的人没有一个来送行，让人惊诧的是司马扬来了。他微服出了宫，身边谁也没有跟着。

那日天色正阴，春雨连绵好长时间，司马扬一身青灰的袍子，一如寻常公子，然则他现在即便没有龙袍加身，那一袭帝王风范却是如何也挡不住。

黎霜与他相见却有几分尴尬。

过去这些时间，司马扬虽然与她共同谋划了铲除宰相党羽一事，可两人并没有见面。

黎霜诈死被送回将军府，深藏于将军府中，所有计谋皆是大将军与秦澜在中间配合完成。

黎霜下葬那日，秦澜与她说，圣上准许她离开，所以她本是打算在"自己"的棺椁入墓之后，随罗腾一同北去塞北。然而却没有想到晋安竟从塞北追了回来，更没有想到，司马扬竟然料中了晋安要回来！还安插了那么多青龙卫在那处。

她最后一箭放走晋安，使得那西戎未来的太子终是被人救走。大晋失了好大一个应付西戎的筹码。

是以如今她与司马扬见面，一个是不忠之臣，一个是不义之君，再如何掩饰，也有难以掩盖的疏离陌生。

"圣……"

司马扬抬手止住了她的话头："我不过是来与故人一别而已。"

黎霜闻言一怔，没再做礼貌之态，她挺直背脊，直视司马扬的眼睛。

朝堂之上，秦澜已供出宰相唆使他人毒杀黎霜的证人，这个帝王如今人在这里，但他背后的手正在进行登基以来第一场无声的冷漠肃清。

不难想象，没了宰相纪和，再往后，他与将军府之间的势力拉扯会有多么激烈。

但那些，也都与黎霜没有关系了。

"大将军勒令秦澜不得来为你送行。"黎霜牵着马，司马扬跟在她身边，随她往前走着，真像是来与故人送别的老友，"看来，他是要你完全斩断和过去的联系。"

黎霜理解，父亲在告诉她，黎霜死了，所以不会有将军府的人来送她，从今往后，她就再也不是黎霜了，将军府以后的功与过，也都与她再没有关系了。

不是绝情，而是只有这样，她才可以开始新的生活。

黎霜沉默不言，只听司马扬接着道："我也答应了大将军……"他顿了顿，"霜儿，这便当真是你我最后一次见面了。"

至此刻，黎霜恍悟，为何司马扬不再用任何手段留住她，原来，是父亲出面了啊。

为了放她这不孝女离开，他老人家与这帝王间，必定又有一番博弈吧。

春风温润，吹得黎霜双眼也带了几分湿意。她顿了脚步，眨了眨眼，散去眸中湿气，转头望向司马扬："圣上，便止步于此吧。"

司马扬果然停了下来，没再强求。

"我没料到，那人竟然是当时在塞北为我大晋抵御西戎的黑面甲人。"

黎霜沉默片刻。晋安便是西戎皇子傲登的事已经传了出去，是那日晋安情绪狂躁之时，不知哪个士兵认出了他，将这个秘密流了出去。

"说来……话长。"黎霜不知该如何解释。

司马扬摇了摇头："我不用知道缘由，只是如今这消息已走漏出去，不日西戎那方便也该知晓，他们不会要一个杀了两员大将的皇子

264

做未来的王。"

黎霜沉默应了,不知西戎的人会如何对待晋安,但可以想象,若要他再登上太子之位,恐怕困难,毕竟,这是他这辈子都难以洗掉的污点。

"他对我而言,也没那么重要了。"

司马扬目光放长,望着远空,远处云色青青。

黎霜转头看他,嘴角微微一动,最后也只是道:"多谢圣上。"

她明了司马扬来送行的意图,他是最后来安她的心,告诉她,晋安对他没用了,你若要去找,那便去找吧,日后山长水远,各自珍重。

这大概能算是帝王的……最后温柔吧。

黎霜牵马前行,马蹄"嗒嗒"响着,渐行渐远。

他们都知道,从此以后,这个世界上再也没有大将军府的黎霜了。那个皇帝的发小,一见面就打了他一拳的野孩子,记忆中的英气少女,都死掉了。

生活从来便是如此,总有旧人故去,总有新人归来。

于是黎霜便归了南长山。

巫引已将晋安带回来两日,他伤势极重,昏迷不醒,梦里蒙眬间、迷糊里,口口声声唤的都只有一个名字——

"黎霜。"

终于将黎霜唤来,可他还是没醒。巫引说,若是今日再不醒,恐怕便再也醒不过来了。值得庆幸的是,终究是上天眷顾,到底让他重新活了过来。

黎霜坐在他床榻边,思绪纷杂地走完过去的几日,她打量了晋安一眼,见他又迷迷糊糊地睡了过去,便起身想去倒点水喝,哪想她刚轻轻一动,晋安便立即转醒。

"去哪儿？"

头一次被人看得这么紧，黎霜有点哭笑不得，现在重伤在床的是他，怎么搞得像她才是需要被看护的那一个一样。

"倒点水喝，你渴吗？"

"你喂我吗？"

这问题问得……难不成还能让他这几乎瘫痪在床的自己爬起来喝吗？黎霜点头："当然。"

"有点渴。"

"……"

她若说不喂，那他就不渴了？

黎霜有几分哭笑不得地倒了水来，弯下身子将他撑起来，给他喂了半杯水："还喝吗？"晋安摇头，她便将水杯放下，一边给他整理着被子一边道，"今日收到的消息，你当初杀了两名西戎大将的事走漏出去了，西戎新王本想压下这消息，可西戎朝中已然掀起了轩然大波，你那父王估计是碍于压力，下令不再召你回西戎。你伤好之后，若想回去西戎做太子，恐怕有几分困难。"

晋安"嗯"了一声，算是知晓了，但情绪并没有什么波动。

黎霜给他抚平了被子，又问："待你伤好，你有什么打算？"

晋安沉默了许久："再说吧。"他答得有些许冷漠，黎霜便也沉默下来："你再睡会儿吧，我那一箭太重，离你心脏太近，虽然你好得快，但还是得多休息。"

晋安听话地合上了眼睛。隔了许久，在黎霜以为他已经再次睡着的时候，他又开口道："不用愧疚，我知道你是为了救我。"

黎霜闻言怔了片刻，如果说以前的晋安像小孩一样单纯而执着，那现在的他则比以前多了许多犀利与睿智。

但到底与以前不一样了……

翌日，晋安醒过来的时候身体已经比昨日好多了，从昏迷中醒来，他的身体仿似也恢复了以往的愈合力，不过一晚的时间，他便能下床走路。

他扶着墙出了房门，却没见到黎霜，打听下知道黎霜去后山采药了。

给他治病的一味药引需要到陡峭的悬崖上去取，以前的药都是巫引亲自去采回来的，现在用完了，便只有再去采集，而巫引近来忙着门内事务，这事便落在了黎霜头上。

去那悬崖的路极是陡峭难走，晋安撑着身体，走到一半，实在难以继续，便停了下来，在路边坐着休息。他往远处一望，那陡峭的崖壁几乎垂直，隔得太远，他也看不见上面有没有人，只是能猜想到，去那处采药，即便是有巫引的轻功也十分危险。

黎霜……

不知等了多久，前路传来轻细的脚步声，晋安站起身来，一眼便望见了还在路那头的黎霜。

她脸上有些脏，手臂的衣裳不知是被什么东西撕破了，手上还有一片血肉模糊的擦刮痕迹。

晋安眸光一凝，立即迎上前去。

"你怎么伤了？"

"你怎么来了？"

两人几乎是异口同声，黎霜不甚在意地拉扯了一下破烂的袖子："前几日下了雨，石头有些滑，不小心摔了一跤，没什么大碍。"

摔跤如何会将衣服撕破，必定是在悬崖上摔了下来，当时场景不知会有多惊险……

晋安沉默了许久："我的伤自己能好，以后不用去采药了。"

黎霜笑笑："我知道，这不是给你采的，是还他们五灵门的人情。"

给晋安治伤,将他们那么不容易得到的药用完了,于是黎霜便去采回来还给人家。只是,给他治伤的药,却如何要她去帮他还人情……

"以后我去采。"

"你先养好伤吧。"

黎霜这样说,晋安却自然而然地将她肩上的药篓接过来背上,他面色还很苍白,黎霜想将药篓拿回来:"有些沉,你现在背不了。"

"我现在还可以将你一起背。"

这话说得暧昧,黎霜一怔,却有一种以前与晋安说话的感觉,但……又不太一样。

巫引这方刚处理罢了门内的事,出了议事的房间,一见黎霜与晋安一同从山下走上来,心觉有趣,便上前打趣道:"咦,现在你倒是不想着要离开她了?失去过,所以知道珍惜了?"

黎霜瞥了巫引一眼:"他不过是躺久了无聊罢了。"

"我是去找你的。"

黎霜帮晋安找的台阶被他自己一巴掌呼去了一边。

黎霜有点怔,巫引则在一边咋舌,还要揶揄两人一番,晋安便不客气地将药篓塞进了他怀里:"日后再采十筐给你。缺什么与我说,不要麻烦她。"

言罢,他便先行回了房间。

巫引望了眼晋安的背影:"啧啧,竟然是个这样的脾性,还是以前没有记忆的时候傻一些好欺负。"

黎霜则有几分困惑:"他现如今到底是个什么情况?那玉蚕蛊好似对他没什么影响了,但是他好像……"

"好像还忠诚于你是吧?"

黎霜点头。

巫引琢磨了片刻："玉蚕蛊嘛，改变他的身体，却也不能完全改变这个人啊，正常情况下会保留他的记忆，所以每个玉蚕蛊人虽都忠诚于主人，但其实他们的性格都是不一样的，保留自己的原有特点，再忠于自己的主人，这才像是正常的玉蚕蛊人该有的样子。"

黎霜怔然。

"也就是说……他现在这样，才是你们五灵门历代玉蚕蛊人该有的模样？"

"嗯。"巫引点头，"在你们离开南长山的时候我便一直在琢磨，在他想起来关于过去的记忆之后，他所经历的一切，像是把玉蚕蛊初入人体时该经历的过程又经历了一遍，开始的挣扎、混乱，到之后的抗拒，再是由过去的记忆带来的精神上的挣扎，直至现在的融合与认同，所有的一切都重新在与身体里的玉蚕蛊融合。"

"所以他现在……是变成真正的蛊人了？"

"是变成他该有的模样了。"

黎霜闻言，一时心头情绪复杂至极。

如今的他，到底是谁？是傲登，还是晋安？黎霜无法区分清楚，而让她更感到难以回答的是，现在这模样，是他真正想要的模样吗？现在的生活，是他真正想要的生活吗？黎霜不知道，也无法去回答。

是夜，用了晚膳，黎霜坐在五灵门山崖上瞭望远方星空，耳边的风被人挡住，她转头一看，却是晋安找了来。

"你该多休息。"

"闷在屋里不叫休息。"

嗯，他说得也有道理，黎霜点了点头，随手拿了旁边的酒坛，仰头喝了口酒。她喝得有些多了，脸上泛起了些许红晕，看起来便有几分醉人。

"你爱喝酒？"

"不算爱，只是以前在将军府里和军营里都必须做好我该做的模样，不能放肆，现在初得自由，便放纵一下。"

晋安靠近黎霜，他气息扑面而来的时候黎霜下意识地僵住了身子，而晋安却只是错过她去拿了她身侧的酒坛，然后就着坛口，像黎霜方才那样豪饮一口。

"你身体……"

"南方的酒不如北方的酒来得烈。"晋安将酒坛放下了，"你该去喝喝西戎的酒，比较适合你的脾性。"

黎霜被他打断了话，看着他比之前已经好很多的脸色，便也懒得说些注意身体的话了，她笑笑，摇摇头，并不在酒的话题上多谈，只是借着晋安说到西戎的由头，问他："你这伤我看十来天便也能好，到时候你还是打算回西戎吗？"

晋安晃了晃酒坛，没有及时回答，似斟酌了片刻，转头看黎霜："你呢？"他漆黑的眼瞳中映着漫天星光，"你打算去哪儿？"

"我？"

"不做将军，离开将军府，也不嫁给你们大晋皇帝了，你有什么打算？"

"我大概……"黎霜看了晋安一会儿，垂下眼眸，轻笑一声，"我大概，会去多走一些地方吧，看看山水，游历人间，把以前做将军时没做过的事，都做一遍。"

"嗯。"

晋安轻轻应了一声，听来冷漠，也没接下文。

山风吹得沉默，待那坛酒饮了个空，黎霜便起了身："夜里有些凉了，我先回屋睡了。"

"嗯。"

直至回屋，晋安也没再唤她。

黎霜吹熄了屋内的油灯，在黑暗中有几分愣神发呆。晋安问她以后有什么打算的时候，黎霜第一时间其实是有点不知道如何作答的。本来在她的想象中，以后的生活里应该有一部分是晋安吧。

但方才看着他的眼睛，听他稍显冷淡的回答，黎霜却又有点不确定了。

巫引说他变成了一个完整的蛊人，说蛊人就应该是这副模样，但是黎霜并不知道蛊人该是什么模样。

对她来说，晋安是一个人，以前他那么依赖她，是因为他的记忆不完整，所以她是他的全世界，离了就没办法生活。

但现在晋安不再是那样的人了，他可以离开她，也可以选择不再依赖她，他因她身死的消息而回到京城，或许是他身体里的"蛊性"所致。而正常情况下，谁都知道，以前的晋安对她的偏执其实是不正常的，那并不是爱，甚至不是出于他自己的意愿。

谁都不愿意过被"控制"的生活吧。

更何况从现在来看，晋安以前，在他身为傲登的时候，大概是一个杀伐决断、极为强硬的男子，这样的人若是告诉他有朝一日你要听从另一个人的话度过此生，与将他关起来、囚禁住变成一个玩偶又有什么差别？

那不如在他伤好之前，她就此离开，他们彼此都告别这样的畸形情感。

这次她不再是将军，就算哪一天她死了，也不会有人将消息传到他耳边去乱他生活，从此一别两宽，各自过着自己的完整人生，再不互相打扰……

如此也很好。

这一夜她没有休息，天将亮的时候，她借着窗外太阳未出时隐隐透出的薄光写了一封告别信，是留给巫引的。在桌上放定，她只背了个简单的包袱便轻手轻脚地离开了五灵门。

下山之前，她回首望了眼晋安的房门。

房门轻轻掩着，他应该在里面沉睡，黎霜转了身，下山去了。

她当过将军，此生最常应付的便是生离死别，虽然，这并不是她最擅长的事。

南长山下山的路蜿蜒崎岖，她一人在林间走着，太阳还没完全升起，路上迷雾朦胧，不知转了多少山路，前面道路渐渐平坦，密林皆被她抛离在身后，然而在前面与蜿蜒山间小路连接的官道上，却有一人负手站着。

他不知站了多久，露水都已经湿了他的肩头。

似听到了她来时的动静，他转过了头，在晨曦铺洒的道路上，金色朝阳迷了他的眼，让他微微眯起了眼睛，静静地看着她。

"走吧。"

简简单单两个字，那么轻松自然，就好像他们约好了要在这里见面一样。

黎霜倒有些发蒙了。

"去……哪儿？"

"任何地方，看看山水，游历人间，把以前我们没做过的事都做一遍。"

黎霜只怔怔地看着他："你怎么知道我……"

"等了一宿，今天你若是没出发，明天便也等，明天不出发，后天便继续。你总要出发，我一直等着便好了。"晋安伸出了手，手上如同有线一样，让黎霜下意识地往那阳光铺满的路上走去。

她站定在他身前，仰头望着他："你不回西戎了？"

"你不是说，西戎不让我回了吗？"

"可你……"她顿了顿，"你想过这样的生活吗？当真愿意同我一起？"

"嗯。"

"若是以前的你……"

"以前的我已经死了，傲登死在塞外那个地牢里了。"他前面这话说得有些许冷淡，而后面声音却软了下来，"你遇见的便是我，是你给了我名字。我是你的，我因你而存在。"

他牵着黎霜的手，轻轻亲吻她的指尖，触感柔软得令人指尖发麻。

"我将永远属于你。"

他看着她，眼瞳是黑夜般深沉的黑色，而黎霜却仿似在这一瞬间看见了那戴着黑面甲，拥有猩红双瞳的男子。

是他，也只有他，会说这样的话。

"我不再是将军，也不会再用'黎霜'这名字，没有身份，抛弃过去，你……当真愿随我在这世事颠沛流离中无止无尽地流浪？"

"世事颠沛流离中，没有你才叫流浪。"

黎霜垂头，失笑："那便走吧。"

不用在意过去谁是谁，他们都是"死"过的人，这一去便也是新生。

黎霜向官道而去，朝阳铺了一路，鸟鸣清脆送行，她脚步洒脱，回首相望，只见身后男子容貌如玉，唇边笑意比山间清风明月更轻柔。

番外 晋安醉酒的两三事

黎霜知道晋安酒量其实并不好，已经是他们从南长山出发三个月后的事了。

那是黎霜与晋安第一次在路上停下来，原因是路遇山匪劫了送亲的一家人，黎霜救下了新娘子，晋安直接追到贼匪寨子里，将他们三个头目擒了送官去。

这于黎霜和晋安而言并不算多麻烦的事，但送亲的一家人却对他俩感激涕零，非得邀请两人前去参加婚宴，以表感恩。

盛情难却，黎霜想着这一路走来也着实未曾休息过，便也遂了这个情，答应了。

成亲的两家都是镇上的乡绅，场面自是不如黎霜往日见过的那些达官贵人的大，但也是这乡里乡外难得的盛景。黎霜与晋安作为新娘的救命恩人，被安排在了主桌上。

周围欢声笑语拥簇，黎霜唇角不由自主地也夹了一丝笑意。在新郎牵着新娘入堂拜礼的时候，新娘子脚下轻轻绊了一下，新郎立马将她接住，周围的人立即起哄，新郎霎时红了一张脸，面红耳赤地拜完了堂。

黎霜觉得有趣，饮完一杯酒，正伸手去旁边拿酒壶的时候，却有人自然而然地帮她把酒添上了。

黎霜往旁边一瞅，却见晋安目光平和却专注地盯着她，一边将给黎霜添了酒的酒壶放下，一边喝了口自己杯里的酒。黎霜瞥了眼四周："人家大婚成亲，你这般看着我作甚？"

"别的都没你好看。"

这种登徒子说的冒犯话从他嘴里说出来愣是正经又自然。黎霜也渐渐习惯了他这随口撩拨自己的习惯，借着喜庆的氛围和酒意问道："好看得让你连菜都不吃，光喝酒了？"

"你便已经是色香味俱全了。"

黎霜竟一瞬间被撩拨得有些词穷。她挪开了目光："那你便将我做你的下酒菜吧。"

她说的是玩笑话，没想到晋安却当真这样做了。而让黎霜和晋安都没想到的是，这小镇乡绅家里酿的酒竟然后劲儿极足，十分醉人。

黎霜酒量还行，一边吃一边喝，待觉酒劲儿上头便也适时打住，只是转头一看晋安，他却已微红了脸，向来清澈的眼神像蒙了一层雾一样，朦朦胧胧。

黎霜看了他一会儿，有点不敢相信："你醉了？"

晋安没有搭腔，只是将酒杯放到了桌上，杯底与桌面发出了颤抖的磕碰声，能看出他对自己的力道难以控制。

黎霜确信，他醉了。

这让黎霜有点蒙，在她看来，晋安既然是西戎的皇子，按照西戎人彪悍的性情与他们饮酒的传统，晋安的酒量至少比她多出一个大酒坛子才对吧。这便如此轻易地……醉了？

"要我扶你回去休息吗？"

主家知道他们是在旅途当中，所以特意给他们备了两间房。

晋安闻言却摇了摇头。他身体还坐得笔直，若不是像黎霜这般了解平时的他，他人很难看出他醉了酒。黎霜伸手扶住他的胳膊，害怕他摔了。她没见过晋安醉酒，也不知道这人喝醉了后会是什么样，万一他这般强撑着自己，转头就往桌子下仰头倒了呢。

她在军中待得久，那些男儿醉酒后的模样简直见得不能更多。

"我扶你回去吧。"

晋安还是摇头。

黎霜有些无奈:"那你想要做什么?"

"我想做什么?"晋安呢喃着重复了一句,倏地一抬手,捏住了黎霜的下巴,刚才放酒杯还有点打战的手现在却那么精准地控制着黎霜的脑袋,将她的唇送到了自己唇上。

黎霜被这突如其来的袭击彻底弄蒙了。

从南长山离开的这三个月来,她虽然与晋安时时刻刻在一起,却从来没有做出多出格的事情,尽管晋安在言语上对她多有撩拨……

可能对于晋安来说,那连撩拨都不算,他不过是把自己心里想的话用最直白的方式表达出来而已。

但也仅限于此了。

晋安没有像在塞北时那样只要有机会就将她抱住,或者吻她。

他找回了过去的记忆之后好像更加明白他那样的举动对黎霜来说,是一种莽撞,所以他在收敛,为了不让黎霜感觉唐突。

而黎霜……也不会主动去牵晋安的手,更不会自己扑上去亲吻晋安。

虽然……在路上……尤其是露宿野外夜深人静的时候,晋安为了让黎霜更自在一些,会跑到树上去坐着休息,好几次黎霜在树下看着他的背影都想让他下来,或者自己上去挨着他一起坐着。

因为这样不会让他的背影看起来那么孤独。

玉蚕蛊人喜欢和主人接触,这是巫引告诉她的,黎霜也知道晋安其实很喜欢和自己亲近。但是他们之间那一层纸,他没戳破,黎霜便也没有揭开。

这样的状况一直持续到了今天。

是以晋安现在这样强硬蛮横、毫不讲道理地吻了她,黎霜感觉有点反应不过来。

好在晋安并没有再做更多的动作,只是放开了她,用一如既往的专注眼神看着她,理直气壮道:"我还想再来一次。"

"……"

黎霜简直不知道该说他正直还是无耻……

她往四周看了一眼，好在旁边来参加婚宴的人也已经醉得差不多了，大家有的三三两两坐在一起聊天，有的则被人扶着退席，没人注意到她和晋安。

她不再搭理晋安的要求，站起身来便将晋安的一只胳膊扛着，带着他往主人安排的小院而去。

晋安半个身子倚在黎霜肩上，又认真严肃地说了一遍："我真的想再来一次。"

"知道了。"然而她脚步并没有停下，一直扛着晋安回了房间，将他扔到床上，帮他把鞋脱了。这方刚将他的腿抬上床，身子还未站直，黎霜便觉有只手扣住了自己的腰，将她往下一拉。

猝不及防间，她便跌在了晋安的身上。

他的鼻梁很挺，这是与他几乎面对面靠近时黎霜心头唯一来得及闪过的念头。然后她便被晋安夺去了下一瞬间的思绪。

和初识时一样，他不太温柔，但也正因为这样，他对她的占有欲才体现得那么淋漓尽致。

晋安口中的酒香仿似在这时也染醉了黎霜，她被吻得有几分动情，直到场面开始有点失控了，他的手几乎下意识地抚上了她的后背，唇顺着她的下巴，亲吻到了颈项、颈窝、锁骨……

她一伸手，猛地推开晋安，坐起身来，有几分慌乱地拉了拉自己的衣襟。

她轻咳一声："你醉了，好好睡觉。"她起身欲走，手却被晋安牢牢地抓住了。

黎霜……其实并不想回头，但晋安将她抓得太紧了，就像抓着最后一根浮木一样，她忍不住眼神往后瞥了一眼，然后便看见了晋安按捺着受伤的目光。

"你抗拒和我在一起吗？"他问她。

黎霜有些头痛地揉了揉太阳穴。

晋安若是稍微霸道一点，她还能有应付他的法子，偏偏是这么柔软可怜得像小动物一样的眼神，她是一点招儿也没有："不是……"

"我让你不舒服了吗？"

"……不是。"

"我想继续。"

为什么能说得这么理所当然！

黎霜挣了挣被他紧握住的手："不行，你醉了，你现在是控制不住自己。"

"对。"晋安径直承认，"我必须全神贯注才能控制住自己，现在是控制不住。"

他说得这么直接坦荡，黎霜倒是没有别的话说了。

"你知道就好。"黎霜又挣了两下，"等你清醒了再说。"

"清醒了，我就不敢再碰你了。"

晋安用了"不敢"两个字，倒是让黎霜感到意外。毕竟这一路走来，黎霜确实没有发现晋安有什么事情是"不敢"做的。他像一个无惧无畏的勇士，她想去的地方，刀山火海他也一声不吭地陪着她去走，这是以前黎霜在军中从未曾有过的体验。

因为以前她有军师、有参谋，还要对数万将士的性命负责，所以她必须谨慎，三思而后行。

但晋安武功比她更厉害，他不需要她保护，他只需要她说要向何方，然后他便犹如最坚硬的铠甲与最威猛的战车，伴她一同前行。

而他现在却说……不敢碰她。

"为什么？"

"怕你不要我了。"

竟是……这般稚气的一个理由。

他还认真地补了两句："怕你厌倦我，也怕你不需要我，想去过一个人自由自在的生活。"

"晋安。"黎霜眸光微微一软,她坐到他床边,"和你在一起,已经足够自由自在了。我……"她顿了顿,似有些难以启齿,但最终咬咬牙,还是直接说道,"我并没有打算过没有你的余生。"

晋安本是朦胧漆黑的眼瞳像是被黎霜这句话点亮了一样:"你的余生都会有我。"

"对,会有你。"

屋外夜已深,黎霜见晋安现在已不如刚才那般冲动,便坐在床榻边,打算哄他睡着了再离开:"可我现在……其实并不太了解你,只是能从一路走来的过程中观察出你的一些喜好,也不知准不准确……"

"你可以问我。"

黎霜微微翘了唇角:"好呀,我猜,你喜欢雨过天晴后有暖阳有微风的天气。"

晋安也是轻轻一笑:"对。"

"我猜,你喜欢听山间泉水涓涓的声音。"

"对。"

"你喜欢看落叶从树梢飘落到地面的样子。"

"对。"

晋安听着黎霜温柔的嗓音,像是真有三分睡意上头了一样,半眯了眼睛。黎霜看着他的面容,却倏尔心头微微一动,在他耳边轻声道:"我猜,你喜欢我?"

晋安本来半眯上的眼睛在听闻这话之后,慢慢睁开了,与黎霜四目相接,他久久地沉默。

"猜错了?"

"错了。"他道,"我爱你。"

心尖猛地一悸,像是有个小人在上面跳起了舞,舞步扰得黎霜一时意乱情迷。

所以在晋安这次凑上来吻她的时候,她竟然没有任何反对与抵抗。

"我爱你,黎霜。"他在她耳边轻声呢喃,一遍一遍又一遍,像是虔诚的信徒在诵念自己笃信的经文。

"我爱你,我需要你。"

而这些话,又像是咒语,将黎霜困了进去,让她再难推开晋安的怀抱与吻……脑海里来来回回徘徊的皆是这一句话。

——你爱我,你需要我,是啊,我也是……

夜色朦胧,乡绅的大院里,那方新人洞房闹罢,夜里彻底恢复了安静,而这方屋里的灯像是没人一样,从始至终都未曾点燃。

只有月色掩盖了那夜里的旖旎风光。

一夜罢了,翌日清晨阳光洒遍屋内。

黎霜迷迷糊糊地睁开了眼睛,一抬眼,便对上了另外一双美得过分的眼瞳。而四目相接之后,黎霜倏尔觉得晋安的怀抱竟变得更紧了。

"怎么了?"她哑声问。

"怕把你吓跑了。"

"……"沉默之后,黎霜一声失笑,"天亮了,咱们该启程了。"她动了动身,晋安却依旧抱着她没有放开,黎霜无奈,只得安慰道,"我不跑,昨天我很清醒。"

"不。"晋安沉着道,"我只是在想,我想看你穿嫁衣的模样。"

黎霜一怔。

晋安定定地望着她:"你愿意为我穿嫁衣吗?"

"好。"

这一声黎霜应得干脆果决,胜过过去每一个千军万马前的杀伐决断。

"那我们往回走?"黎霜问,"婚礼总不能两个人办,回去找巫引,做个见证。"

"嗯。"

"那咱们要走回头路了。"

"和你在一起,走什么路都行。"

有你在一起,去哪里都可以。